Frieden, nur eine Atempause

CHALUPPA, MANFRED

Frieden, nur eine Atempause

Bibliografische Information der Deutschen Nationalbibliothek
Die Deutsche Nationalbibliothek verzeichnet diese Publikation in der
Deutschen Nationalbibliografie; detaillierte bibliografische Daten sind im
Internet über http://dnb.d-nb.de abrufbar.

Satz, Umschlagdesign, Herstellung und Verlag:
BoD – Books on Demand, Norderstedt

ISBN 978-3-7578-6844-4

Inhalt

Vorspann

Diese Erzählung gibt die Diskussion in einer Familie wieder. Beteiligte sind: die Großeltern. Deren Tochter mit ihrem Ehemann und den beiden Kindern; einem Mädchen sowie einem Jungen und dessen Freund. Dann weitere, der Sohn der Großeltern und dessen Frau. Eine Zeit später betritt dann noch die Freundin der Tochter, Clara die Bühne.

Die Gesprächsinhalte sind:

Warum gibt es Kriege?

Kann es endgültig einen Frieden geben?

Gibt es sowas wie Heimat?

In ihr angekommen zu sein!

Die Proteste gegen die Naturzerstörungen, den Anstieg des Erdklimas.

Sie beschließen, dann sich einmal pro Woche zu treffen. Der Großvater berichtet dazu, was er so alles erlebt, aufgeschrieben hat. Er bezeichnet seine Erzählungen, die wirklich mal stattgefunden haben, wie er betont, als: »Das verschlungene Blut«. So will er auch darauf hinweisen, dass zwar die Menschen sterben müssen. Doch ihre »Hoffnung« nicht. Weitergegeben wird von Generation zu Generation, Wirkend in ihren Gefühlswelten.

Die Gesprächsinhalte werden untermauert mit verschieden Geschehenem. Mit Erkenntnissen aus der Religion, Philosophie, Geschichte, Naturwissenschaften, Psychologie und anderen Theorien.

1.Teil:
Frieden, nur ein Aufatmen zwischen den Kriegen?

Es war berauschend. Umarmend im Tanzschritt,
in gefühlsbetonten Klängen eingebettet zu sein.
Man hofierte sie, lächelte ihr zu, überhäufte sie
mit Komplimenten.
Es war die Zeit zwischen den Kriegen. Doch
reichte diese aus, endlich in der ersehnten Hei-
matstätte, vielleicht sogar dauerhaft angekommen
zu sein?

Einführend

Der Papa stand auf dem Balkon, hielt Ausschau nach seinen Kindern. Rief nach ihnen: das Essen sei fertig. Mama habe ein leckeres Mittagessen zubereitet. Die Beiden, Mädchen und der Junge, so im Pubertätsalter, kamen daraufhin angesaust. Man sah ihnen an, dass sie hungrig waren.

Die Familie hatte nun gemeinsam am gedeckten Tisch Platz genommen. Das Essen duftete sehr lecker.

Während der Mahlzeit unterhielt man sich sehr gerne untereinander.

Spiel als Kampf oder Frieden

Der Vater fragte dann, mit interessierter Miene, beide Kinder, ob es beim Spielen schön gewesen sei.

Sein Bub, recht temperamentvoll, sprudelte auch gleich los. Sie hätten mal ausprobiert, wenn man sich über den anderen geärgert habe, diesen dann zu hassen. Ihn sozusagen als Feind »zu bekriegen«. So richtig mit Kämpfen und Töten, vernichten.

Das Mädel, etwas sanfter in ihrem Wesen, erzählte, sie hätte mit ihrer Freundin mal wie in einem Film geprobt, was nun Liebe, ein Miteinander sein könnte. Ob's von Herzen komme oder doch rein in einem, wie ein Trieb wirke.

Der Junge lachte keck dazu und meinte, dass Kämpfen sei viel spannender gewesen. Dann schaute er zu seinen Eltern und fragte, etwas wichtigtuend: »Die Menschen kämpfen ja auch immer untereinander. Ja und warum machen sie immer wieder Krieg gegeneinander?

Sagt's«, betonte er noch, etwas provozierend wirkend!

Die Eltern wirkten etwas verlegen. Schauten zu den Kindern, etwas ahnungslos wirkend hin. Nach einigem Grübeln; seine Stirn etwas mit Falten durchzogen, erwiderte der Papa:

»Seht mal, ihr zwei Hübschen! Ich hatte euch so ein bisschen bei eurem Spielen zugeschaut.

Euch Jungs, bei euren Kämpfen. Diese hatten es aber in sich. Jedenfalls nach meinen Empfindungen, dass ihr euch gegenseitig nichts Gutes zukommen lassen wolltet. Krass ausgedrückt, willentlich, sogar mit einer Portion Freude daran, war ja euer Ziel, den anderen »kalt zu machen«, auszulöschen.

Habe ich recht, wollte er sich bestätigend wissen.

Nun aber mein Eindruck über das Spiel der Mädels. Sie hatten dabei die Rollen von hingebungsvoller Teilnahme zum Ausdruck bringen wollen. Liebevoll sorgend zu sein. Ihre Absicht war sicherlich auch von ihren Gefühlen her, nicht etwas zu vernichten, sondern Leben zu erhalten, gedeihen zu lassen. Ganz so wie eure Mutter euch Beide, – hoffentlich auch mich –, liebhat.

Somit, meine ich, beinhalteten eure Spiele sehr ausdrucksvoll diese zwei Seiten von Gegen-, Miteinander; Nicht- und Fürsorge; Liebe und Hass, Vernichten- Gedeihen.

Der Papa ergänzte dann noch. Na ja, es ist halt so, es gebe eben Starke und Schwache. Die Starken seien gerne die Sieger. Vor allem, wenn sie von sich überzeugt sind, mehr Kraft, Power, als die anderen in sich zu spüren.

Die Mama war mit dem nicht so zufrieden und meinte, aber auch weil es unter den Menschen viele unterschiedliche Meinungen gibt. Einer will immer Recht behalten und wenn's sein muss, will er diese auch mit allen erdenklichen Tricks durchsetzen. Wie heißt es doch als Sprichwort: «Willst du nicht mein Bruder sein, dann schlag ich dir den Schädel ein«. Alle lachten los.

Ja aber Spiel bedeutet doch, dass man den anderen nur »aus Spaß töten« möchte. Alles andere zu spielen, wäre doch für uns Jungens etwas zu langweilig, nichts Spannendes. Das lese ich auch immer in meinen PC- Apps, auch in den Büchern, die ich vom Inhalt her verstehe, meinte der Sohn.

Hier, schaut nur! So steht in einem geschrieben:

»*Spiel in der Theorie: ... Jede lustvolle Tätigkeit von Tier und Mensch, die nur aus Freude an der Tätigkeit selbst motiviert ist, ohne unmittelbaren Bezug zum Ernstverhalten (Bedürfnisbefriedigung), wenn es auch unmittelbar durch die Übungen von Funktionen, durch Nachahmung und spielerisches Lernen bzw. durch seinen Erholungswert auf das Ernstverhalten bezogen ist*«. *(zit. n. Lit.: 1a. S. 458)*

Doch eins fehlt hier, in dieser Erörterung, meinte nun der Papa. Die Jungen sprachen auch, dass sie, obwohl Spiel, auch gegeneinander sich im Kampf gemessen haben, wer nun der

Stärkste sei. Somit zeigten sie, auch wenn es keinen ernsten zerstörerischen Ausgang nahm, die Bereitschaft, sogar Freude, zur Gewaltanwendung. Es sei hier erst dahingestellt, ob sie diese Neigung naturbedingt in sich spürten oder diese schon durch soziale Beeinflussungen nachahmend zum Ausdruck brachten. Interessant ist aber, dass die Mädchen mehr ein zuneigendes, umsorgendes Verhalten in ihrem Spiel zeigten. Könnte das schon darauf hindeuten, dass die weiblichen Lebewesen innerlich geringer, von ihrer natürlichen Veranlagung, zur Gewaltbereitschaft neigen, so ergänzte der Papa noch dazu.

Krieg in den Geschichtsbüchern

Dann machte er einen weiteren Vorschlag: »Seht ihr, dort in dem Regal meine Geschichtsbücher. Nach dem Essen schauen wir mal nach, wann so alles mit dem gegenseitigen Gewalttätigen, Bekämpfen, auch dem Bekriegen angefangen haben könnte.

Halt, halt, wendete die Mama ein. Erst räumen wir gemeinsam den Mittagstisch ab und dann dürft ihr in den Büchern rumstöbern. Alles klar«!

Gesagt, getan!

Der Papa nahm dann eines der Bücher. »Seht ihr, meinte er. Hier steht was darüber. Sogar mit Bildern dazu:

Vorweg muss ich euch sagen, dass es meist so beschrieben wird, dass die Ablösung bestimmter Lebewesen von anderen Tierarten so vor, geschätzt wird 4 Millionen Jahren begann. Diese nennt man Hominiden (Frühmenschen) Diese geologische Erdepoche nennen die Wissenschaftler das Anthro-pozoikum. Doch Befunde darüber, die definitiv dieses belegen könnten gibt es nicht. Die Kriterien dieser Menschwerdung sollen dessen Fähigkeit des aufrechten Ganges, des sinnlichen

Begreifens, des Gebrauchs seiner Arme, Hände sein. (vgl. Lit.: S.24ff; J. Wolf; – Menschen der Urzeit – Weltbild Verlag-1989)

»Die Menschen, in Urzeiten hatten sich zusammengetan, um auch besser zu überleben. Das soll so vor 1 Million Jahre begonnen haben. Gemeinsam, nicht als Einzelgänger durchstreiften diese ihre Umgebung. Alle der Gruppe Zugehörigen beteiligten sich an ihrer Suche nach Nahrung. Sie sammelten für ihren Daseinserhalt genießbare Naturprodukte. Meist Früchte, Beeren, Wurzeln, Eier, Käferlarven und auch Kleinsttiere wie Eidechsen, Mäuse und ähnliche. So lebten diese in Horden als Sammler und Jäger. Erst als sie fähig waren Werkzeuge und damit auch diese als Waffen zu verwenden, töteten sie auch größere Tiere. Hatten ihre angestammten schutzbietenden Rast-, Schlafplätze.

Zogen, um ihren Hunger zu stillen, in der Gegend herum. Sammelten und jagten auch alles, was sie sättigen konnte. Es waren Pflanzen, Früchte, Beeren. Doch auch, von ihnen getötete, andere Lebewesen.

Sie mussten, zu ihrem Bestehenbleiben, ihrer Selbsterhaltung so handeln. Diese Produkte der Natur zu sich nehmen; sie auch zerstören und verschlingen. Auch begriffen sie es mit der Zeit, all das auch zu ihren Rastplätzen mitzunehmen, damit die Dortigen auch ihren Hunger stillen konnten, satt wurden. Sie teilten untereinander all dieses; waren, wie man danach annehmen kann, untereinander alle gleich. Es soll keinerlei Rangunterscheidungen gegeben haben. Nur in dieser Gemeinsamkeit hatten sie auch eine Chance weiter zu bestehen, nicht ausgelöscht zu werden«. (vgl. Lit. 4-Bd.5. S.11ff)

Ich muss aber hier hervorheben, dass ich bis jetzt noch nichts echt Nachweisbares darüber gelesen oder auch gehört habe, dass unter ihnen »vollkommen eine Gleichheit« bestanden haben soll. Vielleicht so beim gemeinsamen Sammeln und Jagen. Hervorhebend dagegen auch deshalb schon, dass es biologisch unterschiedliche Formen in der körperlichen Gestaltung gab, gibt. So wird es auch in diesen Gruppen Klein-, Großwüchsige, Starke und Schwächere, Aktive oder Zurückhaltende gegeben haben. Vielleicht auch, dass die ersteren zur Befriedigung ihres naturbedingten Selbsterhaltungstriebes, – wie man sagt im Futterneid –, anderen gegenüber doch schon, Gewalt anwendeten oder diese sogar töteten.

Nun werden wohl etliche dieser Horden, oder auch Gruppen in der Umgebung umhergestreift sein. Sicherlich hatten sie Kontakt untereinander. Verständigten sich durch ihre Laute und Gesten. Vermutlich kam es dann auch bei ihren Begegnungen untereinander, dass sie sich die entdeckten, für sie nahrhaften Sachen streitig machten. Gegebenenfalls auch dazu »gewaltsam« vorgingen. Es gibt aber darin diesen Unterschied, dass diese damaligen genannten Urmenschen wahrscheinlich ihre Handlungen noch nicht, – so wie wir heute dazu fähig sind – begriffen. Noch nicht gedanklich nachvollziehen konnten. Das setzte erst ein, in der Zeit der Entwicklung des »homo sapiens, des vernunftbegabten Menschen«, vor circa 400 000 Jahren, wie es dargestellt wird. Die Entwicklungszeiträume der Hominiden werden entsprechend als »homo habilis, befähigt; homo erectus, aufrecht; homo sapiens und homo sapiens-sapiens« beschrieben. (Lit. s. oben ders. S.55ff, alles n. »Menschen der Urzeit …«

So wird aber doch in einem Geschichtsbuch diese schon mögliche Rivalität untereinander in dieser Entwicklungsperiode noch verneint. Es herrschte danach ein Gemeinsamkeit, ein Miteinander.

So heißt es dort:

….. »wie ihre tierischen Vorfahren lebten die Urmenschen, vor ca. 1 Million Jahren, in kleinen Gruppen zusammen, 20-25 Personen, die als Horden bezeichnet werden. Für mehr Menschen reichte die Nahrung nicht aus, die beim Umherstreifen erbeutet wurde. Die Urmenschen rasteten und schliefen unter freiem Him-

mel. Manchmal fanden sie im Dickicht, unter Felsvorsprüngen oder in Höhlen Schutz. Fast immer war die Horde zusammen. Nur gemeinsam konnten die Urmenschen sammeln, größere Tiere erlegen und sich vor Raubtieren schützen. Allein gingen sie zugrunde«. (alles zit. n. Lit. 4-Bd.5, S.11ff)

Doch die jetzigen Menschen, die homo sapiens-sapiens, können ihr Verhalten bewusst nachvollziehen. Sie haben gelernt, sich in die Lage eines anderen zu versetzen. Sie wissen auch die Zeiten in ein Gestern, Heute, Morgen zu unterscheiden. Dieses so in Abschnitte aufzuteilen, macht ja ihr einzigartiges Begreifen aus. Prinzipiell, im Bewegungsablauf der Natur, gibt es ja nur eine Bewegungsrichtung. Das ist die in die Zukunft. Damit können sie auch nachvollziehen, wenn sie etwas vernichten, auslöschen, dass dieses für immer, so wie es mal war, niemals mehr in Erscheinung treten wird.

Kriege zur Selbsterhaltung

»Das kann aber, auch wenn sie sich ihr Essbares streitig machten, doch noch nicht einen Krieg erklären, meinte die Mama. Vielleicht bestand untereinander eine Konkurrenz um die Nahrung, da ja alle Lebewesen in sich die Neigung haben, leben zu wollen. Zur Selbsterhaltung befriedigend sich zu sättigen. Doch deswegen Kriege, Kämpfe untereinander zu führen, dass muss wohl noch andere Ursachen haben. Denn ich meine, dass auch die Damaligen deswegen überleben konnten, weil sie miteinander, gemeinsam für sich sorgten. Als einzelne wäre das bestimmt, wie du schon erwähntest, nicht gut für sie ausgegangen«.

»Das ist sehr gut überlegt. Unsere Mama ist die Beste«, meinten dazu die Kinder.

Kriege durch Begreifen

»Ja, darüber berichtend gibt es sehr vieles in der Literatur Ge-
schriebenes. So habe ich erfahren können: Es muss eine evo-
lutionäre Höherentwicklung gewesen sein. Wahrscheinlich als
sie begriffen, dass man zum eigenen Selbsterhalt den anderen,
die zum Leben notwendigen Sachen, auch mit Gewalt, wegnehmen kann. Bekämpften so die anderen und töteten sie
auch. Sie müssen aber bestimmt in dieser Entwicklungsstufe,
unterscheidend zu den Tieren, schon begreifen könnend gehandelt haben. Die sogenannten Raubtiere, welche auch töten, begehen dieses deswegen, um ihren Hunger zu stillen,
ohne dass ihnen bewusst ist, dass sie anderes Leben damit
auslöschen. Es ist ihr Instinktverhalten. Die Menschen unter-
schieden sich von diesen, waren schon eine komplexere, viel-
schichtige Stufe weiterentwickelt. Ihnen muss zu diesem Zeitabschnitt schon bewusst gewesen sein, dass sie rein durch ihre
Arbeit, dem Produzieren, gezwungen sind, die für ihr Dasein
notwendigen Sachen herstellen zu müssen. Somit kann man
auch annehmen, dass es ihnen sicherlich bewusst war, dass sie
gegenüber anderen gewaltanwendend, die notwendigen Sachen wegnehmen müssten. Damit auch begriffen, verstanden,
vernichtend, tötend zu handeln, zur eigenen Daseinsabsiche-
rung, um sich damit auch selbst, ohne eigene Arbeit, auf das
Beste zu verwirklichen«.

Neugierig fragte der Sohn: »Was versteht man denn unter
Produzieren, um sich selbst zu verwirklichen.«?

Damit ist das Herstellen von lebenswichtigen Sachen gemeint. Eine Eigenschaft, nur bei den Menschen vorhanden.
Umschreibend heißt es dazu, dass die Menschen nur durch
ihrer Hände Arbeit existieren können. So heißt es auch allgemein, dass das Lebewesen Mensch, damit er sich so von
anderen Lebewesen komplexer unterscheiden kann, als einziges

in der Lage sei, durch Arbeit sein Dasein zu gestalten. Er sei, wie man es nennt ein planendes, entwerfendes, herstellendes Lebewesen.

Hier in einem Buch wird dies sehr gut dargestellt: »*Arbeit ist die zweckmäßige, bewusste Tätigkeit des Menschen; ein Prozess zwischen Menschen und Natur ... ..., Worin der Mensch seinen Stoffwechsel mit der Natur (Atmen, Essen, Verdauen, Auf-, Abbau) durch seine eigene Tat (Handlung) vermittelt, regelt und kontrolliert*«. *So heißt es treffend bei beiden Philosophen, K. Marx/Fr. Engels. (zit. Lit. 3-Bd.1, S. 110-Arbeit)*

»Puh, frohlockte der Sohn, dass klingt ja so echt nach Kämpfen zwischen den Menschen gegen die Natur. Also ist der Kampf doch was sehr Lebenswichtiges für uns Menschen!

Das ist es tatsächlich auch, meinte sein Papa. Damit wir Menschen in unserem Dasein bestehen können, brauchen wir die Produkte der Natur. Wir entnehmen sie aus der Luft, dem Wasser, der Erde und anderen Quellen. Eigentlich echt ausbeutend, sogar auch zerstörerisch vorgehend.

Das kann man ja so richtig, wie unser Kampfspiel auffassen, meinte der Sohnemann.

Ein reines Spiel wird es bestimmt nicht sein. Doch vielleicht gibt es zwischen beiden etwas Verbindendes. Im Spiel empfindet man meist so etwas wie Lust, Freude. Diese Gefühle kann man auch beim Arbeiten haben. So wenn man schöpferisch in der Herstellung der Dinge vorgeht. Doch in der Arbeit kann auch schmerzendes, leidvolles Fühlen vorhanden sein. Das habe ich schon als Quälendes erfahren müssen, wenn ich nach Schulende noch die Hausaufgaben erledigen musste, meinte dazu die Tochter.

Apropos Schule: Das steht auch schon, so wie wir es in der Schule gelernt haben, in der Bibel, im Alten Testament. Als Adam und Eva für immer aus dem Garten Eden, dem Erdenparadies, wegen ihrer Versündigung gegenüber Gottes

Befehl vertrieben wurden. So sprach die Mama, so heißt es im 1.Buch Mose, Kap.3, Vers 17-19:

» ….. verflucht sei der Acker um deinetwillen, mit Kummer sollst du dich darauf nähren, dein Leben lang. Dornen und Disteln soll er dir tragen, und du sollst das Kraut auf dem Felde essen. Im Schweiße deines Angesichtes sollst du dein Brot essen, bis dass du wieder zu Erde werdest

Ja das könnte der reinste schmerzhafte Leidensweg auch in meinem Leben werden, meinte die Tochter, etwas traurig ausschauend dazu.

Nein, nein meinte die Mama, denn es steht auch in der Bibel, obiges weitergeschrieben im Vers 28: *»Seid fruchtbar und mehret euch … füllet die Erde, machet sie euch untertan … herrschet über die Fische im Meer und über die Vögel unter dem Himmel und alles Getier, das auf Erden kriecht«.*

Mit dem ersten Halbsatz kannst du im Moment noch nichts anfangen meinte ihre Mama etwas ironisch. Doch mit dem Weiteren, als werdende Frau, sollst du die Kraft schöpfen, wenn es sein muss, auch mal energisch vorzugehen.

Schon der Dichter J. W. Goethe reimte unter anderem in einem Gedicht: … …*«du musst steigen oder sinken, du musst herrschen und gewinnen. Oder dienen und verlieren. Leiden oder triumphieren, Amboss oder Hammer sein«. (Lit.S.34; Goethe-Lesebuch)*

Ach, ich möchte aber doch an erster Stelle meine Liebe jemanden schenken, meinte das Mädel.

Die Mutter fuhr dann fort:

Vielen anderen von uns Erdenbürger kam der Satz in der Bibel auch sehr gelegen. Sie beuten, verbrauchen, zerstören sogar all das in der Natur, was so zu verwerten ist. Vieles, sehr vieles, wurde von ihnen schon vernichtet. Sogar unwiederbringbar.

Doch auch erfahrend, dass man bei diesen Raubzügen nicht alle umbringen soll, da man diese als Gefangene gut, als Arbeitende für den eigenen Bedarf einsetzen kann. Man brauchte dann selbst keine, sich unangenehm fühlenden Körperanstrengungen erbringen. Seine innerlichen Bedürfnisse damit besser zufriedenzustellen. Dass sie diese Vorgehensweise schon als etwas Unrechtes, Böses oder sogar als rechtens annahmen, wird man wohl nicht genau klären können, führte die Mutter, redefreudig wie sie nun mal war, aus.

Nun wollte der Papa, mit seinem Wissen darbringend, seiner Frau nicht nachstehen: So wird es wohl gewesen sein, als das Kämpfen, Krieg führen, unter den Menschen seinen Lauf nahm. Diese Handlungen blieben bestehen und nahmen auch immer weiter zu.

Es wird hier in dem Geschichtsbuch so beschrieben, ergänzte er weiter. Es geschah so vor ca. 9000 Jahren. Eine, aus späterer Zeit, darüber entstandene Erzählung:

»Der Kampf der Bewohner Uruks gegen die benachbarte Stadt Kisch (Mesopotamien, heute Iran). Der Fürst Gilgamesch führte die Männer Uruks, musste aber erst die Ältesten und die Versammlung der Krieger befragen.

»Der Herr Gilgamesch, den Ältesten seiner Stadt, legte er die Frage vor, wirbt um das Wort: Unterwerfen wir uns nicht dem Hause Kisch, schlagen wir es mit unseren Waffen. Nachdem die Ältesten bereit waren, sich zu unterwerfen, wandte sich Gilgamesch mit derselben Frage an die versammelten Kämpfer der Stadt. Unterwirf dich nicht dem Hause Kisch, schlagen wir es mit unseren Waffen.

Die Kriegszüge weisen darauf hin, dass die Ackerbauern und Viehzüchter größere Vorräte produzierten. Das versprach gute Beute. Besonders die Ältesten trachteten danach, sich die Produkte fremder Sippen und Stämme anzueignen. Sie fanden es lohnend, Kriegszüge zu unternehmen. Stämme schlossen sich gemeinsam zu Stammesverbänden zusammen, um gemeinsam zu kämpfen. Sie eroberten auch befestigte Siedlungen«. (zit. Lit.4, Bd.5, S.39ff)

Ja, lasst uns weiter in den Geschichtsbüchern nachschauen.

In weiterer Zeitspanne vermehrten sich die Menschen immer mehr. Aus den Horden waren nun Sippen, Stämme und zahlenmäßig sogar Völker entstanden. Aber, und das ist auch wieder etwas rätselhaft, es gewannen einzelne ihrer die Führung. Wurden deren Herrscher, welche die vielen anderen Zugehörigen beherrschten. Es waren ihre Untertanen. Es vollzog sich eine Ungleichheit unter den Menschen. Warum sich das so vollzog, darüber ist ja sehr vieles geschrieben worden. So wird angenommen, dass der Mensch so etwas wie ein Herdentier sei, welches sich seinem Stärksten, »dem Alpha-Tier« gerne unterordnet. Wiederum heißt es, dass dies in der Natur der Sache, somit beim Menschen vom Bedürfnis seiner Triebbefriedigung gesteuert werde. Dann auch, als einzelne begriffen, andere auszubeuten, sich an ihnen zu bereichern, entstanden Machthaber und Untertanen. Der Kriegführende, dessen Armee, deren Krieger gewannen immer mehr an verherrlichender Glorifizierung. Man stellte sie als ihre Helden, sogar als Götterboten, sogar Gottgleiche, Unsterbliche dar.

Schon eigenartig meinte das Mädchen, diese Totschläger, Mörder, werden als die »vorbildlich Handelnden« dargestellt.

So unter den Germanenstämmen. Für sie war der Krieger, der Kampf, das höchst Erstrebenswerte, wie erzählt wird. Nur die im Kampf, im Töten sich hervorgetan hatten, waren ihre sagenhaften Helden. Kamen sie dabei auch selbst um, dann waren sie diejenigen, die von den Walküren, den Totenwächterinnen auserkoren waren, in Odins Reich, das Walhall, einziehen zu dürfen. Dort lebten sie dann ewiglich weiter. Der Tod eines Menschen wurde damals schon als erfüllende Hoffnung erhoben, zum ewigen Weiterleben eines prachtvollen, glückserfüllten Daseins, doch im Jenseits, für immer dem Erdendasein entglitten. (vgl. Lit. 7a, S. 160f)

So heißt es dazu in der Literatur:

»Die Walküren waren weibliche Geister, die in der Gefolgschaft Odins über die Schlachtfelder zogen und die dort ehrenvoll Gefallenen, die Einherjer, auswählten, damit sie in Walhall Platz nehmen konnten. Sie waren also so etwas wie Todesgeister, deren Aufgabe darin bestand, Menschen ins Jenseits zu bringen. Als Odins Mädchen führten sie seine Wünsche aus, und bestimmten damit das Schicksal der Kämpfer. Odin war der Kriegsgott .... Ihn verehrten die Krieger .... Er lebte in Asgard, in dem Palast Gladsheim, wo Frohsinn und Glanz herrschten und in dem sich der Saal Walhall befand, in den die Helden nach ihrem Tod Aufnahme fanden«. (zit. Lit. ders. S.128, S. 160)

Ein griechischer Philosoph, es war Heraklit, hatte auch schon, so tausend Jahre zuvor sich mit der Erkenntnis hervorgetan, dass der Krieg der Schöpfer aller Dinge sei. Er leitete es aber aus seiner Feststellung der Ur-Energie ab, die in ihrer Gegensätzlichkeit, dem Wachsen-Vernichten, unablässig ihre Vielheit entfalte.

Kriege zur Machtentfaltung

Aber es kam alles noch schlimmer, fuhr der Papa fort.

Die Herrscher errangen immer größere Macht. Nannten sich Gottespriester oder -boten, Schahs, Khans, Cäsaren, Kaiser, Könige, Fürsten. Ihre Untertanen, so verlangten diese Herrn es, mussten ihnen gehorchen, deren Anweisungen, Urteile befolgen. Sie schufen auch für sich als Schutz, aber auch um andere zu bekämpfen, eine zahlenmäßig große Kriegerschar, mit Waffen ausgerüstet. Genannt auch Soldatenheer oder Armee. Mit den steigenden Fähigkeit der Menschen immer bessere Gebrauchsgegenstände zu produzieren, wuchs auch die der Waffentechnik.

Mit diesen, – sicher um ihren Machtbereich gezielt immer

mehr zu vergrößern, zu verwirklichen –, zogen sie kämpfend in andere Gebiete. Sie führten Eroberungskriege. Töteten, zerstörten, raubten, brandschatzten. Gliederten das Eroberte in ihr Reich ein. Auch war es ihr Interesse, viele Gefangene zu machen. Diese mussten dann in deren Herrscherreich das meiste der notwendigen Arbeiten leisten. Wurden aber nicht als Gleichwertige betrachtet. Sondern wie es hieß, als Arbeitstiere, als Sklaven, deren Arbeitskraft ausgebeutet wurde. Aber diese selbst kein Recht auf Freiheit, auch Leben hatten. Die Herrschenden hatten schon vortrefflich für ihr Dasein begriffen, dass nur durch der »Hände Arbeit Anderer«, es vorzüglich schon im Diesseits leben ließ.

Dieses nannten in späterer Zeit lebende Theoretiker Sklavenhaltergesellschaft.

So wird dieses in einem Geschichtsbuch beschrieben:

»Im Mittelmeerraum entwickelte sie sich. Erreichte ihren Höhepunkt im Stadtstaat (Polis) Athen und im Weltreich (Imperium) Rom. Im Vergleich zur Urgesellschaft und zur ersten Klassengesellschaft gab es hier eine Weiterentwicklung der Produktivkräfte. Mit der Verarbeitung von Eisen (Ferrum), für die Werkzeuge des Handwerks und der Landwirtschaft; mit der Spezialisierung der einzelnen Wirtschaftszweige und .... neuer Arbeitsverfahren entstand .... ein noch größeres Mehrprodukt (Warenansammlung). Das von den Sklaven Erarbeitete war die Grundlage des verschwenderischen Lebens der Sklavenhalter. Zugleich aber bildete es Voraussetzung dafür, dass bedeutende Leistungen in der Kultur und Wissenschaft möglich wurden. Neu dabei war die Rolle, die der Mensch spielte. (Klassik) Darstellung und seine Schönheit ... Überwindung des Götterglauben durch Kenntnisse über die Natur ... (zit. Lit 4', Bd.5, S.121f)

Währt das Feudale ewig?

Auch in dem Darauffolgendem, weiteren vielen hundert Jahren, bestanden diese Machtsysteme weiter fort. Die Herrscher, in ihrer Selbstverherrlichung, nicht nur Mächtigster, sondern auch sorglos, im Überfluss existenznotwendiger Güter leben zu können, beuteten weiter ihre Untertanen, auch Gefangene aus. In ihrem Luxus hatten auch viele dieser ein Gefallen an ihnen gehörenden Luxusgütern, an Schmucksachen, an schön klingender Musik, Gesang, Poesie, Lyrik. Das Abhalten von prächtigen Festgelagen ließ ihre Herzen höherschlagen. Diese, welche all das herzurichten hatten, waren ihnen nicht gleichgestellt; hatten keine persönlichen Freiheiten. Es waren ihre Diener, ihre Hörigen, die Leibeigenen. Deren Befehlende ihres Besitzes, über ihren Körper und persönlichen Entscheidungen bestimmen konnten. Die Machthaber selbst hatten meist die zielgerichteten Absichten Kriege zu führen, um Allermächtigste, absolute Herrscher zu werden. Führten diese, sogar wenn es ihnen gebot, gegen Rivalen im eigenen Bereich. Sie ließen sich, wenn es ihnen gelang, als Kaiser ihre Krone vom »Heiligen Vater in Rom« auf ihr Haupt setzen. Erhielten ihre ölige Salbung, Zepter und Erdkugel, alles so, wie es vom Kirchenoberhaupt dargestellt, »Gottes Wille sei«.

Veränderungen durch die Produktion

Mit der Entwicklung des weiteren Begreifens, der Anreicherung von Wissen unter den Menschen, vollzog sich aber auch immer mehr ein Widerstand gegen diese ungleich, ungerecht empfundenen Verhältnisse. Nach langen, »verlustreichen Kämpfen« gelang es dann auch, dass die Existenzinteressen anderer Bewohner berücksichtigt wurden. Sie wurden geduldet. Denn die Menschen verstanden es immer besser, die notwendigen Arbeitsleistungen, auch den Warenaustausch zur Existenzerhaltung auszubauen. Dieses wurde gesellschaftlich als aufkommendes »Handwerker-, Bürgertum« bezeichnet. Die meisten Feudalherrscher, auch Monarchen genannt, behielten aber weiterhin ihren großen Machteinfluss.

Dazu heißt es in einem Geschichtsbuch.

Die allgemeinen Merkmale des Feudalismus sind:

»Der Feudalherr (Kaiser, König, Fürst, Herzog, Erzbischof) besaß den Grund und Boden als Eigentum. Die feudal abhängigen Bauern, Leibeigene, Lohnarbeiter, besaßen Produktionsinstrumente als Eigentum. Weil die Feudalherren das wichtigste Produktionsmittel, den Grund und Boden besaßen, konnten sie die Bauern, Landbewohner ausbeuten …Der Feudalstaat (Monarch, Fürsten, Gerichte, Ministeriale, Armee) war das Machtinstrument der Herrscher. Er sicherte die feudalen Produktionsverhältnisse im inneren des jeweiligen Landes und verwirklichte deren feudale Eroberungspolitik (Kriege) nach außen … verschieden religiöse Lehren (Christentum, Islam) … dienten den Feudalherren als ideologische Machtstütze. (zit. Lit. 4', Bd.6, S. 152f, S. 125)

Es entwickelte sich weiter in der Produktion ein System, dass viele der ehemaligen Leibeigenen für ein Entgelt ihre Arbeitsleistung dem Wareneigentümer erbrachten. Die Arbeitenden konnten damit immerhin eigen verfügen, einem anderen ihre Arbeitskraft zu »verkaufen«. Dieser bezahlte von dem so erarbeiteten Wert einen Arbeitslohn an diejenigen, welche dessen Produkte hergestellt hatten. »Stadtluft macht frei«, hieß es treffend dazu im Volksmund. Das was produziert worden war, wurde gewinnbringend als Ware veräußert. Dies wurde »Kapitalistisches Wirtschaftssystem« genannt. Es entwickelte sich in der Massenherstellung von Sachen, die rein durch Handarbeit hergestellt wurden, genannt Manufakturen. Dann entwickelte man Maschinen mit mechanischen Antrieben, die viel schneller und auch qualitativ besser die Waren anfertigten. Es begann das Zeitalter der »Industrieproduktion«. Für die Arbeitenden schon eine Erleichterung in Anwendung ihrer manuellen Herstellungskraft. Aber auch mit den großen Sorgen, nicht mehr als Arbeitskraft gebraucht, massenhaft entlassen und in Not und Armut gestürzt zu werden. All dies besteht auch noch gegenwärtig, in vielen Teilen der Erde so.

So wird dieses System in der Literatur folgend dargestellt:

Es ist eine »ökonomische Gesellschaftsformation, die auf dem Privateigentum an den wichtigsten Produktionsmitteln (Arbeitsgegenstände, -mittel) in der Hand der »Bourgeoisie« und der darauffolgenden Ausbeutung der »Arbeiterklasse« beruht .... Im Kampf gegen den Feudalismus verkörpert sie, das kapitalistische System, den gesellschaftlichen Fortschritt ... . wie bürgerliche Demokratie, die Kultur und progressiven Ideen, die Idee der persönlichen Freiheit, Gleichheit, Brüderlichkeit aller Menschen«. Es setzte, in weiteren Jahrhunderten, eine kolossale Entwicklung in der Verwendung der Naturprodukte, der Industrialisierung, der Technisierung, Anwendung chemischer Erkenntnisse, Aufbau von Verkehrsmitteln, elektrischer Verbindungen, Urbanisierung großer Landflächen, hohem Bevölkerungszuwachs ein. *(alles Lit.3, Bd.1, S.606f)*

Es muss aber hier auch erwähnt werden, wendete die sehr belesene Mama ein, dass viele Theoretiker den hier beschriebenen Klassenbegriff der Ausbeutung der Arbeiter nicht verwenden und dieses als freiheitliches Streben, einer »menschliche Neigung«, das Beste für sich zu erreichen, bevorzugen. Es wird auch als Selbstverwirklichung bezeichnet.

Doch der Papa nutzte dies. Holte tief Luft und fuhr mit temperamentvoller Stimme fort: Stellt euch vor, um wirtschaftlich, aber auch machtpolitisch den größten Einfluss zu erreichen, wurden fürchterliche Kriege, sogar Weltkriege geführt, mit unzähligen Millionen von Toten, zerstörten Städte und Landschaften.

Das gehe auch jetzt noch so weiter, ergänzte noch die Mutter. Überall auf der Erde gibt es Kriege.

»Hm, meinte das Mädel, warum haben denn die Menschen so böse gehandelt? Sie hätten doch auch untereinander, freundschaftlich zusammenlebend, alles besprechen, dann auch vereinbarend alles gerecht aufteilen können. So wie ganz am Anfang, als noch alle in Gleichheit lebten. Auch unsere Püppchen, mit den wir spielen, möchten es, dass ihre Mamis lieb und zärtlich zu ihnen sind. Dann fühlen sie sich so richtig geborgen und heimisch. Auch wenn deren Eltern größer, stärker, auch klüger als sie sind«.

Doch ihre Mama meinte dazu: Mir kommen dazu doch meine Bedenken, dieses Verhalten als prinzipiell etwas »Böses« zu bezeichnen.

Dieses Wort ist ja mehr ein ethisch-moralischer Begriff. Der wird ja, meist ideologisch so verwendet, entsprechend den gegebenen gesellschaftlichen Meinungsprägungen. Dabei ist immer ausschlaggebend, wer das politische Sagen in dieser Situation ausübt. In dessen Interesse wird dann meist festgelegt, was das Rechte, Unrechte; das Vernünftige, auch was gut oder böse sei. Gelingt dazu noch eine überzeugende Beeinflussung der meisten dort Lebenden, dann ist dies »die Richtschnur dessen, was den Lebenssinn, -inhalt, somit auch was gut oder böse sei ausmacht«.

Der menschliche Drang zur Kriegsführung

Hättest du denn eine Idee, durch wen man, oder auch wo man Weiteres nachlesen könnte; dieses: »warum Krieg führen« vielleicht tiefgreifender erörtert wird, fragte seine Frau, die den anderen nun doch etwas Passendes zu vermitteln beabsichtigte. Vielleicht kann man es nicht so ohne Weiteres als ein »böses Adjektiv« betrachten. Es könnte ja auch, was im Menschen wirkendes, Naturbedingtes sein.

Ja, meinte der Papa, das ist von dir tiefsinnig überlegt! Warum greift man zu den Waffen. Bringt sich um?

Nur, die Geschichtsbücher geben darüber, wie ich meine, nichts voll Treffendes her. Haben keine Antwort darauf. In diesen wird dargestellt, dass etwas so und so geschehen sei. Somit, dass so entsprechend gehandelt wurde. »Warum« aber die Menschen, so auch die Herrschenden, so handelten, dass kann mit den geschichtlichen Darstellungen nicht voll beantwortet werden. Das sind so meine Erkenntnisse. Vielleicht mit dem geläufigen Hinweis, willentlich Mächtigster, Herrscher über alle zu sein, zu werden. Doch mal sehen, vielleicht finden wir, von anderen wissenden Menschen beschrieben, was darüber. Sicher haben sich schon viele mit dieser Thematik beschäftigt. Auch dann umfassende Theorien dazu entwickelt.

So weiß ich, dass vor allem die Philosophen, warum es Kriege, aber auch Frieden gibt, sehr beschäftigt haben.

Schon die damaligen, sogenannten Schriftgelehrten in Ägypten, Persien; vor allem die griechischen, haben darüber nachgedacht, geschrieben. Dann auch weitere, die im Mittelalter, der Neuzeit ihre Theorien darlegten. Es gab unter ihnen sehr verschiedene Aussagen. So, aber auch der Gegenwärtigen nicht Wenige, die den Kampf, die Kriege recht positiv; andere aber auch sehr kritisch betrachteten.

So auch das Letztere hervorhebend, in der Epoche des späten Mittelalters:

So steht hier dazu: *Mit der Herausbildung des «Frühkapitalismus« und dem damit Erstarken des Bürgertums, Handwerk, Manufakturbesitzer, Kaufleute, Advokaten und weiteren Dienstleistern, entwickelte sich auch eine bürgerliche Weltanschauung, Wissenschaft, Kunst, genannt auch Humanismus (Menschlichkeit) oder Renaissance (Wiedergeburt). Ihr Ziel, der Letztgenannten war es, durch Erforschung und Pflege der alten Sprachen (griechisch, Latein), Literatur, Kunst und Kultur, ein Weltbild zu schaffen, das den Menschen in den Mittelpunkt der Betrachtung stellt: Ihm ein optimistisches, »humanistisches« Lebensgefühl vermittelt. Ihn auf seine eigenen Kräfte und die Ausbildung seiner menschlichen Persönlichkeit, wie Wille, Vernunft orientiert. (vgl. Lit.3, Bd.1, S.525f- Humanismus).*

Kriege durch die Gesellschaftsstruktur

Ja und dann, von denen inspiriert, beeinflusst, meine Erkenntnisse bereichernd, die materialistisch-dialektisch ausgerichteten Denker, wie K. Marx und Fr. Engels, gleich genauso auch eine Vielzahl anderer Theoretiker. Unmöglich für mich diese namentlich alle zu benennen. Auch später von den religiös und weltlichen Propheten. Sie versuchten meist aus ihren historisch – gesellschaftlichen, – aber auch Analysen menschlicher Eigenschaften-, Erkenntnisse aufzuzeigen, warum es dauerhaft unter den Menschen Kriege gibt. Ich bleibe mal bei den Erstgenannten. Sie legten dar, dass dies mit deren Vorhandensein eines wirtschaftlichen Gewinnstrebens als Ursache zusammenhänge.

Der einzelne dieser, und auch deren Herrschaftssystem geht zielgerecht vor, andere arbeitsmäßig auszubeuten, auch zu unterdrücken. Zur Ausweitung ihres Einflussbereiches werden dann politisch gezielt Eroberungskriege geführt. So kam es immer wieder zu den grauenhaften großen Waffengängen, wie Kolonial-, Imperial-, zum Ersten, Zweiten Weltkrieg. Man nannte sie auch treffend »Imperialistische Kriege«. (Lit. vgl. ders., Bd. 1, S. 676ff)

Der Krieg sei die Fortsetzung der Politik der ökonomisch herrschenden Klasse und historisch in der Sklavenhalter-, des Feudal-, des kapitalistischen Systems zur Unterdrückung der beherrschten Klasse durchgeführt worden und gilt auch heute noch.

Der Krieg sei die Fortsetzung dieser Politik, geführt nur mit »anderen Mitteln«, so wird es auch allgemein beschrieben. Hinweisend wird aber auch betonend von gerechten Kriegen, den Befreiungs-, Freiheits-, Bürgerkriegen gesprochen. (n. Lit. ders. Bd.1, S. 676ff)

Es muss aber hier erwähnt werden, dass diese Festlegung des Strebens einer rein ökonomischen Zielsetzung, rein verursacht durch dieses, sprich kapitalistische System doch angezweifelt wird, ergänzte so die Mama, die darüber sich ein hohes Wissen angeeignet hatte.

Dies darin anzweifelnd, da auch von den führenden »sozialistischen Machthabern, so der UdSSR, genauso China und weiteren, Androhungen, sogar Durchführungen von Kriegshandlungen erfolgten. Mit Überfällen anderer Länder, Zerstörungen, Tötungen von Menschen.

Darauf weisen immer wieder schriftliche Darstellungen, der meist pazifistisch ausgerichteten Friedensbewegungen hin. So als Beispiel in den Publikationen der damals jener sehr Einflussreichen, *Anfang der achtziger Jahre des 20. Jahrhunderts: »Die Angst ging einher …, dass das Wettrüsten der beiden Supermächte, USA und UDSSR, zu einer Katstrophe führen könnte. Vor allem als die NATO plante, als Reaktion auf die Ankündigung der sowjetischen Führung in ihren Bündnisländern atomare Mittelstreckenraketen zu stationieren, ging die Nato als Abschre-*

ckung dazu über ähnliches auch hier, in der BRD durchzuführen. Die Angst deswegen wuchs damit, dass aus dem »Kalten Krieg ein alles vernichtender Krieg entstehe.« (nach. Lit. 3', S.126f)

Deren »Pazifistisches Ideal« wuchs aber auch weiter, dass es doch endgültig gelingen müsse, dass die Menschen auf der ganzen Erde aufhören, sich gegenseitig in Kriegen umzubringen.

So auch deutlich hervorgehoben in deren Parolen, wie »Frieden schaffen, ohne Waffen«, oder so der Friedensbewegung in der DDR, dass man »Schwerter in Pflugscharen verwandeln« sollte. Ein Zitat aus der Bibel. Dort, in diesem »sozialistischem Land«, wurde diese Bewegung sogar als staatszersetzend eingestuft, Mit aller staatlicher Gegenwehr von der bestehenden Regierung nicht geduldet.

Doch der Sohn meinte, wenn die Menschen eine bessere Welt erreichen wollen, dann müssen deren Hindernisse, welche diese blockieren, beseitigt werden. Dieses könne dann auch die Auslöschung von Menschenleben bedeuten. Also muss es ein Kämpfen berechtigterweise geben, denn deren Gegner »räumen ja nicht freiwillig ihren Platz«. Das wird aber genauso als Krieg, meist mit der Vorsilbe »Befreiung« bezeichnet.

Ja, da taucht doch wieder entsprechendes Problem auf. Auch wenn die Menschen eine bessere, gerechtere Welt, sogar mit Kampf, Gewalt aufbauen wollen. Es gibt, so meine ich, wie nun die Mama ergänzte, ja keinen endgültigen, für alle ewig und absolut geltenden, auch gerechten Zustand. Seht euch doch mal den Verlauf durchgeführter, sogenannter erfolgreicher Revolutionen an. Sie schafften Neues, auch lebensinhaltlich, qualitativ Neues, im Gesellschaftlichem. Das stimme schon! Dieses musste aber dann doch in der Folgezeit wiederum verändert werden, damit sie nicht in ihrer Dogmatik, – die ja wiederum etwas sich weiter entfalten Wollendes blockierte-, erstarrten. Die Möglichkeit, weiter Begreifendes in der fortsetzenden Entwicklung, muss somit immer offenbleiben. So sagte mal ein recht Gescheiter, »dass die Revolution immer ihre Kinder fresse«. So ist es auch im Ablauf der Natur. Dort ist immerwährend alles in Bewegung. Somit muss diese ja, zur weiteren Entwicklung, in ihrem Werden eine sich weiter entwickelnde Erscheinung bleiben.

Die Ansprüche einer absoluten Ideologie

So auch im Negativen, diese wie oben von den Philosophen erdachte sozialistische, klassenlose Gesellschaft. Was wurde daraus? Wie ihr wisst, aus deren Erkenntnissen, baute man eine Ideologie auf. Dann eine Staatsdoktrin, mit dem System der »Diktatur des Proletariats«. Aus dem dann fundamentalistisch geführt nicht die Arbeiterklasse nach demokratischem Prinzip staatliches Machtorgan, sondern eine Personendiktatur entstand. Mit Ausschaltung sämtlicher, auch konstruktiver Kritikmöglichkeiten. Wahrscheinlich schon ihr Führer W.I. Lenin und folgend der Nachfolger, J. Stalin, waren ja von ihren Ideen fest überzeugt, dass sie annahmen, dass alles, was nicht in ihr Schema passe, falsch sein muss. Es wurden dogmatisch ausgerichtete Fundamentalisten, wie man sowas auch bezeichnet. Es brauchte dann eine lange Zeit, – auch mit vielen Opfern –, durch den Aufruhr der dortigen Menschen, diese Alleinherrschaft, diese erstarrte Diktatur zu brechen. So gibt es aus der Vergangenheit dazu auch noch weitere Ereignisse dieser Art. Doch auch deren »Aufbrechen« kann wiederum dazu führen, dass einzelne in ihren Neigungen hinstreben, alleinige Machthaber zu sein.

So welche denn, und was ist das, diese fundamentalistische Doktrin fragte, neugierig geworden, ihr Sohn.

So fuhr seine Mama weiter in ihren Ausführungen fort: Das war auch, von der Zeit, weit, weit zurückliegend, ideologisch so in seinem Absolutheitsansprüchen gefangen, die Doktrin viele religiöser Führer. Sie bezogen sich dabei immer wieder auf das, was »ihr Gott« ihnen in seinen Botschaften, auch schriftlichen Überlieferungen wie der Bibel, Koran, als absolut Wahres aufgezeigt habe. Dieser, ihr Gott können nicht irren. Alles, was anders laute oder auch in veränderter Weise aufgezeigt werde, sei damit, das Wort Gottes verletzend, dem Sündhaften verfallen. Wohlheißend durch deren Propheten ging man sogar so weit, mit Unterstützung der weltlichen Herrscher, dass Verleumder, Satansgläubige »im Fegefeuer für immer verdammt seien«.

Puh, das war ja schon so was, wie Kannibalismus gab der Sohn spontan von sich.

Nein, nein, das wurde vom religiösen Glauben so ausgelegt, dass damit das Sündhafte in dem Übeltäter ausgebrannt werde. Er somit wieder vor Gott, mit reiner Seele, im Paradies willkommen geheißen werden kann. Das wurde sogar mit Bibeltexten dogmatisch untermauert. Dann diese Moslems, die nichts anderes zuließen. Stimmt es nicht, nach ihren Auslegungen, mit dem durch ihren Allmächtigen, Allah verkündeten Koransätzen überein, dann war dieses eine Gotteslästerung der Ungläubigen. Dies muss, sogar mit dem Schwert, bekämpft werden. Diese Fundamentalisten haben auch noch heute sehr großen Einfluss unter den Gläubigen. Nennen sich Islamisten.

Aber auch andere revolutionäre Umwälzungen, wie in Frankreich oder auch England, später in Russland, brachten Personen an die Macht, die fundamental von ihrer Idee so besessen waren, dass sie nichts anderes zuließen. Es wurde daraus eine starre Staatsdoktrin. Ich muss aber auch beispielhaft eine andere, positive Entwicklung hervorheben. In den USA war es doch gelungen, durch eine breite parlamentarische Befugnis immer wieder zu verhindern, dass ein Einzelner sich zur absoluten Machtentfaltung mausern konnte. Auch hier bei uns in Deutschland, war es ja dieser Staatsführer Hitler, der alle, ihm kritisch vorkommende Meinungen rigoros bekämpfen ließ. Sogar mit der Todesstrafe ahnen ließ. Doch er hatte, fast schon unglaublich, unter der Bevölkerung Millionen von treu ergebenen Anhängern. »Führer befiehl, wir folgen dir«, wurde ihm gönnerhaft millionenfach zugejubelt. Dessen ihn lobpreisende Anhängerschar gibt es auch gegenwärtig noch.

Ja und das, was nun Dogma oder Fundamentalismus bedeutet; da schauen wir mal zu deren Erklärungen in der Literatur nach:

Das war schon sehr erkenntnisreich und wichtig, was da die Mama so sagte.

Ach ja, hier habe ich was gefunden, fuhr der Papa fort:

»Das sei eine »unkritische, unhistorische, metaphysische Denkweise, die von überlieferten Dogmen, d.h. Meinungen, Lehr-, oder Glaubenssätzen ausgeht. An ihnen als gleichsam ewig und überall gültigen Wahrheiten festhält ohne sie an den konkret gegebenen historischen Situationen, an neuen Erkenntnissen und praktischen Erfahrungen auf ihren Wahrheitsgehalt und Erkenntniswert hin zu überprüfen. Der Dogmatismus ist ein charakteristischer Grundzug jeder Religion und religiöser Anschauung. Philosophisch ein Ausdruck undialektischem, metaphysischen Denkens, dass an einmal gewonnen Erkenntnissen unkritisch festhält. Sie schematisch auf neue Verhältnisse überträgt, ohne diese selbst zu analysieren, theoretisch zu verallgemeinern und so zu einem echten Erkenntnisfortschritt beizutragen. Es führt meist zu Sektierertum.« (zit. Lit.3, Bd.1, S. 286f)

Der Sohnemann, schon geübt im logischen Denken, erwiderte dann auch sogleich, dass so gar nicht in dem oben zitierten Literaturtext dieses Festhalten dieser fundamentalen Dogmen in den »sozialistischen Gesellschaftssystemen« erwähnt werde. Diese Buchautoren stammen doch aus so einem dieser Länder.

Das war deren damalige »absolute Überzeugung«, antwortete sein Papa. Das Buch, welches wir hier zitieren, ist auch von Anhängern verfasst, die im Sozialismus dieser Länder die neue, gerechtere Zukunft für uns Menschen, im guten Glauben, verwirklichen wollten. Etwas Kritisches über die dort herrschenden Zustände war für sie unmöglich. Man hätte diese Bücher dann auch nicht zur Ausgabe freigegeben.

Deswegen hier noch eine weitere Erklärung dazu, in welcher der dogmatische Fundamentalismus, sicher aus den weiteren Ereignissen in anderen Ländern, wie China, Kuba, Angola (Afrika), und weiteren mit dem »Realsozialismus« erwähnt wird. Diese Beschreibung habe ich so wie heute üblich im Internet unter »Wikipedia *Jg.2021- Fundamentalismus, mit Quellennachweisen« aufgerufen*

»Abweichend von seiner ursprünglichen Beschränkung auf religiöse Dogmen wird der Begriff auch auf säkulare, weltliche Ideologien (Ideen zur Erreichung eines Zustandes) bezogen. Dies geht auf einen formalen Fundamentalismus Begriff zurück, nach dem eine soziale Bewegung als fundamentalistisch einzustufen ist, wenn sie ihre religiöse, ethnische oder ideologische Orientierung als absolut setzt und zugleich expansiv um die Kontrolle eines ihr übergeordneten gesellschaftlichen Machtzentrum kämpft ….« (Lit.ders. Wikipedia)

Kriege aus Selbsterhaltung und Bewusstsein

Vielleicht gibt es dann doch noch andere Gründe, warum die Kriege zur natürlichen Selbsterhaltung, trotz des Begreifens, immer wieder geschehen. Mit Kämpfen, Gewalt anwenden, böse sein, meinte der Sohn lautstark, damit sich bei den anderen Gehör verschaffen wollend.

Zwischenzeitlich hatte sich auch die Großeltern in der Familienrunde eingefunden und waren auch brennend an den Themen interessiert. Das war nicht überraschend für die anderen. Denn beide waren schon von je her immer wieder der Frage nachgegangen, was nun das Leben ausmache, die menschlichen Lebensinhalte; worauf es ihnen dabei ankomme. Auch die Einstellung ihrer Oma, die der Meinung war, dass so alles Gute mit den Vorsätzen der Christenlehre, des Glaubens, der Hoffnung und der Nächstenliebe begonnen habe.

So meinte nun, sich beteiligend, der Opa:

»Wisst ihr, dass die Menschen nicht immer gut, sondern auch häufig sich böse verhalten; dieses hatte ja schon Charles Darwin beschrieben. Er hatte die fortschreitende Entwicklung, den Evolutionsvorgang, in der Natur erkannt. Mit den drei wesentlichen Faktoren der Population, (Vermehrung) der Mutation (Zufall) und der Auslese durch Nichtanpassung. (vgl. Lit. 15, S.50f) Auch darauf hingewiesen, dass es, um bestehen zu bleiben, diesen Kampf ums Dasein gebe. Dieses Naturbedingte, der Selbsterhaltung ihrer Art unter den Lebewesen. So gebrauchen die Tiere, für uns grausam erscheinend, das Töten, um dadurch zum eigenen Existieren, ihren quälenden Hunger zu stillen. Die Menschen machen davon keine Ausnahme. Es ist ihr natürlicher Antrieb sich auf diese Art und Weise erhalten zu wollen. Sie benötigen ja die Produkte der Natur zur Daseinserhaltung.

Doch die Oma wandte dazu ein:

Der Unterschied zu uns Menschen ist aber doch, dass die Tiere nicht wie wir, dieses begreifen, dass sie andere töten. Seht mal als Beispiel, wenn ein Löwe satt ist, kann sich ein Lämmlein ihm nähern, ohne dass er dieses zerfleischt und auffrisst. Doch die Menschen wissen ja, dass sie was töten, vernichten, Schmerz, Leid zufügen!

Puh, das hatte keiner der Oma zugetraut, dass diese so tiefsinnige Gedanken hatte. Dabei tanzten die beiden Kinder in froher Laune um sie herum.

Doch der Opa meldete sich weiter zu Wort. Meinte, es haben doch, wie der K. Lorenz, ein Biologe, vergleichsweise an Tieren erkennen können, – auch wenn der Mensch mehr als diese ist –, dass in ihnen allen innerlich als »Geschöpfe der Natur«, wie ein Instinkt, ein Gewalttrieb generell vorhanden sei. Das sei das »sogenannte Böse«, welches da in uns so herumrumort, wie er es in seinem Buch beschrieben hat. (Lit. 8', Überblick-Buchcover)

Ja, das kann schon sein. Doch der Mensch, als begreifendes Wesen, ist bestimmt fähig, dies auch steuern zu können. Ich denke auch erst nach, ob ich meine Frau, eure Mama, fressen oder küssen soll.

»Küssen, küss sie sofort, riefen die Kinder in ihrem spontanen Übermut!

Da habe ich aber auch noch ein Wörtchen mitzureden, prustete die Mama, bevor sie beitragend weitersprach, los!

Ja und dann waren da so einige schlaue Köpfe, die Umwälzendes darüber erkannten.

So der S. Freud, A. Adler, C.G. Jung, W. Reich und später auch E. Fromm, um so einige Verkünder der Triebtheorie zu nennen.

Was ist denn mit dieser Trieblehre gemeint, fragte nun das Mädchen, die Tochter . Ich werde häufig auch, wenn ich Hunger habe, dazu getrieben, mich zu sättigen. Vor allem mit einer leckeren Tafel Schokolade.

Lasst uns doch, zum besseren Verständnis mal in der Literatur nachschauen. Ah ja, da steht ja recht vieles darüber:

So ist bekannt, dass der Mensch qualitativ in seiner Entwicklung nicht mehr rein vom Instinkt, wie ein Tier geprägt ist. Doch in ihm wirken doch noch, ihn beherrschende Triebe, wie dies von S. Freud dargestellt wurde. Als Grundtriebe werden häufig der Selbsterhaltungstrieb, ausgeprägt als Stillung seines Hungers, und der Fortpflanzungstrieb zu seiner Daseinserhaltung angesehen. Bei Erwachsenen lässt sich die Triebbefriedigung lange Zeit aufschieben aber nicht vollkommen verdrängen. Dieser wirke fortwährend in direkter oder Ersatzbefriedigung. Die Triebe werden gesteuert,

ausgehend von bestimmten Bereichen im Gehirn. Deswegen schluss-
folgerte er daraus, dass alle geschaffene Kultur die Unterdrückung
der Triebkomplexe beinhalte. Es komme zu einer »Sublimierung«.
Auch danach so benannt, einer seiner Schriften mit dem Titel:« Das
Unbehagen in der Kultur« (dazu Lit. 10', S. 92f)

Sicherlich durch die Versagung, Unterdrückung von weiteren
Triebbedürfnissen, – bezeichnet von ihm als Frustrationen –, sich
aufstaut und auch entsprechend, auch als Destruktion, Aggression
entladen kann. (vgl. Lit. 1a, S.13f)

Dann, recht entsetzt, durch die schrecklichen Ereignisse des
1. Weltkrieges, brachte dieses S. Freud zu seiner Begründung,
dass es doch in menschlicher Veranlagung sowas wie eine Destruktion, genannt auch Todestrieb geben muss. Der in seiner
äußeren Entfaltung alles zerstören wolle. Der Annahme, dass
dieses durch sozialen Einfluss sich auspräge, dem konnte er,
überzeugt von seiner erkannten natürlichen Triebwirkung im
Menschen, nicht zustimmen.

Später auch biologisch erforscht als die Funktion der Hirn-
anhangsdrüse (Hypophyse). Von dort wird, unabhängig von
Außenreizen, die Triebenergie hervorgerufen. (allgemein vgl.
Lit. 1a, S. 503 – Trieb; S. 181 – Hypophyse)

Schon eine Zeit vorher ging S. Freud sogar so weit, dass er
der Ansicht war, dass jeder menschliche Kulturaufbau einher-
geht mit diesen Triebverdrängungen. Kulturentwicklung sei
Triebverzicht. (vgl. Lit.10', S. 92f)

Lasst uns doch zum besseren Verständnis mal in der Literatur
nachschauen. Ah ja, da steht ja recht vieles darüber:

Es wird aber in anderer Literatur, schon wie oben beschrieben, anfangend überliefert von Alfred Adler darauf hingewiesen, dass menschliche Triebe, auch wenn naturbedingt, in
ihren Erscheinungen von den beeinflussenden Prägungen des
»sozialen Lebens«, die sich im menschlichen Wesen manifestiert haben, zum Ausdruck kommen. Auch dass diese Gefühle,

Emotionen ihre Grundlage aus den gesellschaftlichen Zuständen sich äußern. (vgl. Lit. 3, S. 1234-Trieblehre)

Es wurde argumentiert, auch von anderen Theoretikern der
Psychoanalyse, wenn sich die natürliche Triebbefriedigungen,
wie Hunger, Durst, Fortpflanzung (Sexualität), Selbstentfal-
tung nicht verwirklichen können; diese unterdrückt werden;
dann breche sich dies durch aggressives Verhalten seine Bahn.
Aber doch schon mit einfließend lassender Beschreibung »gegebener Bedingungen bestimmter Gesellschaftssysteme und
Strukturen …. Sich dartuend durch Kritik, Protest, Widerstand, Aufruhr sogar Gewalthandlungen. Dieses nannte man
auch »Triebrepression«. (n. Lit.1a, S. 412 – Stichwort Repres-
sion)

A. Adler, betonten doch, – anders als S. Freud –, dass es vor
allem beim einzelnen durch seine soziale Beeinflussung zu bestimmten ausgeprägten Charaktermerkmalen, so auch Aggres-
sionen komme. Also dieses nicht rein durch erduldeten Triebverzicht sublimierend sich zeige. So schreibt er: dass menschliche Triebe, auch wenn naturbedingt, in ihren Erscheinungen
von den beeinflussenden Prägungen des »sozialen Lebens«, die
sich im menschlichen Wesen manifestiert haben, zum Ausdruck kommen. (Lit 11', S. 146)

Die sich unter anderem auch im Aufkommen »bestimmter
aggressiver- nichtaggressiver Natur dartun. Dies konnte immer
wieder durch Ereignisse und Handlungen einzelner und auch
durch Gruppen nachgewiesen werden.

Ein weiterer Vertreter dieser Psychoanalyse, Wilhelm Reich,
stellte dann doch, aber weit ausholend entgegengesetzt, in einem
seiner Schriften dar, dass »die sexuelle Energie das Aufbauende
des psychischen Apparates sei, die die menschliche Gefühls-
und Denkstruktur bildet. Sexualität … ist die produktive
Lebensenergie schlechthin. Ihre Unterdrückung bedeutet ….
vielmehr ganz allgemein Störung der grundsätzlichen Lebens-

funktionen; der gesellschaftlich wesentlichste Ausdruck damit sei, dieses unzweckmäßige …Handeln der Menschen, ihre Tollheit, ihre Mystik, ihre Kriegsbereitschaft … (zit. Lit. 4c, S. 18 und auch S.33ff) Interpretierend kann man daraus schlussfolgern, dass mit der vollen Befriedigung des Sexualtriebes, der Mensch erst richtig seine Kreativität, Schöpferkraft, aber doch in positiver Art und Weise entfaltet werde. Doch keinem Menschen in diesem Industriezeitalter wurde so ein Lebensstil ermöglicht. W. Reichs Ansichten blieben somit isoliert. Später von der Hippie- Bewegung junger Menschen ausprobiert. Aber doch ohne allgemein gesellschaftliche Akzeptanz.

Der A. Adler hatte sich sehr intensiv damit befasst, warum und auch weshalb die Lebewesen, vor allem die Menschen in sich bestimmende Charakterzüge entwickeln. Aber auch deren Impulse verspüren, diese auszuleben. Er nahm weiterhin, wie schon Freud dargestellt hatte, als Grundlage eine Sublimierung, Unterordnung, durch ein unterdrücktes Bedürfnis an. Doch deren Auslöser sei nicht rein ein Verzicht auf Triebbefriedigung. Denn so richtig konnte ihn das, was sein Kollege Freud festgestellt hatte, nicht überzeugen; dass der Mensch prinzipiell aus seinem biologisch Inneren, zum Beispiel eine Aggression entlädt. Da auch gleichzeitig die Erklärung, des Biologen Lamarck, der Vererbung von vorhandenen Eigenschaften nicht voll haltbar war. So kam dann ergänzend A. Adler zu der Erklärung, dass die Aggression ein Faktor von menschlichen Charakterzügen sei, die aber vorwiegend durch seine soziale Beeinflussung sich manifestiert haben. So schrieb er: «*die Charakterzüge sind durchaus nicht, wie viele meinen, angeboren, nicht von Natur aus gegeben, sondern einer Leitlinie vergleichbar, die dem Menschen wie eine Schablone anhaftet und ihm gestattet, ohne viel Nachdenken in jeder Situation seine einheitliche Persönlichkeit zum Ausdruck zu bringen*». (zit. Lit. 11', S. 146; vgl. S.146ff) Diese Lehre vom Charakter des Menschen muss S. Freud sehr aggressiv gestimmt haben, sodass beide ihre bis dahin gemeinsame Arbeit aufkündigten, wie so darüber später erzählt wurde.

Als die Oma das Gesagte vernahm, schaute sie ihren Ehemann, den Opa, mit weichen Augen an. Meinte dann, sowas wird es zwischen uns Zweien, trotz verschiedener Ansichten, nicht geben. Was Gott zusammengeführt hat, soll der Mensch nicht trennen; während des, bis zum Ende beider Leben.

Doch seine Triebtheorie dem Ego, Eros, ließen nachfolgende Theoretiker nicht unter dem Tisch verschwinden.

Auch dass diese Gefühle, Emotionen ihre Grundlage aus den gesellschaftlichen Zuständen sich äußern. Entwickelten, vor allem versuchend mit den Erkenntnissen der sozialen Einwirkungen und auch verbindend wollend mit denen der dialektisch-materialistisch ausgerichteten Philosophien weiterer Forschender. (vgl. Lit. 3, S. 1234-Trieblehre)

Dies Aussagen der Triebbedürfnisse und deren Einengungen, in einer »rational durchorganisierten Gesellschaft wurde dann auch weiter, theoretisch aufbauend, nach der sogenannten »Kritischen Theorie der Frankfurter Schule« gesellschaftsanalytisch erarbeitet. Immer wieder versuchten diese die Erkenntnisse aus dieser »Freud'schen Lehre »und der materialistisch- dialektischen Theorie von Marx/Engels, – doch aber kritisch hinterfragend –, zu verbinden; auch weiterzuentwickeln. Unter anderem wiesen sie darauf hin, dass mit dem Triebverzicht in eine, den Menschen vollkommene Verwaltung, Überwachung; dann weiter gegenwärtig mit der steigenden Warenproduktion, in ein Massenkonsumverhalten kanalisiert werde. Das Produkt, Ergebnis, sei ein «eindimensionaler«, manipulierter Mensch. Nicht mehr frei dazu, durch erworbenes Wissen sich so auch in der Kritikfähigkeit zu zeigen. (vgl. Lit. 6b, S.21ff u. S.255ff – Massenkonsum

Weiter erkennend, dass zwar die Arbeitenden maßgeblich die Produktivkräfte seien, in dem sich entwickelnden Prozess der

Gesellschaft. Aber doch sich verändernd, in der stetigen Technisierung. Diese Feststellung wies somit darauf hin, dass dieses von Marx/Engels »klassische Industrieproletariat«, welches Träger einer sozialistischen Revolution sei, auch einer Weiterentwicklung unterliege. Das Bild der Arbeiterklasse verändere sich dadurch, hineinwachsend in eine technische Intelligenz. Kritisierend damit den Realsozialismus in der Sowjetunion und ihrer Satellitenstädten. In der Analyse der ökonomisch-technischen Entwicklung muss immer dieses durch die Möglichkeit einer kritischen Analyse neu bewertet werden können. Das sei mit der Sowjetideologie nicht möglich. Somit liege dort eine fundamentalistisch einbetonierte Ideologie vor. Herleiten kann man diese Methode aus der erstellten materialistischen Dialektik von Marx/Engels. Vor allem aus den Bewegungskriterien der Negation durch die Negation, durch welche die Rolle der Arbeitenden in der Bewegung der Gegensätze zu definieren sei. Daraus entwickeln sich fortlaufend, wie es heißt, andere »Gruppierungen«. Auch wurde der »zentrale Bürokratismus« in den sozialistischen Staaten einer sehr kritischen Analyse unterworfen. Dieser verhindere vor allem, rein dogmatisch, ohne die dialektischen Grundsätze zu berücksichtigen, den weiteren Fortschritt der gesellschaftlichen Situationen. Das betonte vor allem Adorno in seiner Schrift der »Negativen Dialektik«. Eine ideell praktizierte Staatsdoktrin ist damit ein geschlossenes Gebilde und führe nur zu einer Einzelherrschaft. Dann auch M. Horkheimer, der die Erreichung der sozialistischen, weiter kommunistischen Gesellschaftssysteme als gut gemeinte Ideen ansah. Doch reine Ideologie geblieben sei. Auf solche Prophezeiungen müsse man verzichten. Wichtig sei es »die gegenwärtige Gesellschaftsideologie kritisieren zu können. Diese klar zu nennen, um sie dann gegebenenfalls immer wieder zu verändern. Das formulierte hervorhebend auch schon vorher J. Habermas, einer der Bedeutendsten dieser Theorie, in seinen

Schriften wie der »Kritischen Theorie«. (vgl. aber dort kritisch einschätzend. Lit.: 3, S. 683f)

Von den damaligen Blumenkindern, Hippies-, der Studentenbewegung, durch ein Kommunenleben, der freien Liebe, wurde dann auch, wie eingangs schon erwähnt, W. Reichs sexuelle Befreiung ausprobiert. Damit sollte auch die kleinbürgerliche, männlich herrschende, patriarchalische Ehe überwunden werden. Fand aber keine breite gesellschaftliche Resonanz. Sicherlich deswegen, da man allgemein Bedenken hatte, dass diese freizügige Sexualität die begreifende, auch vernunftbetonte Verhaltensweise der Menschen aushebeln werde. Es drückte sich auch darin aus, wie man häufig von diesen Kritikern vernahm, »dass der Mensch nicht mit seinem Geschlechtstrieb denke, sondern mit seinem Kopf«.

Dabei war eigentlich Überlegung dieser alternativen Lebensart, die vom Mann dominierte Lebensformen der Ehe, Familie überwinden zu wollen. Diese Zielerreichung kam auf, dass mit einer Gleichstellung von Frau und Mann endlich sich eine Gerechtigkeit etabliere und in ehelicher Gemeinschaft, der Erziehung der Kinder, das unterwürfige Gehorchen ein Ende finde. Das sollte dann auch Prinzip jeglicher Pädagogik werden. Dieses nahm Inhalte an, wie Partnerschaft von Eltern/ Kinder, bis hin zu einer antiautoritären Erziehung.

Auch die Vorstellungen der marxistisch gelenkten Studentenbewegung, einer sozialistischen Umwälzung und Aufbaus, fand kein »offenes Gehör« unter der Bevölkerung.

Doch immerhin war bewiesen worden, dass Frustrationen zu aggressivem, auch gewalttätigem Verhalten führen können. Aber auch vom Menschen willentlich nicht verdrängbar sei, sondern nur unterdrückt werden kann. Diese aber häufig, in sogenannter Ersatzbefriedigung, in ihrem Ausdruck sich wiederfinde. Diese kann sich sowohl im Positiven so auch im Negativen entfalten. Somit zum Kreativem, Friedfertigen oder auch Beherrschen, Gewaltbereitem; aggressiv-, destruktivem Verhalten.

Doch kann man daraus auch herleiten, so hinterfragte die Oma, dass der oder auch die Menschen zu Kriegen bereit und diese auch immer wieder durchführen; sozusagen als Ersatz ihrer Triebunterdrückung?

Sicherlich um Kriege, oder auch Gewalt auszuüben, muss, bedarf es ja, – jedenfalls beim Menschen –, einer innerlichen Bereitschaft. Man kann es, die Ausbreitung der Kriege an den maßgebenden Personen oder auch Herrschaftsapparaten exemplarisch aufzeigen. Angefangen, als Beispiele, mit den ägyptischen, sumerisch- arischen Perserherrschern, den griechischen Stadtstaaten, Polis. Auch deren Kaiser. Den Cäsaren/Imperatoren von Rom. Der Machtgier weiterer weltlicher-religiöser Herrscher und Fürsten. Den nachfolgenden deutschen Monarchen. So war einer von ihnen, Verursacher des 1. Weltkrieges. Dann dem »im Volk hochverehrten Führer Adolf. Hitler« mit den verheerenden Folgen des 2. Weltkrieges.

Den Franzosen, Engländer in Algerien, Afrika; Amerikaner in Korea, Vietnam (Indochina), in Mittel-, Lateinamerika zeitlich nachfolgend in arabischen Staaten. Gegenwärtig nun der Überfall des russischen Machthabers Wladimir Putin auf die Ukraine.

So kann man eins sicherlich annehmen:

Subjektiv waren alle mit der gegebenen, ihrer Zielvorstellung nicht zufrieden. Entweder aus Gründen der Möglichkeit ihrer Machterweiterung, ihrer angestrebten Selbstverwirklichung oder auch ideologisch überzeugt, sogar für das eigene Land etwas Besseres zu erreichen. Sie wollten sich weiter verwirklichen, ihre für sie und ihre Untertanen »richtige« Welt aufbauen.

Es war somit, in ihrem Verhalten einmal die ausgeprägte Selbsterhaltung. Dieses kann nach dem oben Genannten auch aus einem Triebbedürfnis herstammen. Dann kommt aber hinzu, dass sie begreifend, mit Wissen, das »Ziel im Auge hatten und haben«, mit ihrer Vorgehensweise, das für »sie Überzeugte, ihr absolut Richtiges« zu erreichen. Heute nennt man dies eine »Motivationshandlung«.

Ja schaut her, hier ist dieser Begriff umschrieben:

»Mit *Motiv meint man in der Psychologie einen, nicht notwendigerweise aktualisierten Beweggrund für menschliches Verhalten. Synonym verwendet werden oft auch Bedürfnis, Wunsch, Triebe, Strebung Drang. Die Wissenschaft unterscheidet dabei angeborene, sogenannte primäre Motive (wie Hunger, Durst, Sexualität …) von erworbenen … sekundären Motiven (wie inhaltsspezifische Motive z.B. Machtbedürfnis, Lustbedürfnis, Wunsch nach Attraktivität … ….) Es ist die Verhaltenstendenz für Stärke und Richtung in bestimmten Situationen. Dessen Niveau wird bestimmt durch die Stärke des Bedürfnisses, (Wert) den Anreiz des Handlungszieles und die Wahrscheinlichkeit des Erreichens. (zit. Lit. 1a, S.303f)*

Diese Begriffsauslegung ist deswegen interessant, da man hier nun das Naturprodukt Mensch mit seiner sozialen Prägung verknüpft. Wie wir vorher schon hörten, versuchte man ja schon zwischen diesen Faktoren, dass der Mensch »Trieb und Kultur« in sich trägt, einen Brückenschlag zu erstellen. Dieses hatte aber doch, fast ein ganzes Jahrhundert, zu sehr heftigen Auseinandersetzungen zwischen den unterschiedlichen Theorien geführt. (zit. Lit. ders. S. 303f) Sogar, dass bestimmt für die Menschen nützliche Streben, die Psychoanalyse und die materialistische Theorie von Marx/Engels zu verbinden, musste aufgegeben werden. Bei Freud war ja aller Antrieb hergeleitet aus der Libido, der Selbsterhaltung, der Fortpflanzung. Die Dialektiker Marx/Engels bezogen alle Veränderungen aus dem ökonomischen Überbau, der Kultur mit daraus entwickelter Menschengesellschaft.

Immerhin weiß man nun, dass dieses Motivverhalten materieller Zielsetzung, – eingeschlossen damit auch aggressiver; aber auch ideologisch-politischer, so auch andere unterdrückende, sogar vernichtender Art sein kann.

Ja, schlussfolgerte die Mama, Tochter des Opa: wir Menschen sind durch die Natur »geschaffene Wesen«. Doch mit dieser doch so rätselhaft entstandenem Fähigkeit denken zu können, haben wir die Möglichkeit, auch die Chance, all unsere Handlungen zur notwendigen Daseinserhaltung durch ein Begreifen steuern zu können. Das lässt uns vieles Konträre erkennen: Liebe-Hass, Erhalten-Vernichten, Aktiv-Passiv, Arbeit-Spiel, Gleiches- Ungleiches, Gerecht- Unrecht, Leben-Töten, Krieg – Frieden, Heimat- Fremde, Geborgenheit- Einsamkeit. Doch Festlegung einer dieser Normen beinhaltet gleichzeitig, dass eine dieser in ideologisch- politischer Bestimmung als Moral, Ethik oder auch Gesetz von allen eizuhalten ist.

Dem lauschte auch der Sohn andächtig:

Was könnte Frieden sein?

Dann lasst uns doch mal hören, was die Menschen alles so unternommen haben um friedlich, in Frieden miteinander zu leben, ergänzte dieser.

Puh, das war eine schwierige Frage!

Der Opa meinte dann auch, hergeleitet sicherlich aus seiner langen Lebenserfahrung und -erinnerung:

Frieden, das gab eigentlich nie so richtig im Dasein, in der Realität der Menschengeschichte. Eher waren das meist so Zeiten, die zwischen den Kriegen lagen. Entweder, weil es einen Sieger gab, der nun die anderen sich untertan gemacht hatte. Oder auch weil beide Seiten sich so geschwächt hatten, dass ihnen nun »ihre Puste ausgegangen war«. Doch auch dann gingen Drohungen, Kämpfen, Unterwerfen, Gewaltanwendung, Feindschaft, Rivalität, Konkurrenz, Egoismus und ähnliches unvermindert weiter.

Doch vielleicht sollte man doch erst einmal genauer festlegen, was mit dem Begriff Frieden so gemeint ist. Auch, ob er im Widerspruch zum Wort Krieg zu gebrauchen ist.

Frieden als Idee

Da meldete sich die Oma der Kinder zu Wort. Ich hätte da was, mit dem man bestimmt gut beweisen, sogar auch was, wie man einen Frieden erreichen kann.

Das ist dies, was Jesus in seiner Bergpredigt den Menschen zur Gestaltung ihres Daseins verkündete. Er hob hervor, dass *»selig die Friedfertigen seien, denn sie werden Gottes Kinder heißen.«*

Das hörten auch die Kinder und bestürmten ihre Oma mit den Worten, was, Jesus hat auch an uns Kinder gedacht?

Ja, meinte diese, aber an die Kinder Gottes, das können Junge und Alte sein, so wie er es in seiner Bergpredigt verkündet hatte, bevor er für uns am Kreuz sterben musste.

Da liegt ja eine Bibel. Oma zeig uns die Seite dieser Predigt:

Ja, schlagt mal im Neuen Testament, dann unter Matthäus, das 5.Kapitel auf.

Flott machten sich die Kinder auf die Suche und fanden auch schnell das Geschriebene.

Puh, stellten sie fest, das ist aber eine lange Predigt. War denn da jemand vor Ort, der diese gesprochenen Worte aufgeschrieben hat, fragte eines der Kinder.

Nein, das nicht. Dieser Evangelist Matthäus hat das alles so einige Jahrzehnte später aufgeschrieben. Dies darüber hinaus, unter vielen Menschen mündlich weiterverbreitet. Wisst ihr, zu der Zeit konnten ja die meisten Menschen weder lesen noch schreiben.

Ja Oma, was meinst du denn mit der Bezeichnung Evangelist, fragte das Mädchen.

Das waren die Abgesandten, Boten der Christenlehre. Sie sprachen in den Versammlungen der Gläubigen. Verkündeten all das, was Jesus so gesagt, getan haben soll.

Ja konnten diese Prediger, denn auch alles, so wie es Jesus gesagt haben soll, wiedergeben. Auch konnte auch irgendwer richtig beweisen, ob es diesen Jesus überhaupt gegeben hat, fragte der Junge nach.

Nein, meinte die Oma, dass konnte keiner genau nachweisen. Doch wie dem auch sei, diese Botschaft von Jesus fand bei den Menschen ein offenes Gehör. Dieses verbreitete sich wie ein Flächenbrand, ein Fanal unter den Menschen. Bei all dieser Ungerechtigkeit, den Kriegen, Töten, Versklaven, Ausbeuten, Unterdrücken sehnten sich viele der Menschen nach einem anderen, besseren Leben. Dieses hält auch bis heute noch an, betonte die Oma. Der Opa stimmte ihr zu.

»Ach unsere Omi, mit ihrem großen Vorbild Jesus, gab der Papa der Kinder so schmunzelnd von sich. Doch sag mal liebe Schwiegermutter, du weißt so vieles, was in der Bibel geschrieben steht. Gehst aber nur einmal im Jahr, meist Heiligabend, zum Gottesdienst!

Ja, ja, meinte sie, das habe so seinen Grund mit der lieben Kirche. Alle lächelten ihr, – sie verstanden zu haben –, zustimmend zu.

Sie sprach dann weiter. Sie wisse schon, wie schwierig das sei, wer und was nun schon allein dieses Göttliche sei. Keiner von uns habe ihn bis jetzt, sicher auch niemals so richtig, in seinem Wesen erkennen können. Obwohl immer wieder von einem Gottes-Wesen die Rede ist. Er scheint der »Nichtbegreifbare« zu sein. Doch in einem, – auch wenn verbunden mit dem

Glauben an ihn –, ist er als Erscheinung fassbar. So auch darin, dass er über seinen Gesandten »Sohn Jesus«, den Menschen den Auftrag erteilte, brüderlich, friedliebend zu werden und zu sein. Ihr müsst auch zurückblickend diese damaligen gesellschaftlichen Zustände berücksichtigen. Zur Zeit des Jesus, im Römischen Reich, waren ja über die Hälfte der dort existierenden Bewohner Sklaven. Keine Gleichwertigen, sondern zur Ausbeutung gebrauchende Arbeitstiere, wie Werkzeuge. Mit dem Glauben an etwas einzigartig Göttlichem, sollte nun ein besseres Miteinander erschaffen werden. Genannt auch die Nächstenliebe. Diese trägt von ihrem inhaltlichen Gebot ein friedfertiges Miteinander, den Frieden in sich. Auch das will ich noch erwähnen. Vor allem, weil es so widersprüchlich ist. Die Botschaft Jesus war die Nächstenliebe, ein Miteinander zu finden. Ja und dann, es ist kaum zu glauben, führten die verschiedenen Religionen Kriege gegeneinander, weil sie sich nicht »grün« darin waren, ob dieser nun Gottes Sohn oder rein nur sein irdischer Prophet gewesen sei. Schon irrsinnig, was! Der Mann wollte Frieden und erntete Krieg«.

Mittlerweile war auch der Freund des Sohnes zu Besuch aufgetaucht. Ihn beeindruckte sehr, was die Oma seines Freundes so erzählte. So beteiligte er sich spontan mit. Meinte, dass seine Mutter auch immer wieder hervorhebt, dass die Liebe das Wichtigste im Zusammenleben der Menschen, auch in seiner Familie sei. Denn er habe schon häufig, wenn nicht so alles nach seinem Willen verlief, einen Groll auf seine Geschwister, seine Eltern verspürt und auch seine schwächeren Schwestern schon geschlagen. Seine Mutter betone dann immer, dass sei Gewalt, wie Krieg und führe nur »ins Verderben«. Doch darin könne nichts wachsen, gedeihen.

Frieden, nur ein waffenloser Krieg?

Dann kam der Opa zu Wort. Der schon lange Jahre auf der Suche nach dem war, was so das Wesen, das Wesentliche, vor allem das Wirkliche, das Wahre, aber auch das Nichtbegreifbare eigentlich sein könnte.

»Gut, was meine Frau, die Oma, so geschildert hat, ist schon sehr wichtig. Auch weil es einen doch sehr hoffnungsvoll stimmen kann. Das lässt uns auch daran glauben, die Zuversicht zu spüren, nicht ohne Heimat zu sein. Doch ein Zuhause zu haben.

Das Wesen Gott bleibt zwar den Menschen verschlossen, und doch ist es in seiner Erscheinung, durch das Auftreten, Verkünden dieser Gottesbotschaften seiner Anhänger, damit glaubhaft geworden. Auch sogar, in diesem Sinne aufzeigend, auffordernd danach zu handeln. Es gab immer wieder diese voranschreitenden Gottgesandten, Söhne Gottes, die Prophezeienden.

Doch nehmen wir mal den Ausgangspunkt, erklärend was Frieden sei an, dass nach einem vorherigen grausamen Krieg nun ein »friedliches Zusammenleben« möglich werden soll, festgelegt wurde.

Es »er-scheint« ja mit dieser Situation so, dass nun unmittelbar die Nächstenliebe im Leben der Menschen als Beginn, Priorität in Erscheinung treten müsste. Somit könnte es wesentlich etwas Neues sein.

Doch mit dem Friedensbeschluss ist das Wesentliche, was den Krieg oder auch den Frieden nun herbeiführte nicht verschwunden, nicht beseitigt, nicht überholt. Denn dies existiert allgemein und notwendig in seinem nicht veränderten Gesellschaftssystem, dessen weiter bestehenden Absichten, in dessen Ausprägungen weiter. In seiner Ordnung oder auch Ganzheit treten ja nun auch wieder seine, diese Personen mit ihrem Gewinn-, Machtstreben hervor. Um also einen richtigen Frieden, ein gewaltfreies Miteinander zu erreichen, müsste somit das bis dahin, also dieses weiter bestehende Machtsystem, von seiner Art und Weise in etwas Neues fortentwickelt werden. Es müsste eine höhere Entwicklungsstufe mit anderer wesentlicher Lebensgrundlage errichtet werden.

Sicher, ich habe auch erst begreifen müssen, dass dieses Wesentliche nun nicht das Endgültige sein kann. Das käme dem gleich, dass wir Menschen es geschafft haben, dass absolut Wirkliche, dieses Wahrhaftige erkannt, erreicht zu haben. Doch mit diesem Neuen, auch in seiner neu entstandenen Qualität, weiß man ja noch lange nicht, dass nun etwas absolut Gültiges, Richtiges, Wahres nun für immer vorliegt.

Das, was der Opa sagte, kam der Oma so richtig gelegen vor.

So stimmte sie an: »Und fragst du nach der Wahrheit, und findest du sie nicht, dann bitte den um Klarheit, der selbst die Wahrheit ist«. Das habe ich von meiner Mutter schon gesagt bekommen, betonte sie.

Ja, das ist schon weise fuhr der Opa fort. Es wird für uns Menschen auch nicht, niemals möglich sein, das Wahre oder auch Wirkliche zu erkennen. Immer wieder wurde sowas behauptet. Doch es hat sich niemals bestätigt. So auch dies, wie lebende Materie entstand. Oder auch die Bewegungsabläufe der Atomteilchen im Kern zu beherrschen. Auch die biologischen Abläufe dieser kleinsten Partikel, wie den Viren, richtig zu entschlüsseln. Oder auch chemisch aufbauend, unnatürliche Stoffe zu entwickeln. Bei diesem suchendem Herumexperimentieren ist schon viel Unheil angerichtet worden. Doch aber auch vieles Wertvolle. Aber gleichzeitig im Irrtum nun vollständig alles in diesen Bewegungsvorgängen der Materie erkannt zu haben. Doch die Menschen hören nicht auf, danach zu suchen. Das kann sicherlich auch was Positives sein. Mit den Begriffen »Wesen und deren Erscheinungen«, – das ist schon richtig –, kann man aber schon recht vieles erkennen und auch für uns nutzbar machen.

So das allgemeine Schwingen ohne Anfang, ohne Ende, somit nicht kausal Erkennbare. Dies hatte man ja bis dahin in dem Satz festgelegt, dass die Ursache immer als Bedingung mit der Wirkung im unmittelbaren Zusammenhang sich befinden muss. Ich muss aber hier hervorheben, dass mein Gesagtes nicht meine Erfindung ist. Ihr wisst ja, dass mich die sogenannten dialektisch-materialistischen Philosophien, Theorien, recht überzeugten, auch noch weiter für mich annehmbar sind. Daraus stammen auch die von mir gemachten Äußerungen. (vgl. Lit.2, S.100ff, Dialektik, S. 130ff- Kategorien der Dialektik)

Das ist uns bekannt, räumte sein Enkel so ein.

Doch fahr doch mal fort, wie du nun beweisen könntest, ob wir im Frieden oder doch nur in einer »Kriegspause« uns befinden, da alles Neue, wie du ja meintest, sich nur aus der zusammenhängenden Veränderung des Wesentlichen zu entstehen vermag.

Das mache ich sehr gerne, meinte der Opa und schaute dabei freundlich auch die anderen an.

So heißt es in entsprechender Literatur, dass man die Wirklichkeit kausal, Ursache-Wirkung, gut nach den Prinzipien der Dialektik objektiv erfassen kann. Dazu wurden bestimmte Arten von Aussagen zur Erkennung von Erscheinungen, Gegenständen formuliert. So diese Methodik der Hypothese, Antithese und der empirisch fundierten Beobachtung.

Mich überzeugen die von Marx/Engels verfassten dialektischen, gegensätzlichen Kategorienfestlegungen. Diese hatten sie von ihrem hochgeschätzten Philosophen G. Hegel und anderen Theoretiker übernommen.

Ich nenne sie mal. Hoffentlich für euch nicht langweilig wirkend: das Allgemeine-Einzelne; Inhalt-Form; System-Element (Struktur-Funktion); Wesen-Erscheinung; Ursache-

Wirkung; Notwendigkeit- Zufall; Möglichkeit-Wirklichkeit (Wahrscheinlichkeit); Freiheit-Zwang. (zit. Lit.2, S.81, S.130ff)

Angefangen hatten damit die griechischen Philosophen, wie Plato und Aristoteles, bis weiter in die Gegenwart durch andere Theoretiker; auch in gegensätzlichen Darstellungen.

Puh Opa, das ist ja eine riesige Anzahl. Weiche wären denn nun hier zu gebrauchen, fragte seine Tochter, die Mama der Kinder.

Frieden, durch Veränderung der ökonomischen Basis

Ok, meinte der Opa.

Das Strukturelle unserer Gesellschaft ist das ökonomische Fundament, das Herstellen von notwendigen Lebensgütern. Damit ist es das, auf dem alles sozial-kulturelles daraus sich im Überbau entwickelt. Diese sind so auch die Elemente wie der zwischenmenschlichen Beziehungen, das Verhalten, die sozialen, die politischen, deren Machtausübungen und noch weiteres mehr.

Nehmen wir nun unser jetziges, existierendes System, also die Industrie-, Warenproduktion, marxistisch bezeichnet als Kapitalismus, zur Grundlage.

Wirtschaftlich steht es auf den Säulen, dass man dazu zwei soziale Schichten, Menschengruppen, benötigt. Die Hersteller dieser Sachen, die Arbeitenden, welche aber nicht über deren Verwertung bestimmen. Das machen ja, wie bekannt, die Eigentümer mit diesen, genannt auch Unternehmer. Beide befinden sich aber in einem nicht zu überbrückenden Widerspruch, da sie ja das Möglichste für sich, zu ihrer optimalen Daseinsverwirklichung erreichen wollen. Die ersteren eine hohe Entlohnung für ihre Arbeitsleistungen. Die anderen verwertend, dieses Produzierte mit einem hohen finanziellen Tauschwert zu vermarkten. Auch wenn beide sich in der Firma, auf persönlicher Basis, in freundlicher Art begegnen, so bleiben sie doch generell untereinander in einem Gegensatz ihrer Interessen.

Die Verwerter, gleichzeitig auch Eigentümer dieser erarbeiteten Produkte wissen, dass nur durch die Leistungen anderer somit ihr Dasein abzusichern ist. Es bleibt, zwar nicht gleichsetzend, aber doch ähnlich, auch in diesem jetzigen sogenanntem »bürgerlichem Wirtschaftssystem«, wie schon zeitlich vorher, in der Feudal-, Sklavenhaltergesellschaft, das eine Anzahl von Menschen andere für sich Werte, Sachen herstellen lassen. Sie somit arbeitsmäßig, wie es bezeichnet wird »ausbeuten«. Der Satz ganz am Anfang aus der Bibel, dass der Mensch sich die Erde untertan machen soll, wurde durch das menschliche Begreifen auch dahingehend gebraucht, die Mit-Menschen als Erdenwesen, mit als Untertänige einzubeziehen. Es wurde vorbildlich erreicht, dass es Herrschende und Beherrschte gibt.

Somit muss man auch eine Verwirklichung von Gleichheit, einer »Nächstenliebe« damit ausschließen. Auch das Ideal, dass man seinen Nächsten wie sich selbst lieben sollte, bleibt ja damit rein eine Hoffnung; ist utopisch. Denn hier ist die Intention beider, im Gegensätzlichen, den größten Nutzen in ihrer Existenz durch andere zu erzielen. Das nannten diese Theoretiker »antagonistisches Klassensystem«.

Somit hat man schon vom Wesentlichen, der wirtschaftlichen Grundlage, keine friedfertig zu bezeichnende Situation; sogar deren anhaltende Konflikte. Auch wenn man mittler Weile die Möglichkeit, miteinander verhandelnd, eine Einigung erreichen kann, erzielt man damit kein »Miteinander der beiden Klassen«. Daraus könnte man nun schlussfolgernd entnehmen, auch wenn der Kampf, hier mit verbalen Waffen, meist in einer Vereinbarung mündet, geht hier, gleichzusetzen ein Kämpfen, Bekriegen um materielle Werte weiter. (alles aus Lit. ders.- Cover – Inhaltschwerpunkt) So könnte man auch den oben genannte Satz deuten, »dass der Krieg die Fortsetzung der Politik sei, nur in Anwendung anderer Mittel«.

Oder auch vergleichsweise ähnlich, als Darstellung dieser Erreichung seiner optimalen Selbstverwirklichung. Dieses daraus entstandene Paradigma der freiheitlichen Entfaltung zu realisieren. In der Anwendung wird es auch so praktiziert, dass man zielstrebig, in Eigennutz, einen Vorteil materieller oder individueller Art will. Dazu muss man aber wiederum gegenüber anderen häufig, aber nicht generell, anweisend, autoritär, beherrschend vorgehen. Schon meist kann man dieses nicht über eine partizipiertes Gemeinsames schaffen. Denn es bedarf ja zur eigennützigen Verwirklichung einer hierarchischen, rangordnenden Organisation. Es wird bildlich auch so ausgedrückt: Es gibt einen Boss, der anderen Anweisungen erteilt, dass diese »nach seiner Pfeife zu tanzen haben«. So nach seinen Interessen, zur Erbringung einer Leistungserfolges angehalten werden. Doch damit will ich dieses »Fanal der Freiheit« nicht allzu sehr verdammen, korrigierte sich der Opa. Dieses war und bleibt schon eine sehr große Errungenschaft, vor allem vorwärtsstrebend, kreativ zu sein, in unserem gesellschaftlichem Dasein. Ich will hiermit nur deren mögliche Problematik hervorheben. Schon hier wird deutlich, – auch wenn es nicht ein Kriegszustand mit Waffenanwendung ist –, dass dies nichts Friedfertiges sein kann, da es durch das ökonomische System bestimmt ist, dass die Menschen, welche arbeiten, von diesen Weisungsberechtigten für deren Eigennutzen zweckerreichend gebraucht oder auch, wie es heißt »ausgebeutet« werden. Somit von der zu erreichenden Selbstverwirklichung eines anderen »benutzt«. Somit konträr, eine Brüderlichkeit, Nächstenliebe keine Entfaltungsmöglichkeit gegeben ist.

Das ist aber nur damit zu erklären, wenn man aus dem, was Wesentlich ist, nicht eine losgelöste Erscheinung, wie hier beispielsweise einen Waffenstillstand, als einen andauernden Friedensbeschluss für das gesellschaftliche Dasein annimmt. Das Wesentliche ist ja, wie die materialistischen Philosophen erkannten, die wirtschaftliche, ökonomische Basis. Daraus lässt sich dann, schon kausal, als bedingende Ursache der daraus resultierenden Erscheinung, diesen immer vorhandene Konflikt, sogar auch erscheinend wie als Kampf, Gewalt, Krieg der gesellschaftlichen Klassen erklären. Soll dieses System verschwinden, dann muss man den Klassengegensatz durch ablösende Umgestaltung der ökonomischen Basis überwinden. Das gehe aber nur über eine Revolution durchgeführt von der »Arbeiterklasse«. So wird dieses von Anhängern der Idee einer »sozialistischen Gesellschaftsentwicklung« dargelegt. (vgl. alles Lit. 2, S.118f)

Nun übertreibst du aber lieber Vater, wendete der Schwiegersohn spontan ein. Sicher, in den letzten Jahrzehnten hat es hier in unserem Lande mehrere massive Androhungen von staatlicher Gewaltanwendung gegeben. Doch ich muss betonen, dass es dabei zu keinen kriegerischen Angriffen mit Waffen kam. Denn deren Gebrauch sind nun mal wesentlicher Bestandteil, dass man dieses Kämpfen als einen Krieg bezeichnen kann. Man fand immer in geführten Verhandlungen doch letzten Endes einen Kompromiss. Die Kommunikation war der Schlüssel, um das Tor zur Verständigung zu öffnen, auch bei gegensätzlicher Interessenslage. Das geschah sogar international zwischen den Staatsregierungen. Das könnte doch auch ein kleiner Lichtblick sein, dass dieses, wie geschrieben »unüberwindbar Gegensätzliche« doch eine Brücke, durch jenes Miteinander,- Reden und Vereinbaren-, dieser beiden Kontrahenten sich so aufbauen lässt. Vielleicht gibt es auch noch andere Faktoren, auch eventuell Entwicklungen, mit denen, wie du es so bezeichnest, »Arbeiter-, Kapitalistenklasse« ihren nichtüberwindbaren Graben versuchen, doch zuzuschütten?

Das wäre doch ein gangbarer Weg, sprach sein Schwiegersohn weiter. Doch die Anwendung von Widerstand, Protest bleibt das Mittel zur Zweckerreichung; das Geforderte durchzusetzen oder auch zu verhindern. Auch in vielen anderen Ländern kam es in gleichen Situationen zu ähnlich massiven Protesten. Vor allem von Anhängern dieser Friedensbewegungen, meist mit den Ideen, diese waffengeführten Kriege vollkommen abzuschaffen. Die meisten von diesen nennen sich auch »Pazifisten«.

Frieden durch Reformen?

Ja, hier machte aber doch seine Tochter zusätzlich verbal auf sich aufmerksam. Mit dieser historisch-materialistischen Theorie kann ich mich ebenfalls nicht vollständig anfreunden:

»Dies hieße ja, dass man erst das bestehende ökonomische System überwinden, beseitigen müsste, also eine Revolution siegen müsste, um dann zu einer Gleichstellung aller, einen echten Frieden, auch Gerechtigkeit unter den Menschen zu kommen.

Puh, das klingt mir doch zu brutal. Das ist doch auch sicherlich auf andere Art und Weise, als durch gewaltanwendenden Aufstand zu erreichen. Wisst ihr, ich traue diesen revolutionären Verläufen nicht so recht. Immer führten sie wieder und wieder zu meist schlimmeren Zuständen als diese vorherrschten.

Ja es gäbe da vielleicht noch die Möglichkeit, dass die Menschen, da sie ja immer mehr ihr Wissen erweitern, also immer erfahrungsreicher werden, Veränderungen schaffen, die von allen, maßgeblich Betroffenen berücksichtigend, in deren Lebensansprüchen annehmbar sein könnten. So vielleicht mit dem Grundsatz einer globalen Kontrollinstanz. Diese besteht zwar schon, als sogenannte UNO-Union Vereinter Nationen. Doch deren Kontrollbefugnisse sind leider noch sehr gering. Doch meine Idee, vielleicht momentan wie ein Wunschtraum, ist diese, dass durch eine weltumspannende elektronische Vernetzung die Kommunikationsmöglichkeiten qualitativ zielintensiver dazu verwendet, werden könnten. Ja und ganz entscheidend, meine ich, dass deren Beschlüsse, Vereinbarungen über ein weiteres internationales, doch nicht regierungsgelenktes Gremium, auch regelmäßig in Frage gestellt und offen zur Veränderung kontrolliert werden müssten. Das ist zwar noch Utopie, doch inhaltlich mein hoffnungsvoller Glaube.

So wie unsere Oma, wie sie über Jesus erwähnte, diese Grundlagen des Glaubens, der Hoffnung und der Liebe, die Hoffnung zum Besseren in sich tragen. So könnte doch ausgehend von dem erst Genannten im Glauben an eine Nächstenliebe, erweiternd mit dem Potential an gesteigertem Wissen, – sicherlich entfaltend durch das Anwachsen der Herstellungstechniken –, die Prinzipien des kommunikativen Beschließens, zur Erreichung einer Daseinssicherung der auf Erden Lebenden Realität werden.

Was meint ihr, so fragte sie in die Gesprächsrunde, es muss doch nicht unbedingt das Wesentliche gestürzt, zerstört werden, um etwas Besseres, wie hier den Frieden, auch die Nächstenliebe, das Gerechte zu erreichen?

Man kann doch den Frieden auch als Teil des Wesens, als seine Erscheinung definieren. Ihn auch als Prinzip nehmen, nach dem man etwas, mit dem erreichten menschlichen Wissensvermögen versucht aufzubauen. Es könnte in der Anwendung der Verständigung, dem Beschließen eines Planes zur Vorgehensweise möglich werden, wie dieses jetzige sogenannte

»kapitalistische System« davon wegkommt, den Konflikt oder sogar Krieg als sein Handlungsmittel nicht mehr anzuwenden. Dazu gäbe es sogar eine entwickelte wissenschaftliche Theorie zur Verwendung. Benannt, wie ich las, auch als Systemtheorie.

Oh lala, rief ihre Tochter begeistert aus. Mach mal weiter, mit deinen Vorstellungen liebe Mama. Das wäre dann auch für uns junge Menschen ein hoffnungsvoller Ansatz einer lebenswerten Zukunftsaussicht.

Die Erreichung eines Friedenzustandes müsste erstmal aus dem Wesen der ökonomischen Basis herausgelöst, als eigenständiges System betrachtet werden. Dann wäre es notwendig, deren inhaltlichen Elemente durch dessen Erkenntnisse zu bestimmen.

Die freiheitliche Entfaltung, auch im Eigensinn, kann ruhig bestehen bleiben, damit die Möglichkeit kreativ zu sein, nicht verlöscht. Diese sollte nicht von einer Gleichgültigkeit verdrängt werden. Doch sie müsste ihre Grenzen darin haben, dass sie anderen, – einen Vor- oder Nachteil schon zulassend –, aber keinen Schaden, kein Leid zufügt.

Oh, la la, ob das aber für alle, sogar global machbar ist, das bezweifele ich aber doch sehr, meinte der Opa. Da der Mensch seinen Egoismus, wenn er kann, so einsetzt, dass er viele andere, bildlich gesprochen, »wie eine Schafsherde im Zaum hält«.

Globaler Frieden durch elektronische Datenübertragung

Mittlerweile hatte sich auch noch weiterer Besuch in der Familienrunde eingefunden. Es war der Sohn der Großeltern, mit seiner jungen Frau. Er war von Beruf Informatiker. Was höre ich da von meiner Schwester, so stieg er interessiert in das Gespräch mit ein. Alles über Arbeit, Kreativität, Kommunikation, gerechtes System? Dazu gibt es was ganz Neues, vielleicht auch zusammenhängend mit dem Erkanntem aus der Systemtheorie. Aber auch der weltweiten Anwendung von elektronischer, somit lichtschneller, also 300 000km pro Sekunde sich bewegender Datenübertragung. Es werden mit dieser Technik weltweit gegebene Systeme erforscht und auch modelliert, so die Infrastrukturen von Landesteilen, der Wirtschaftskonzerne, auch Bevölkerungssituationen, wie deren Wachstum, Warenverbrauch, Sozial-, Ernährungssituationen. Auch das notwendige Quantum an Rohstoffen zu deren lebensnotwendiger Versorgung. Also die Situationen umfassender Sozialsysteme. Somit erhält man qualitative Erkenntnisse über die örtlichen Lebensverhältnisse. So auch, dass im umfassenden Warenhandel und deren Erträge man festlegen kann, wer diese erhält und sie auch zur Existenzabsicherung allgemein, auch gerecht zum angemessenen Preis verkauft. Diese dann dort, den Lebensbedingungen angemessen verkauft, sogar unter den Betroffenen verteilt werden. (vgl. Lit. 1a, S.481, Systemdynamik)

Digitalisierung mit Vernunft?

Dann müsste aber zu dem hohen technischen Wissen ein allseitiges, wie nennt man es, »vernünftiges Handeln« verbindlich werden, so auch nach einer für alle möglichen Umsatz-, Verkaufsregeln. Denn eines ist doch Fakt, die Firmen, Konzerne sind ja keine Sozialeinrichtungen, sondern Unternehmen, die das Ziel haben, wenn möglich hohe Gewinne zu erwirtschaften.

Vernünftig, sagte doch der Philosoph I. Kant, ist derjenige, der als Maxime seines Handelns will, dass dieses ein allgemeingültiges Gesetz wird. Das nannte er einen Kategorischen Imperativ (Pflichtgebot).

Das passte dem Opa aber doch nicht in sein Konzept.

Dieser Leitsatz hätte ja hier in diesem Geschilderten recht unmenschliche Folgen. Da die Intention der Unternehmen, der Konzerne auf Steigerung ihres Profites ausgerichtet ist. Sie dann auch somit das Streben anfordern könnten, dass alle anderen auch nach dieser materiellen Anhäufung streben sollten. Das würde in einen krassen Konkurrenzkampf, reinen Egoismus ausarten. Auch wenn der Mensch begreifen kann, was vernünftig ist, so bedeutet das noch lange nicht, dass sein Handeln von der Vernunft gesteuert wird. Jemand der zielstrebig seinen Profit machen will, den kann man nicht davon überzeugen, sich doch von einer vernunftbetonten Handlung leiten zu lassen. Würde er seine Entscheidungen danach treffen, dann werde er auf schnellstem Wege wirtschaftlich höchstwahrscheinlich nur Verluste einfahren. Seine Konkurrenz würde sich vor Schadenfreude die Hände reiben und bei ihrem Streben nach Gewinn bleiben. Noch seinem Konkurrenten mitleidsvoll zu seinem Bankrott gratulieren. So gab der Opa in sarkastischem Ton das zum Besten.

Vernünftiges könnte man vielleicht dadurch erreichen, wenn die Menschen alle in ihren Handlungen von dieser geleitet werden. Nur ausschließlich sich von der Vernunft leiten ließen. Aber leider, leider ist es nicht so. Wir sind nur »zur Vernunft Begabte«, wie es so treffend heißt. Doch auch generell wie erkannt, in unserem, seinem Selbsterhaltungsbestreben sehr eigennützig ausgerichtet. Auch so vorgehend, hinzunehmen, dass andere in einer sogar gravierenden Ungleichheit ihr Dasein fristen müssen.

Doch durch welche einwirkenden Umstände könnte es gelingen, dass dieser vernunfthemmende Eigennutz in den interessensgeprägten Handlungen Einzelner nicht nur beeinflusst, sondern primär auch gehemmt werden könnte?

Erstmal ist es auch gar nicht so einfach, festzulegen, was

denn nun vernünftig sein soll. So habt ihr schon selbst miterlebt, dass man sagte, es sei rechtens, sogar vernünftig, den ausgemachten Feind zu beseitigen. Vorgebracht meist aus der staatlichen Ideologie mit den gesteuerten Massenmedien. Andere so zu beeinflussen, dass diese sich mit dieser »herrschenden Meinungsmache vorteilhaft gut identifizieren können«. Überzeugend angenommen, sogar mitverwirklichend von der Mehrheit der dort lebenden Menschen. Meist auch damit verbunden, dass die meisten der dort Lebenden ihre materielle Absicherung damit erfahren. Vom Inhalt her ist somit die Vernunft meist eine verbreitete und auch akzeptierte Beeinflussung von großen Menschengruppen, was nun gut, richtig, fortschrittlich sein müsste. Genannt auch gegenwärtig »Massenmanipulation«. Diese hat in jetziger Zeit, vor allem zur Steuerung des Kauf-, Konsumverhaltens sehr umfangreich zugenommen. Das funktioniert sogar vortrefflich. Denn alle Lebewesen wollen erst mal satt, eine lohnende Arbeit und ein warmes Zuhause haben. Das verlangt deren Empfinden zur Absicherung ihres Daseins. Mit dieser Beeinflussung durch hohen Konsum ein zufriedenes, sogar glückempfindendes Leben zu erreichen, wurden die erkämpften Fanale humaner Forderungen, wie Gleichheit, Nächstenliebe, Gerechtigkeit in diese materiellen Befriedigungsmöglichkeiten gelenkt. Sogar durch die Wirkung dieser Beeinflussungen als wichtigsten möglichen Lebensinhalt bei den meisten der Menschen in ihrem Streben stabilisiert. Die Menschen strebten »eindimensional« danach, in wahllosem hohem Verbrauch der angebotenen Waren eine Zufriedenheit seiner Selbstverwirklichung zu erfahren. So ähnlich beschrieb dies Herbert Marcuse, aber auch andere Philosophen der »Kritische Theorie«, so auch Theodor Adorno in dem Beitrag » Negative Dialektik«, schon vor einem halben Jahrhundert.

In den Werbekampagnen geht man heute zur besseren breiten Beeinflussung so vor, dass man, durch die Erkenntnisse, dass in dem Menschen Triebe wirken, zu deren Befriedigung die Publikationen inhaltlich darbieten, dass sie, wie es heißt »unterschwellig den Befriedigungsdrang« schon in der unbewussten Gefühlswelt des einzelnen anregen. Den Wunsch hervorrufen, dieses angebotene Produkt unbedingt haben zu müssen.

Vertreter der Kritischen Theorie hatte diese gesellschaftliche Entwicklung in dieser Art und Weise schon sehr gut aufgezeigt.

Durch das immer höher ansteigende Produktionsvolumen, mit immer besserer Technik, haben die Menschen nicht mehr die Absicht, wegen ihrer Lebensprobleme das wirtschaftliche System zu ändern, um ein qualitativ besseres zu erreichen.

Der Theoretiker Marcuse führt dazu aus:

Die fortgeschrittene Industriegesellschaft konfrontiert die Kritik an ihr »*mit einer Lage, die sie ihrer ganzen Basis zu berauben scheint. Ausgeweitet zu einem ganzen System von Herrschaft und Gleichschaltung bringt der technische Fortschritt Lebensformen (und solche der Macht) hervor, welche die Kräfte, die das System bekämpfen, zu besänftigen und allen Protest im Namen der historischen Aussichten auf Freiheit von schwerer Arbeit und Herrschaft zu besiegen oder zu widerlegen scheinen. Die gegenwärtige Gesellschaft scheint imstande, einen sozialen Wandel zu unterbinden- eine qualitative Veränderung, ...eine neue Richtung des Produktionsprozesses, neue Weisen menschlichen Daseins. Die Unterbindung sozialen Wandels ist vielleicht die hervorstechendste Leistung der fortgeschrittenen Industriegesellschaft; die allgemeine Hinnahme des »nationalen Anliegens« ... ...das betrügerische Einverständnis von Kapital und organisierter Arbeiterschaft in einem starken Staat bezeugen die Integration der Gegensätze ... ...«*

Folgend führt er weiter aus: Auch wenn die beiden Klassen »Bourgeoisie und Proletariat gegenwärtig existent sind, hat sich die Funktion dieser derart verändert, dass sie nicht mehr die Träger historischer Umgestaltung zu sein scheinen«. (Lit.6b, S. 16f)

Ja lieber Schwiegerpapa prustete sein Schwiegersohn los:
Du bestehst ja, wie deinen Worten zu entnehmen, nicht mehr so darauf, dass nur dieses was Marx/Engels so schriftlich überliefert hatten, dass einzig gut zu Verwertende sei. Du hast ja nun auch erwähnt, dass mit der »Kritischen Theorie der Frankfurter Schule« die dialektisch materialistische Philosophie geöffnet wurde; der weiteren gesellschaftlichen Entwicklung anzupassen.

Aber sag mal, bleibst du weiter der Ansicht, dass es nur die Arbeiterklasse, das Proletariat sein kann, welche die »Revolution, die qualitative gesellschaftliche Umgestaltung vollzieht.

Dem Opa verschlug es erstmals die Sprache und er schaute, etwas hilflos wirkend die Seinen an.

Marx/Engels, die in der Geschichte der Menschheit das Vorhandensein von Klassengesellschaften aufzeigten, hatten ja in ihren Erkenntnissen hervorgehoben, dass die Arbeiterklasse, das damalige Industrie-Proletariat, als einziges Subjekt, durch eine Revolution, ein qualitativ neues Gesellschaftssystem aufbauen wird. Das sozialistische und folgend das kommunistische. Davon war der Großvater, auch immer wieder behauptend, überzeugt.

Dann hob er, einleitend mit einem Spruch, für die anderen etwas seltsam klingend, im Erzählenden fort:

»Schon immer bereut, wer des Weisen Rat scheut«. (n. Bert Brecht- Mutter Courage und ihre Kinder)

Die Vertreter der kritischen Theorie erkannten aber, im System der gesellschaftlichen Entwicklung, dass dieses eine Ideologie sei, die sich nicht verwirklichen konnte. Einmal in den kapitalistischen Ländern durch das rasante Ansteigen und Verwerten neuer Techniken in der Industrieproduktion. In den sozialistischen Ländern entsprechend, durch die Auswucherungen der Bürokratie mit zentral gesteuerter Staatsmacht. Diese Diktatur des Proletariats als Staatsführung hatte ja zu einer Personendiktatur in brutalster ausführender Gewalt geführt …

Das kann ich nur bestätigen meinte der Sohn des Großvaters.

Dieser ergänzte dann noch, dass die Theoretiker erkannt hatten, dass man mit einer absolut richtig geltenden Doktrin nur ein ideologisches Paradies in seiner Fantasie erträumen kann. Zur gesellschaftlichen Weiterentwicklung wegen ihrem zugemauerten Gebäude sei diese nicht geeignet. Mit dem Fortschritt der Technisierung sind es die produzierenden sozialen Gruppen, welche mit dieser Entwicklung ihren Wissensstand immer mehr erweitern, immer mehr begreifen. Umgesetzt dieses, als fortschrittliches Anliegen, kann damit auch punktuell Neues aufgebaut werden, ohne gesamtgesellschaftlichen revolutionären Umbruch. Mit der Anreicherung des Wissens erreiche man, wie vorausüberlegt wird, mehr und mehr ein sich aufbauendes Handeln, sogar in qualitativer Umformung der gesellschaftlichen Verhältnisse. (vgl. Lit. 6b, S.139ff-Abschnitt: Das eindimensionale Denken)

Handeln, mit egoistischer Neigung

»Es gibt in uns, neben dem wissentlichen Handeln noch andere Neigungen, auch von einigen Theoretikern, wie schon oben als Triebe bezeichnet, die im Entscheiden und Verhalten des einzelnen ihren Ausdruck finden, sagte dann, überraschend für alle, die Mama der beiden Kinder.

Ja, dass wird ja immer interessanter, dass du uns darauf hinweist, rief die Schwiegertochter, die Frau seines Sohnes aus. Ich komme aus dem Bereich der Psychologie. Dort wird über das Persönlichkeitswesen und seinen Erscheinungen recht vieles schriftlich aufgezeigt:

Bleiben wir ruhig bei dieser Annahme, dass das menschliche Wesen hin zur Begabung, dem Begreifen, auch vernünftig entscheiden kann. So müssen wir aber auch, – und dies grundsätzlich einbeziehen –, dass der Mensch ein Naturprodukt ist, welches dann zwar seinen eigenen Weg in Ausnutzung der Natur, zu seiner Existenzsicherung, gegangen ist. Genannt auch Kultur oder auch Sozialisierung. Doch damit kann man auch festlegen, dass die Handlung, auch sein Tätigwerden, immer von zwei Faktoren durchdrungen ist.

So, welchen denn kam aus der Richtung der Kinder die Frage. Es war schon für die anderen sehr beeindruckend, dass sich diese beiden Kinder, noch jung an Lebensjahren, schon für sowas interessierten.

So wurde auch ihre Mama neugierig und fragte nach, ob sie ihr Wissen im Schulunterricht sich angeeignet haben.

Nein, nein jauchzten diese los. Wir machen unter uns freitags immer eine Diskussionsrunde. Da erfährt man Einiges, was so für's Leben gut zu gebrauchen ist. Ja und vor allem auch im Internetsurfen. Da gibt es viel Interessantes zum Nachlesen.

Das sind, bei ihren Überlegungen bleibend, ihre Tante fort, die naturbedingten Veranlagungen zur Triebbefriedigung, oder auch sublimierend als Ersatz seiner Möglichkeit ihrer Zufriedenstellungen. Die Berichte dazu, der sog. Psychoanalyse und deren Weiterentwicklung, haben dazu sehr fundierte Erkenntnisse beitragen können:

Der Mensch, zwar nicht mehr wie die Tiere instinktbedingt im Verhalten, hat aber doch in sich einen, wie angenommen wird, naturbedingten Trieb.

Das kann man auch daran festlegen, bevor der Mensch eine Tätigkeit ausführt, fühlt er erst, entsprechend seinem innerlichen Empfinden, wie er nun sich in seiner Ausführung entscheiden sollte. Sein Gefühl beeinflusst somit seine seelische Erregung, genannt auch Emotionen, sich entsprechend zu entscheiden. Das konnte man auch in Experimenten so aufzeigen. Der Proband als Autofahrer, wurde simultan gezwungen, sich in einer Gefahrensituation entscheiden zu müssen, eine attraktiv aussehende Frau, oder einen hässlich wirkenden alten Menschen zu überfahren. Seine berücksichtigende Entscheidung ignorierte dabei immer die alte Person. Erklärt wurde es mit der Erregung seines Sexualtriebes. Diese Gefühle werden aber zur möglichen Befriedigung seiner Triebe verdeutlicht, manifestiert, und suchen auch ihre Entladung. Das sind nach den oben genannten Theoriebeschreibungen einmal der Selbsterhaltungs-, und der Fortpflanzungstrieb. Genannt auch Libido, Aggression oder Egoismus und politisch dieses Primat des Rechtes der Personenfreiheit. Sie sind in seinen Handlungen nicht die einzigen ausschlaggebenden, aber doch stets mitwirkenden Impulse.

Da das Wesen des Menschen auch ein Bewusstsein aufweist, und er dieses ja auch in seinem Verhalten anwenden muss, werden somit die beiden Anlagen Trieb und Gedächtnis, –ausführend sicherlich immer zusammenhängend –, verwendet.

Gehen wir nun von seinem Trieb der Selbsterhaltung aus. Beeinflusst durch seine sozialen Bedingungen, hat er den Willen primär, bestmöglich sich erhalten zu wollen. Er weiß, dass er mit seinen Vorstellungen, Ideen, zielgerichtet einmal etwas Nützliches, aber auch für sich ideell-materiell Absicherndes erreichen kann. Genannt auch das »Sein der Selbstverwirklichung«. Im sozialen Kontakt mit seinen Mitmenschen erfährt er dann noch dazu, – aber nicht regelmäßig–, dass diese sich ihm gegenüber, in seinen Handlungen zugeneigt, überzeugt, sogar hörig verhalten. Es vollzieht sich eine Unterordnung, überhaupt dann, wenn damit das eigene Dasein ausreichend abgesichert erscheint. Im Volksmund heißt es dazu treffend auch: »Wessen Brot ich ess, dessen Lied ich sing«. Exemplarisch dazu, die Parole in der Zeit der Hitlerherrschaft. Millionenfach erklang: »Ein Volk, ein Reich, ein Führer. Auch: Führe befiehl, wir folgen Dir«! Das war eine massenweise überzeugte, keine rein erzwungene absolute Unterordnung unter eine Personendiktatur. In seiner weiter angestrebten Verwirklichung, seinem Egoismus, wie man dies bezeichnet, kam es sogar so dazu, dass er alles, was nicht in sein Schema, seine Ideologie passte, unterdrücken, sogar auslöschen ließ. Im Gelingen, dass es dem zur Folge gegen ihn keine ernsthafte Kritik oder Widerstand geben darf. Wenn doch, dann erfolgt eine Reaktion, auch in Form von Gewaltanwendung, – wenn es weiter andere Gruppen oder Völker betraf –, umfangreichen Waffengängen, somit Kriegen.

Frieden durch Kommunikation und Vereinbarungen

Doch mit welchem System könnte dieses dann eventuell geändert, sogar überwindbar sein, fragte neugierig ihr Mann?

So meinte seine Frau weiter, Frieden beinhaltet ja auch eine allgemeine, gleichstellende Achtung aller Menschen. Das ist das Gebot, das die Würde des Menschen unantastbar sei. Es ist bei uns im Grundgesetz, – ja auch in mehreren anderen Staatsverfassungen –, schon verankert. Sogar auch in dieser sogenannten »Präambel- Verfassungsurkunde« der UNO. Dann sind es weitere Inhalte, solche, mit einem fundiertem Wissen, Pläne, Konzepte zu erarbeiten, die diese Menschenwürde als System in seinen Elementen, Strukturen und sogar Funktionen aufzeigt. Bei dem hohen Kenntnisstand heutzutage wäre das bestimmt machbar. Man ist darin ja so weit erfahrend, dass dieser Inhalt der Menschenwürde nicht einfach eine Idee oder etwa ein ewiglich abstraktes Naturgesetz sei. Um es mit »Leben zu füllen« kann dies ja definiert es aus der sozialen-, Lebenssituation wie ein Gesetz verankert werden. Es wird auch schon mit den Prämissen der Freiheit, Gleichheit, der Brüderlichkeit propagiert. Sogar verfassungsmäßig als »Sozialer Rechtstaat« definiert.

Ja und nun kommt vielleicht das Schwierigste!

»Oh, kam es von den Kindern stöhnend zurück, das wird ja immer komplizierter«!

Das ist es auch! Doch wir Menschen haben die Fähigkeiten dazu, auch größere, komplexere Probleme anzugehen, versuchend zu beheben. Man verabredet sich, trifft sich, genannt auch in friedlicher Koexistenz. Auch kann dieses durch Videoschaltungen geschehen. Dann folgen inhaltlich die Verhandlungen, Kommunikationen dazu. Es ist somit der verbale Wissensaustausch notwendig. Wie heißt es doch: »Wer miteinander redet, schießt nicht aufeinander«. Ein Bundeskanzler, hier bei uns, hatte ja diesen Weg mit dem »Prinzip der friedlichen Koexistenz« schon beispielhaft beschritten. Es wurden dazu auch sehr gute internationale Vereinbarungen getroffen, die man aber leider gegenwärtig nicht mehr so ernst nimmt. Kein gutes Omen, für die Gestaltung der Zukunft, hob sie hervor.

Abmachungen, trieb-, bewusstseinsbedingt

Doch nun kommt »der Pferdefuß oder auch des Teufels Hufabdruck« bei all dem! Vergesst nicht die beiden Faktoren, dass die meisten Menschen trieb-, und bewusst egozentrisch ausgerichtet sind! Ja und diese sind geladen mit vielen« Ecken und Kanten«.

Erstmal muss man sich wirklich richtig sprachlich verstehen. Gut das gelingt schon. Die allgemeine Weltsprache, gefördert auch durch die rasante Entwicklung der globalen Digitalisierung, ist das Englische geworden.

Dann der dickste Stolperstein, ist ja; ich nenne es mal, dieses Brennen, diese Neigung, in jedem einzelnen, seiner Intention Priorität einzuräumen: Nu ja, sich so gut wie nur möglich zu verwirklichen. Dabei kann es sich um vielgestaltende Vorteile handeln, Machteinfluss, ökonomisch-materiell und auch militärisch Größter zu sein. Dazu wendet er geschickt »einige Mittelchen« an. So dazu ein Beispiel, dass es immer wieder vorkommt, dass die durch Kontakte entstandenen Verbindungen zur materiellen Bereicherung des anderen genutzt, oder auch aussichtsreiche Karrieren in Aussicht gestellt werden. Als »Lobbywirtschaft« wird dies auch bezeichnet. Es geschehen aber auch Androhungen, sogar Angriffe zur Vernichtung mit Waffengewalt. Diese Handlungsarten resultieren entweder aus der Befriedigung des Selbsterhaltungstriebes oder auch der Prägung, entstammend, aus den ökonomisch-gesellschaftlichen Bedingungen, so zu handeln. Zu diesem Zweck werden immer wieder, durch Verhandlungen erzielte Beschlussfassungen so ausgelegt, dass diese dem Einzelnen passgenau seinen eigenen Interessen entsprechen.

Jedenfalls ist es ein Faktor, der bei allen Abmachungen, noch so gut gemeint, mit einkalkuliert werden muss.

Dass bedeutet damit, dass alle vorhandenen Festlegungen, Programme zur Verbesserung, Änderung generell offenbleiben müssen.

Die Vertreter der Frankfurter Schule hatten in dieser Hinsicht schon darauf hingewiesen, dass man nicht einer noch so gut gemeinten Idee, Ideologie in ihrer Dogmatik als etwas absolut Richtiges festlegen soll. Sondern bewusst im Verhalten die Herangehensweise einschlagen, dass »Negative, Falsche in seinen Gegensätzen zu erkennen, um es mit den notwendigen Mitteln zu ändern. Sollte das nicht beachtet werden, dann kann es unweigerlich zur totalitären Herrschaftsstruktur kommen. Das ergebe sich aus der dialektischen Methode der «Negation der Negation. (vgl. Lit. T. Adorno, Negative Dialektik, S. 173ff) Daraus ergebe sich, dass alle erfolgten Vereinbarungen in sich nicht abgeschlossen, vollendet sein dürfen, sondern von ihrer Struktur die Möglichkeit einer Veränderung beinhalten muss. Es wird auch als »transformierender Diskurs« bezeichnet. Doch da wird's wieder schwierig, da durch die Gegebenheiten des politischen Machtstrebens, dieses einzuhalten, somit sehr schwierig sein kann. Auch braucht man ein System der Kritikberechtigung, des Konträren. Damit auch das Bewusstsein der Menschen, entsprechend ihrer Anreicherung des Begreifens, die nicht mehr tragbaren Zustände zu ändern, weiter zu gestalten möglich sind.

Welches politische System wäre denn für so etwas zum Vorteil, hakte so der Freund des Sohnes neugierig nach.

Puh, das ist schon recht schwierig dafür etwas Taugliches zu benennen. Bis gegenwärtig sind ja alle politischen Systeme zu Bruch gegangen. Aus dem Ruder gelaufen, wie man so im Norden des Landes dieses formuliert.

Ich selbst bin so der Überzeugung, dass ein Republikanisch-Demokratisches in seinen Faktoren, Elementen dasjenige ist, welches sich auch immer wieder reformieren lässt. Doch ich muss hierzu betonen, dass meine Vorstellung, wie man so schön sagt, »nicht auf meinem eigenen Mist gewachsen ist. Vielmehr bin ich ja, wie die meisten von uns ein manipulierter Mensch und damit davon überzeugt worden, was ideologisch der Staatsführung »in ihr Schema passt«. Somit das Beste zu sein scheint.

Ob nun mein politischer Favorit aber in der Realität schon breit berücksichtigt wird, muss man doch verneinen. Gegenwärtig sieht es nicht danach aus. Eher entgegengesetzt. Durch die immense zunehmende Macht von Einzelherrschern auf der Erde. Die sogar, ohne Rücksicht auf andere, – hier als angsteinflößendes Beispiel –, durch einen Knopfdruck in alleiniger Entscheidung für einen vernichtenden atomaren Kriegsschlag selbstherrlich dieses vollziehen können. Im Wesentlichen besteht weiterhin erscheinend das, was man vielleicht doch »als Pausieren eines Krieges«, aber nicht »als Frieden« bezeichnen kann. An dieser Feststellung eures Opas ist schon was Wahres dran. Doch immerhin ist erwähnenswert, dass mit dem demokratisch-parlamentarischen System in einigen Regionen der Erde diese Zwischenperiode »Kriegszustand ohne Waffengewalt« schon längere Zeit existent ist.

Das sind echt dicke Brocken für die Menschen, die unbedingt zur Seite geräumt werden müssen, hoben die Kinder, einstimmig hervor. Doch mit hoffnungsvoll wirkender Mimik.

Doch der Papa warf dann doch überraschend die Frage in die Gesprächsrunde: Macht nun diese Situation uns Menschen einsam, irgendwie noch kein Zuhause zu haben? Oder gibt es doch so etwas wie eine Heimat haben, mit der man, im Rücken gestärkt, hoffnungsgeladen all diesen Schwierigkeiten begegnen kann? Das ist auch gegenwärtig ein breit diskutiertes aktuelles Thema, da ja bei uns immer wieder angezweifelt wird, ob man hier als Einheimischer sein Land noch als seine Heimstätte empfinden kann.

Da wäre es am besten, wenn die Großeltern, mit ihren längsten Lebenserfahrungen, auch mit ihrem Heimatverlust und der Suche nach einer neuen, darüber uns Näheres berichten könnten.

Die Suche, was Heimat sein könnte

Das kam dem Opa sehr gelegen, denn er wurde ja, weit, weit weg an einem Ort geboren, der durch den letzten Weltkrieg verlorenging; einem anderen Staat folgend zugeteilt wurde.

Heimat, so begann er zu erzählen. Dies beinhaltet allgemein gesagt, dass man sie erst mal sucht, dann sowas wie Glück haben muss, diese gefunden zu haben; auch sie dann erleben kann.

Auch unsere Familie, meine Mutter, Vater, Großmutter mit mir, sowie meine beiden älteren Schwestern, ja uns hatte es ja, vor nun schon lang zurückliegender Zeit unglücklicherweise hart getroffen, dass wir unsere Heimat aufgeben, flüchten mussten.

Doch wenn ich so in mich hineinhorche, fühle ich, dass ich, bestimmt meine Persönlichkeit ausmachend, immer eine »unruhige Seele« in mir hatte. Ich war mehr auf der Suche. Kam irgendwie nie zur Ruhe. Hatte nie den Eindruck, nun angekommen zu sein. Dies hing bestimmt auch mit meinen frühen Kindheitserfahrungen zusammen. Wir waren so über drei Jahre, ohne einen festen Wohnsitz zu haben, »auf der Flucht«. Immer wieder kam es, so meine ich jedenfalls, in diesen Situationen vor, dass ich nie erlebte, etwas, was nun zum Abschluss gekommen war. Laufend hieß es weiter, weiterziehen. Musste sodann wieder mit allem von vorne beginnen. Sowas fühlte ich schon in jungen Jahren, obwohl ich ja zu dieser Zeit meine Gefühlsstimmung nicht verbal zum Ausdruck bringen konnte. Mich damit tröstend, jedenfalls in meiner Erinnerung an dieses, dachte ich bei mir, dass jedes Ende auch einen hoffnungsvollen Neuanfang in sich trage.

So erging es mir meist auch in meinem Arbeitsleben, obwohl die einzelnen Tätigkeiten häufig recht interessant waren. Doch da waren immer welche, die mich anwiesen, über mich bestimmten. Das war von mir kaum zu ertragen. Schon schmiedete ich weitere Pläne, etwas anderes zu beginnen. Weiterqualifizierungen, Studium oder auch ähnliches. Häufig schaffte ich aber nicht die verlangten Prüfungen. Diese engten mich und mein Gedächtnis ein. Irgendwie hatte ich in mir eine Prüfungsangst, obwohl ich an sich sehr lernfreudig war und auch heute noch bin.

So zog mein Leben an mir vorüber. Einen Sonnenstrahl voller Heimat erfuhr ich dann gewiss durch meinen eigenen Familienbund. Mit meiner lieben hübschen Frau, meinen süßen niedlichen Kindern.

Nun alt geworden, bin ich nicht mehr der Suchende. Ich

habe, auch wenn es nur Schein, meine Fantasie ist, die Natur, die Materie als mein Zuhause, meinen Advent ausgesucht. Mein Tod, mein Verschwinden, ist für mich beruhigend, eine stoffliche Umwandlung, weiterexistierend so, in der Unendlichkeit der Elemente. Vielleicht bin ich dann in euch, wenn ihr zum Leben notwendig, die Luft einatmet.

Doch hört auch, was meine Liebste, eure Oma euch über das, was Heimat sein könnte, erzählen kann. Ihre Vergangenheit war auch nicht eintönig.

Ja da ist was dran, meinte die Großmutter. Trotz meiner »nicht sehr schönen Kindheit« konnte ich doch sehr früh in mir, das was eine Heimat ist, empfinden.

Es fing schon alles damit in der Schule an. Hatte meine Zufriedenheit, indem ich recht gute Zeugnisnoten erhielt. Hatte auch viele Freundinnen zum Spielen. Konnte somit schon den Platz finden, an dem ich mich wohl fühlte. Auch weiter entwickelnd, fand ich meine, nicht Ruhe, aber doch meine Zufriedenheit durch meinen Studienabschluss und in der nachfolgenden beruflichen Tätigkeit. Sicher ich hatte auch Vorgesetzte, Weisungsberechtigte. Auch dass mir an deren Verhalten einiges nicht gefiel. Doch ich erreichte es, vielleicht auch meiner Hilfsbereitschaft und sicherlich auch meinem nicht gleich selbstbehauptenden Auftreten, die anderen zu überzeugen, mich in meiner Person wert zu schätzen.

Dann war da meine Familie. Ich hatte einmal einen Menschen gefunden, in den ich mich unsterblich verliebte. Ich schenkte zwei süßen Kinderchen das Leben. Doch es dauerte lange, bis ich begriff, dass mein Ehepartner mit seinem Leben nicht zurechtkam. Immer wieder, nicht zufrieden etwas Neues anfing. Damit auch unserer Familie mit sehr großen Problemen belastete.

Nun ja, »trotz alledem«, wie eine meiner Lehrerinnen immer zu sagen pflegte, bin ich nicht in mir heimatlos geblieben.

Vielleicht auch damit zusammenhängend, dass ich, für mich wichtig, auf die Botschaften dieses Jesus, mit diesem Fanal der Hoffnung, des Glaubens, der Nächstenliebe aufmerksam gemacht wurde. Diese Hoffnung in mir gibt mir auch ein Stück Zuversicht, dass wir Menschen trotz aller Hindernisse den richtigen Weg finden werden. Ihre Hoffnungen, Sehnsüchte vielleicht nicht nur Utopie bleiben.

Das, was die Oma sagte, gefiel den Kindern sehr. Doch was ihr Opa so erzählt hatte, damit hatten sie so ihre Probleme.

Nachhakend fragte dann auch sein Enkel: Ja sag mal Opa, hast du denn weitertragend von deiner Mutter, – dieses Erleben, vielleicht doch weiter in dir getragen, so was wie ein Gefühl, was Heimat bedeutet, in dir zu spüren? Da du am Anfang sagtest, dass ihr aus »eurer Heimat« flüchten musstet. Ist schon interessant, dass du dieses so formuliert hast.

Nein meinte der Großvater, sowas vererbt sich nicht. Das muss sich immer von Neuem in einem entwickeln. Vielleicht so ein wenig auftauchend in meinem Inneren, dass ich mehr die flache, weite Landschaft, wie sie dort bestand, annehmbarer als diese mich einengenden Berge empfinde. Auch wuchs ich dann in einer Zeit heran, da war dieses Wort Heimat durch den vorher so überbewerteten Nationalstolz, dieser Patriotismus, zu sehr im Negativem beschlagnahmt. Denn mit dem Untergang des »Dritten Reich« war ja nichts mehr vorhanden, auf das man stolz auf sein Heimatland zurückblicken konnte.

Das erfuhr ich vergleichend, immer wieder im Jugendaustausch, beim Besuch, in diesen damaligen Siegerländer. Dort hörte ich häufiger, meist sehr emotional ausgedrückt, dass man, wenn es sein müsste, sein Vaterland sogar mit der Waffe verteidigen wolle, auch für dieses sogar sein Leben hergebend bereit sei. Es kamen diese patriotisch klingenden Emotionen zum Ausdruck. Hier in unserem Land, auch als ich bei der Bundeswehr war, habe ich solches nie vernommen.

Auch bei mir hat es eine Zeit gebraucht, einen zu mir passenden Beruf zu finden. Das geschah erst so in den letzten zwanzig Jahren meiner Berufszeit. Konnte damit auch ausreichend gut verdienen. Eine liebe Frau, eine Familie zu haben; diese in ihrem Werden zu begleiten. Das gab mir schon eine Heimat, vor allem, weil ich eine Arbeit hatte, die meinen Interessen entsprach. In der ich mich ein Stück verwirklichen konnte.

Heimat haben, mit Frieden vereint

Oh, das könnte schon so sein. Schreibe ich gute Noten in der Schule, dann fühlt sich dieses in mir auch so an, dass dieser Ort mein Wohlfühlort, mein Zuhause sein könnte, betonte daraufhin Opas Enkelin dazu.

Ihre Mutter, Opas Tochter, fuhr dann fort: Vielleicht hat es aber auch was Vorteilhaftes, dass so, dieser Vaterlandsstolz, dieser Patriotismus nach dem Krieg in den Schubladen versteckt geblieben ist. Eigentlich hat er uns vorher nichts Gutes eingebracht. Überheblichkeit, Größenwahn, Feindschaft, Kriege und viel, viel Leid.

Ich denke dabei, so zum Vergleich, über die jetzige politische Situation hier in unserem Land nach. Wirtschaftlich, technisch wurde ja vieles erreicht. Sogar auch, dass wir gut verstanden, die Produkte der Natur für unser Dasein effektiv zu gebrauchen, zu verwenden. Aber immerhin, es hat sich ja allmählich durchgesetzt, dass man auf diese angewiesen ist. Doch somit nicht zerstören, aber doch deren »Nachhaltigkeit« berücksichtigen muss. Sie somit, auch wenn wir sie gebrauchen, nicht gänzlich vernichten dürfen, da wir Gefahr laufen uns dann selbst auszulöschen.

Dazu unser jetziges Vorgehen der Staatsregierung, vor allem geprägt durch die Politik, schon der vorherigen Kanzlerin, zeigt doch immer wieder auf, den Weg einer Verständigung, eines Kontaktes mit anderen Staaten und Herrschern zu suchen. Das ist doch auch ein Prädikat, auch wenn es wie Opa am Anfang aufzeigte, keinen echten Frieden bedeutet. So doch, dass diese »Kriegszwischenzeit« vielleicht zu einer lange anhaltenden Friedenspause doch geeignet ist. Hervorhebend meinte sie, die Mutter der Kinder, dass doch was Wahres daran sein könnte, dass sowas wirklich nur einer Frau gelingen kann, da diese ja von Natur aus »weicher« veranlagt sei. Meine Beteiligung, Engagement dazu, verbinde ich auch damit, dass ich innerlich fühle, dass dieses so spürend, etwas wie ein Heimatgefühl in mir bewirkt. Ich es auch so, gleich dieser Kanzlerin haben will, es so erleben will ergänzte sie noch. Auch wenn ich von meinen Gefühlen her doch mehr emotionaler bin als diese Frau Merkel.

Ihr Ehemann, der Informatiker meldete sich nun zu Wort, um vielleicht so, die Erfahrungen aus seiner Berufstätigkeit, mit einfließen zu lassen: Da du schon das Wort Heimat erwähnst. Diese ist, wie auch schon vorhin unser Vater erwähnte, auch damit zu begründen, dass man die gegebene Chance nutzt, sich in seiner Arbeit sowas wie zu verwirklichen. Sich kreativ erleben kann. In meiner jetzigen Tätigkeit, als Informatiker, sind wir nicht mehr so an eine Präsenspflicht am Arbeitsplatz in der Firma, zu einem festgelegten Zeitablauf gebunden. Auch unsere Teambesprechungen führen wir per Videoschaltung durch. Ich kann das meiste meiner Arbeitsleistungen von zuhause erledigen. Kann über meinen Arbeitseinsatz, -zeit selbst bestimmen. Sehr selbstständig meine Leistungen erbringen; Auch wenn es für mich einen weisungsgebenden Chef gibt. Das gibt mir persönlich einen großen Spielraum, nicht mehr in dieser Firmenhierarchie streng eingebunden, untergeordnet zu sein. Sogar so weitgehend, wie es so schön heißt, dass ich »mein eigener Chef« bin. Habe scheinbar keinen Boss über mir. Somit empfindend »auch keinen Gegner«. Es ist für mich so, wie eine friedfertige Atmosphäre. Nicht wie ein interessensgesteuertes Gegeneinander. »Kein Klassenkampf« mehr. Sicher, ich arbeite für einen Unternehmer, der ja das Ziel verfolgt, meine erbrachten Arbeitsergebnisse zu seinem Zweck, seinem Gewinn verwerten zu wollen. Man kann es als erbrachte Mehrwertaneignung, sogar als Ausbeutung meiner erbrachten Leistungen weiter bezeichnen. Doch dadurch, dass sein Einflussvermögen zur Erbringung meiner Leistungen durch meine Arbeitsabläufe nicht mehr unmittelbar seinen direkten Anweisungen unterliegen, sondern von mir selbstständig festgelegt werden, empfinde ich nicht mehr meine Funktion wie ein eingesetzter »Arbeitnehmer«. Arbeiten muss ich durchweg vier Tage pro Woche. In meinem Fall macht das Unternehmen aber keinen Abstrich von meinem Monatsgehalt für diesen freien Tag pro Arbeitswoche. Das geschieht aber nicht überall so. Viele Firmen bezahlen den freien Tag nicht.

Zur deren Abhilfe wäre diese Idee eines »bedingungslosen Grundeinkommen, ausgezahlt von den öffentlichen Verwaltungen, sicherlich angebracht. Da bestimmt auch zukünftig, wegen der weiteren, steigenden Entwicklung in der digitalen Technik, die aufzubringende Arbeitszeit noch weiter reduziert werden wird. Die meisten Firmen werden sicherlich für diese größere Freizeit kein Entgelt zahlen wollen. Überhaupt dann, wenn das eine hohe Anzahl ihrer Beschäftigten betrifft. Das verschlingt Unsummen ihrer finanziellen Betriebseinnahmen.

Das Problem wird aber darin liegen, dass der Staat mit seinen Einnahmen, diese hohen Geldzahlungen nicht voll begleichen kann. Die Ausgaben dazu scheinen unerschwinglich hoch zu sein.

Befürworter meinen aber doch, dass dies, – jedenfalls in den hochentwickelten Industrieländern –, durch die immensen Steuereinnahmen möglich gemacht werden kann. Denn es hat sich mittler Weile ein immenser Reichtum bei Einzelnen ergeben.

Sicher, auch ich muss Ausgaben meiner Arbeitsaufwendungen, wie Strom, Heizungsverbrauch, Materialverbrauch gegenüber dem Unternehmer geltend machen. Eine gesetzliche Regelung dazu fehlt bislang noch. Der Unternehmer kommt einem dabei nicht immer wohlgesonnen entgegen. Es wird aber schon anerkannt, in der jährlichen Einkommenssteuererklärung, als sogenannte Werbungskosten diese steuerverringernd geltend zu machen.

Durch die Möglichkeit einer erweiterten, freien Zeit, wird man für sich selbst eine ganz andere Lebenssituation erfahren. Sein Wissen dadurch auch anreichern können, sogar durch die Möglichkeit seines sich jetzt entspanntem Gefühl, im größeren Umfang auf anderen Gebieten kreativ werden. Sicher kann das nicht damit gelingen, »wenn man passiv den Tag verpennt«; nur vor der Glotze oder dem Computer hockt.

Davor warnen etliche Kritiker, auch große Parteien und auch die Gewerkschaften. Für diese gilt mehr, dass man nur durch die Arbeit sich als Mensch entfalten kann. Ihre Forderungen sind meist dahingehend, dass die Arbeit grundsätzlich ein Menschenrecht werden sollte. Es sollte danach allgemein ein Recht auf Arbeit gesetzlich festgelegt werden, meinen einige, meist politisch dem linken Spektrum zuzurechnen.

Mir ist klar, dass ich weiterhin, durch meinen Arbeitsvertrag den Weisungen meiner Vorgesetzten folgen muss. Doch der Spielraum, selbstständig eigene Entscheidungen zu treffen, hat sich erweitert. Nur eins bleibt auch weiter bestehen: Sollte es zu einer Wirtschaftskrise kommen, dann kann es auch mir passieren, dass ich entlassen werde. Doch ich hätte noch weiter meine staatliche Beihilfe, falls das alles bezahlbar bleibt. In diesen Krisenzeiten würden sich ja auch die staatlichen Steuereinnahmen reduzieren.

Das sind so meine Überlegungen dazu.

Gehen wir damit nicht auch schon ein Stück des Weges,

dass dieser »unüberbrückbare Klassengegensatz«, wie ihn unser Vater immer betont, auch doch etwas von einer Brücke mit offenem Weg eines Miteinander enthält, meinte der Sohn des Großvaters, weiter nachdenkend sich zu artikulieren.

Schon diese Vertreter der Frankfurter Schule hatten ja diese Entwicklung durch die qualitative Höherentwicklung der Technik in der Industrieproduktion mit neuen sozialen Gruppierungen, den Prozess der Gesellschaft ausbauend aufgezeigt. Auch, dass damit diese »Entfremdung« durch Ausbeutung menschlicher Arbeitsleistungen sich verändern werde. (vgl. Lit. 6b, S. 14f, S. 159ff)

Frieden unter Einzelherrschaft?

Doch dann hatte sein Schwager, der Ehemann seiner Schwester doch noch dazu eine kritische Bemerkung. Diese Ambitionen, miteinander zu reden, anstatt zu schießen ist halt, vielleicht nicht aussichtslos, aber doch sehr, sehr schwierig zu realisieren. Deswegen, weil ja insgesamt auf der Erde, global, es viele Machthaber, Diktatoren aber auch demokratisch gewählte Staatsführer gibt. In deren Intentionen Mächtigster zu werden, zu sein, bis hin, sich selbst wie ein Göttlicher verewigen zu wollen.

Ja und das tragische dabei ist, dass einige es vollkommen in ihren Händen haben, dadurch, dass sie militärisch hochgerüstet sind, willkürlich die Entscheidung treffen können, ihre Armada von Atomraketen mit einem Knopfdruck abzufeuern. Das Einzige, was sie darin hemmt, ist die Wahrscheinlichkeit ihrer eigenen Vernichtung. Sie geben aber immer wieder in Auftrag, Schutzbunker für sich und ihren Stab zu errichten; in der Meinung auch diesen Atomschlag überleben zu können.

Was könnte man gegen diese mörderische Machtfülle, zu deren Einschränkungen unternehmen? Habt ihr eine Idee fragte die Oma?

Ein absolut wirksames Mittel gibt es zurzeit wohl nicht, meinte Opas Sohn, der Informatiker. Höchstens, dass es eine elektronische Kontrollinstanz gibt, die, ohne dass es der Machthaber weiß, seine zerstörerische Entscheidung in einem Bruchteil von Sekunden, revidieren kann. Dazu wäre man mit der elektronischen Technik in der Lage. Doch keiner der Regierenden würde das jemals zulassen.

Frieden, doch nur im Sozialismus?

Das ist faszinierend, was so mit der elektronischen Datenübermittlung fertiggebracht werden kann. Hier hätte man dann tatsächlich, im positiven Sinne, eine angebrachte Kontrollmöglichkeit. Doch bleibt es bis jetzt nicht doch nur eine gut gemeinte Phantasiewelt, meinte der Opa? Seht ihr, ich muss es wieder hervorheben, solange allgemein diese gesellschaftliche Grundbasis sich nicht, auch durch eine Revolution, auf eine »qualitativ höhere Entwicklungsstufe« verändert. Also, wie die Ablösung des kapitalistischen Systems, hin zum sozialistischen oder auch anders Bezeichnetem, in dem es keine Ausbeutung, Entfremdung mehr gibt.

Doch, doch ergänzte nun der Informatiker, überzeugend auch weiterentwickelt mit der Kritischen Theorie, dem heutigen Stand der Industriegesellschaft weiter erkennend beschrieben.

So schrieb ja, wie ich hier dazu im Internet lese Herbert Marcuse vergleichend dazu:

dass durch deren technische Höherentwicklung sich immer mehr, in den Kontakten der Menschen untereinander, eine Rationalität entwickeln könnte. Das ist ein vernunftgeprägtes Verhalten, wie hier

zwischen dem Unternehmer (Kapitalisten) und meinem Schwager,
dem Informatiker (Proletarier). Die Gegensätze werden durch diese
Art der Kommunikation zu einer verbindenden Brücke. Die dort
Tätigen suchen nicht mehr den Ausgang zur Veränderung durch
eine revolutionäre Umgestaltung, da es ja die herkömmliche Arbei-
terklasse durch diese Veränderungen der Produktionsmittel nicht
mehr gibt. Diese Klasse hatte ja, wie aus der Historie erkannt, die
Führungsrolle ideologisch, real die Revolution zu vollbringen.

Es heißt bei H. Marcuse wo anders in ähnlicher Weise dazu: ...
die fortgeschrittene Industriegesellschaft ist imstande, eine quali-
tative, gemeint revolutionäre Änderung für die absehbare Zeit zu
unterbinden. Es sind auch mit dieser »technischen Rationalität«
keine Kräfte oder Tendenzen vorhanden, die diese Eindämmungen
durchbrechen und die Gesellschaft sprengen wollen (alles n. Lit. 6b,
S. 14, S.17)

Mit der Technisierung nun entstandenen anderen soziale
Gruppen, wie der technischen Intelligenz, wird im Gesprächs-
austausch grundlegend rational, aber immer nur punktuell,
also nicht die Produktionsverhältnisse umwälzend, nach der
Lösung anstehender Probleme gesucht. So wird sich auch der
gesellschaftliche Überbau weiter verändern lassen. Doch aber
nur in diesem Prozess der Diskurstransformation«.

Immerwährender Kampf

Das kann aber nie Realität werden! Diesem Irrtum soll man
nicht verfallen, meinte der Opa dann gefühlsmäßig etwas auf-
gebracht. Denn die Menschen tragen es in sich, solange es sie
geben wird, nie das für sie Vernünftige erreichen zu können.
Dazu neigen sie zu sehr, viel zu stark, ihren Egoismus in ihrer
Selbsterhaltung verwirklichen zu wollen.

Ja, aber wenn das so ist, warum das ganze Bemühen, dieses Kritisieren, dieses Kämpfen, Engagierens, das Suchen, das menschliche Dasein besser zu gestalten, fragte nun hier das Mädchen, sein Enkelkind. So wie ihr auch berichtete, gibt es ja nach jeglicher Revolution, diesem qualitativen Sprung, wie ihr das auch nanntet einen Rückfall in so eine, eigentlich überwinden wollende Barbarei.

So hatte ich das von euch verstanden.

Auch das man diesen Drang beim einzelnen seiner Selbstverwirklichung alle zu beherrschen, Mächtigster, Cäsar und ähnliches anzustreben zwar verdrängen aber nicht beseitigen kann. Auch wenn nach Vernunftgründen entschieden wurde. All dies zehrt schon sehr an der Entfaltung meiner Lebensenergie sich für eine »bessere Welt zu engagieren, zu kämpfen«. Mit euren Ansichten kommt man ja unter'm Strich, in der Summe, keinen Schritt vorwärts.

Doch ich halte mich an meine Leitidee, diesen überall im Volksmund verbreiteten Spruch:

»Wer nicht kämpft hat schon verloren! Wer kämpft kann verlieren, aber auch gewinnen«! Dann prustet sie temperamentvoll los: Ihr kommt mir vor, wie die »übergescheiten Maulaffen«. Einmal mit Hü erklingend, dann wieder ein Hott hervorbringend. Jesus würde dazu sagen, diese reden einmal Ja, Ja, dann wieder Nein, Nein. Puh, dies Gesagte machte nun doch die Gesprächsrunde etwas verlegen.

Doch dann fand einer, nachdem er sich seiner gewahr wurde, doch zurück, um zu antworten: Betonend damit: *»Der Worte sind genug gewechselt, nun lasset die Taten folgen«*. (n. J.W.v. Goethe- Faust I)

Es lohnt sich trotzdem Zustände zu verändern. Auch dann, wenn sie irgendwann weiter in ihren Wirkungen überholt sein sollten. Wenn die Produktivkräfte mit den -verhältnissen nicht mehr übereinstimmen, wie es der Opa formulieren würde. Oder auch »dass nicht unterbindende des Bestehenden«, somit durch Reformen sich weiter entwickelnde Gesellschafts-system wie es die Philosophen der Kritische Theorie darstellten. (n. Lit.6b, S.14). Deren Erkenntnisse für mich überzeugend klingen. Das ist vergleichsweise eben der ewige Kreislauf, den uns auch die Natur aufzeigt, die in ihrem Bewegungsablauf immer einen Gegensatz in sich trägt und dieser die Quelle zur weiteren Entwicklung ist. Doch es wird dazu betont, dass bei dieser »qualitativen Entwicklung, das Neue, Ganze, immer sich in einem Negationsprozess der Situationen befindet. (vgl. n. Lit. 2, S. 100ff (S.110)

Naturprozess auch in der Gesellschaftsentwicklung?

Ja ist es dann tatsächlich so, dass dieser Prozess in der Natur auch in dem Ablauf der menschlichen Gesellschaft so auch gleichermaßen wirkt, fragte der Enkelsohn wissbegierig. Der es an sich hatte, immer scharf logisch zu überlegen.

Das ist eine sehr gute Feststellung, meinte sein Opa.

In den gesellschaftlichen Ereignissen muss immer mit dem subjektiven Faktor, die menschliche Entscheidung beachtet werden. Damit meine ich, auch wenn es die Bewegungsvor-gänge gleich wie in der Natur gibt, dass der Mensch losgelöst, durch seine Handlungen sich doch eigenmächtig verhalten kann. Er kann seine Entscheidungen in dieser Art treffen, dass sie aufbauend oder auch zerstörend in ihren Wirkungen sind, wenn er sich damit durchsetzen kann. Diese Art und Weise wird aber die Menschenart nie ablegen können. Es wird ein ewiges Aufbauen- Erneuern, Abreißen, Vernichten geben. Ein ewiger Kreislauf. So habe ich irgendwo gelesen, weise Scha-manen bezeichneten es so, dass die Schlange im Kreise ihren eigenes Schwanzende verschlinge. Das zeigte sich auch exem-

plarisch darin, dass diese gewollte sozialistische Gesellschafts-
form, wie sie aufgebaut werden sollte, durch anders verlaufende
menschliche Handlungen nicht zu ihrer Entfaltung gelangen
konnte.

Ein gravierendes Beispiel dazu habe ich dazu in Erinnerung:

Dieser damalige sogenannte Staatsratsvorsitzende der sozialistischen DDR, überzeugt von seiner richtigen Zielsetzung,
brachte mal den Spruch hervor: Den Sozialismus in seinem
Lauf, hält weder Ochs noch Esel auf. Damit wollte er so den
Beweis seiner richtigen Idee, auch Ideologie erbringen. Doch
eins hatte er dabei verkannt, dass die Tiere, nicht wie die Menschen, bewusst irgendetwas verhindern können. Doch er selbst,
als Mensch, durch seine Fehleinschätzungen, – von deren Richtigkeit er selbst überzeugt war –, es immerhin fertigbrachte, dass
sich ein sozialistisches System nicht entwickeln konnte.

Alle lachten darüber, da ihr Opa auch häufig diese DDR als
etwas Fortschrittliches hervorgehoben hatte. Nun ja, das Irren
gehört auch zur Art und Weise der Menschen. Vor allem, wenn
man voll überzeugter Dogmatiker ist.

Die Mama forderte nun alle auf, an dem wohlduftendem gedeckten Abendbrottisch doch Platz zu nehmen. So als nun alle
beisammen waren, meinte die Oma, lasst uns doch mit einem
Gebet dem Herrgott danken, dass wir unser »täglich Brot« haben, satt werden. Es wurde seltsamerweise still in der Runde
und alle falteten, andächtig zum Gebet ihre Hände. Sogar der
Opa folgte diesem.

Beim gemeinsamen Essen betonten noch mal alle in der
Runde, dass diese vorherige Diskussion sehr informativ gewesen
sei. Die Kinder ergänzten sogar, dass sie einiges Neue dabei erfahren konnten. Betonten weiter, dass man sich doch regelmäßig
zum Plaudern hier zusammensetzen sollte.

Dazu machte ihr Opa einen Vorschlag:

So meinte er, wie ihr ja von mir wisst, schreibe ich ja gerne so über »Gott und die Welt und Anderes, vielleicht niemals Brauchbares «.

Seine Tochter schmunzelte darüber; meinte scherzhaft, dass es schon eigenartig sei, dass dieser Ungläubige über den »lieben Gott« schreibe.

Darüber lachten alle sehr herzhaft klingend.

Der Großvater fuhr fort: Ich habe mich nun schon seit längerem damit beschäftigt, ob wir Menschen sowas wie eine Sehnsucht, ein Schmerz-, oder auch Hoffnung in uns tragen, dass wir doch, einkehrend in uns, ein Zuhause, eine Heimat unser Eigen nennen möchten.

So schlage ich euch vor, jeden Samstag veranstalten wir hier regelmäßig ein Date, wie ihr jungen Leute dies so nennt. Ich erzähle euch das, was ich so dann in dieser Zeit verfasst habe.

Ja, großartig betonte sein Enkel! Es muss aber etwas »Fetziges« sein.

Seine Schwester schlug dann noch vor, dass die Mami dazu ein leckeres Essen kochen sollte.

Schmunzelnd dabei, ihren Mann anschauend, meinte sie, euer Papa kann noch besser als ich kochen.

Ach, mir wäre es lieber, wenn ich mich nur um den Abwasch kümmern muss, meinte dieser etwas ironisch klingend.

So kamen dann alle regelmäßig zusammen und hörten sich Opas Erzählungen »über dieses Suchen, vielleicht des Findens einer Heimat« an.

Er selbst bezeichnete all dieses, da die Menschen, nach seiner Ansicht, alle miteinander seit jeher so etwas Verbundenes in sich tragen: es sei so wie deren »verschlungenes Blut«.

So begann er nun zu berichten:

2. Teil:
Verschlungenes Blut

Er öffnete seine Hände und meinte, dass etwas
Helles aus diesen entwich. Es hatte so etwas
Menschenähnliches an sich. Es »winkte« ihm zu.
Auffordernd empfand er, dass er kommen sollte.
Fühlte in sich das Verlangen, ohne auch nur
einen Augenblick zu zögern, diesem Winken zu
folgen ... ...

Heimat suchen.

Heimat finden.

Heimat haben. – Angekommen sein. – Heimat erleben!

Die Winkenden so vor 10 000 Jahren

Zurückschauend der vergangenen Ereignisse, sehr, sehr weit
zurückliegend, kam es auf. Es hatte sich so entwickelt.
Sie waren nun so weit. Sie‑‑, wer könnte damit gemeint sein?
Die Antwort darauf: diese Menschen
Befähigt waren sie geworden, aufrecht zu gehen, zu begreifen.
Ihren Weg zu gehen. Nicht wieder unterzugehen; ausgelöscht
zu werden. Es trieb sie förmlich, satt werden zu wollen, im
Kampf ihrer Selbsterhaltung.
Sie hatten in sich ein Empfinden, welches ihnen deren Er‑
füllung bringen sollte. Ja, und das machte ihren qualitativen
Sprung gegenüber anderen Lebewesen aus. Sie waren fähig,

bewusst zu überlegen: Was war gestern. Was ist mit mir heute, was wird mit mir morgen sein.

So machten sie sich auf, für sich, für ihr Dasein, was die umgebende Natur ihnen darbot, zu verwenden.

Sinnesmächtig verstanden sie es Nahrhaftes zu sammeln, zu töten, zu verzehren, zu gebrauchen.

Gemeinsam, Männchen, Weibchen, Junge, zogen sie in ihrer Umgebung umher. Sie hatten begriffen, dass sie nur zusammen gegenüber anderen Fressfeinden bestehen konnten.

Die Menschen machten sich auf, blieben nicht an ihren angestammten Orten und entwickelten immer Weiteres.

Die Gründe dazu, sie sind sehr vielfältig.

Die Suche nach Nahrung; nicht verhungern zu müssen, machte sie umtriebig. Hatten sie Erfolg dabei, dann ging dieses mit der Befriedigung ihrer Empfindungen einher. Darin war auch eingebunden in ihrem Bestreben existent zu bleiben, dass sie die Neigung in sich wirkend vernahmen, sich geschlechtlich zu vereinigen. Sich fortzupflanzen.

Durch ihre Fähigkeiten zu begreifen, erweiterten sie in ihren Handlungen immer mehr ihr Wissen.

In der Umsetzung ihrer Sinneswahrnehmungen hatten sie die Fähigkeiten erworben immer weiter, besser und auch mehr an für ihr Leben zu gebrauchenden Sachen herzustellen. So wurden sie befähigt ihre notwendigen Sachen zu produzieren. Brauchten dadurch auch nicht umherziehen. Richteten sich an ihren Rastplätzen dauerhaft ein; wurden damit sesshaft. Ausschlaggebend dazu war auch ihre Befähigung selbst, erstmal diese Angst vor einem, meist durch ein Gewitter entfachte Feuer zu überwinden. Dann auch, erscheinend wie ein Wunder, durch ihr Begreifen können eigenhändig an ihren Rastplätzen, ihren Unterkünften ein Feuer zu entfachen. Mit diesem war nun die Möglichkeit vorhanden ihre Nahrung schmackhafter und auch besser verdaulich anzurichten. Auch war es ein Schutz gegen die herumstreifenden Raubtiere. Es festigte auch vor allem, das beständige Gemeinschaftsleben an einem von ihnen ausgesuchten Ort. Aus den Nomaden wurden die meisten dieser dann Ackerleute oder Tierhirten.

Erkennend, ihre innerlichen Empfindungen befriedigen zu wollen, geschah es dann, dass sich einzelnen sicherlich gepaart auch mit einem hohen Wissen, es verstanden, die für ihren Eigennutz besten Bedingungen im Gemeinschaftsleben zu erreichen.

Immer wieder hatte er, vielleicht einer der Jäger, sich als Stärkster, als Klügster, auch in seinen Prophezeiungen erfolgreich deutend hervortun können. In seiner Geschicklichkeit, an die Wände Tiere zu malen, die man jagen wollte, trat auch ein, dass sie beim Jagen dann, wie von diesem tanzend beschworen, häufig große Beute machten. Im Tanz um das Feuer hatte er die unbegreiflichen, aber auch nie zu erblickenden Dämonen darum gebeten, dass sie ihnen einen hohen Jagderfolg, eine, für alle ausreichende Getreideernte doch schenken sollen. Es geschah dann auch immer wieder.

Ihr Anführer und nun auch Götzenbote, wurde von den anderen immer mehr geachtet, verehrt. Auch die weiblichen Wesen, auch Frauen genannt, zeigten sich voller Zuneigung ihm gegenüber. Sehnsüchtig auch, sich mit diesem zu vereinen.

Bewusst weiteres zu seinem Nutzen zu erreichen, überzeugte er die anderen, dass sie ihm bestimmte Dienste zu erbringen haben. So ihre hergestellten Mehrprodukte anteilsmäßig ihm zu geben. Ihn entscheiden zu lassen, was richtig sei, was bestraft werden muss. Ihn von einer Gruppe ihm Ergebener, Bewaffneter, sich beschützen zu lassen. Auch dass er zu seiner Fortpflanzung sich, die ihm gefälligsten Frauen aussuchen dürfe. Nur so könne er diese nichtfassbaren Dämonen, ihnen wohlwollend sein Opfer bringen. Die meisten in der Gruppe, glaubten dem, gehorchten diesen Geboten. Richteten auch ihr Dasein danach aus.

So entstand immer mehr in den Gruppen, jetzt auch Sippen, eine Führerschaft und eine Gefolgschaft. Dieses blieb so in unzähligen nachfolgenden Dekaden im Leben der Menschen bestehen.

Die Führer konnten sogar immer mehr ihre Macht erweitern. Wurden Fürsten, Könige Cäsaren, in Verbindung mit ihren Göttern.

Es war und blieb dies diejenige Art und Weise der Menschen, ihren Selbsterhaltungtrieb zu befriedigen, um auch bewusst damit ihre großmöglichste Selbstverwirklichung zu erreichen. Das umfasste so alles, was der Einzelne empfand zu verwirklichen: Sattwerden, Fortbestehen. Aber auch zu herrschen, Mächtigster zu sein. Zufriedenheit, ein warme Heimstätte, Gesundheit; auch sogar, in dieser anfänglichen Zeit des Gruppendaseins, die Unsterblichkeit zu erlangen.

Es entwickelte sich immer weiter.

So entstanden auf der Erde immer größere und mächtigere Führerreiche. Es wurden Kriege geführt, getötet, Gefangene gemacht, weitere Landstriche in den eigenen Machtbereich eingegliedert.

Dann aber auch mit ihrer Wissensanreicherung, ihr Ziel damit zu erreichen, indem man verkündete, den anderen Bewohnern eine bessere, gerechtere Welt zu versprechen. Sie sollten ihm, dem Boten der Götter, von seiner eigenen absoluten Richtigkeit sicherlich überzeugt folgen. Nicht kritisch etwas anzuzweifeln, sondern dessen Botschaften, Weissagungen folgen, in gemeinsamer Verwirklichung.

Viele dieser Herrscher konnten sich, sogar verehrt bis über ihren Tod hinaus, in ihrem Machteinfluss erhalten.

Versprachen, das gelobte Land zu erreichen. Die ersehnte

Heimat. Diese zu erleben. Meist aber nicht erreichbar hier auf Erden, aber doch verheißend in einem göttlichen Paradies. Das gab vielen der Menschen eine Hoffnung. Sie trugen es als überzeugten Glauben in sich, in ihren Sehnsüchten doch eine Heimat zu finden, diese erleben zu dürfen.

Dann auch diese innerliche, in ihnen brennende Sehnsucht, die bis dahin versagte, auch zukünftige Zuneigung, sogar göttliche Liebe zu finden.

Doch häufig war es mehr ein Sterben; ein Sterben von Abermillionen lebender Geschöpfe. Oder wenn man weiterleben durfte, die Flucht, die Suche in der Hoffnung irgendwo heimisch zu werden. Zu erfahren, dass man an diesen Ort gebunden ist. Man kann als Geschehenes dazu, mit der großen Völkerwanderung in der Zeit, als das Römische Imperium existierte beginnen. Dann die Ereignisse dieses langen Weges des Suchens, bis in die Gegenwart, in unsere heutige Zeit verfolgen:

Als der Opa mit seiner Erzählung zu Ende war, prustete sein Enkel gleich los, was er da so gesagt habe, das liege ja schon weit, weit zurück. Wir leben doch in einer anderen Welt.

Ja, das stimme schon, meinte dieser.

Doch der Vater des Jungen mischte gleich mit: Weißt du; auch wenn es auch schon sehr weit, weit zurückliegt, kommen wir nicht davon los, dass etwas von dem in uns von dem gegeben ist, sogar auch in uns wirkt. So dieses, was wir von der Natur in unserer Entwicklung erhalten haben. Dazu kann man auch gut durch dieses Rückblicken erkennen, was wir Menschen so alles in diesem langen Zeitabschnitt verändern konnten. Auch, um daraus rückschließend, neue Entschlüsse zu Planung der Zukunft zu fassen.

Ach, sagte der Sohn, das ist ja sehr gut für mich. Da ich sehr viel Kraft habe, plane ich einmal Maurer zu werden. Damit brauche ich auch mich nicht so übermäßig in der Schule in den Fächern anstrengen, die mit dieser Tätigkeit nichts zu tun haben.

So einfach darfst du es dir aber auch nicht machen, lachte der Opa zurück. Für die nächste Woche habe ich eine Geschichte, die schon etwas näher an unsere jetzige Zeit heranreicht.

Da freuen wir uns schon drauf, war die Resonanz aller.

Ein Winken, so 120 vor Christi Geburt

So erzählend ein Ereignis, zurückliegend vor über zweitausend Jahren, wie man sagt, so 120 Jahre vor Christi Geburt – v. Chr.:
Eisig war damals der Winter. Von Nord-Ost wehte ständig der Wind. Brachte viel Schnee mit sich.

In den strohbedeckten Hütten wurde es nicht richtig warm. Die Schwachen und Jungen siechten so dahin. Das Vieh in den Ställen bekam nicht mehr genügend Futter, musste meist notgeschlachtet werden. Der Winter hielt lange an. Im Frühjahr wurde es auch kaum anders. Kalter Regen prasselte auf alles nieder. Die Wege waren voller Pfützen und Schlamm. Die Äcker aufgeweicht, konnten deswegen auch nicht gepflügt, besät werden.

Dann überschwemmte eine Sturmflut weite Teile des Landes. Viele ertranken in den überfluteten Gebieten.

Es konnte nicht mehr so weiter gehen. Die Freien der Sippen versammelten sich und beschlossen, mit allen die dazu gehörten aufzubrechen. In ein gelobtes Land. Heimat zu bekommen, zu erhalten. Tausende, genannt auch die Kimber, machten sich von dieser Halbinsel, an der Nord-, Ostsee auf. Zogen südwärts dem Römische Imperium zu. Ihnen schlossen sich noch weitere Volksstämme an.

Doch die dortigen Herrscher sahen diese als Eindringlinge an, die man bekämpfen, vertreiben muss. Es wurden bewaffnete Legionen ihnen zum Kampf entgegengesendet. Immer wieder kam es zu großen Feldschlachten.

Die eingewanderten Germanenstämme, die Teutonen und Kimber konnten einige dieser Schlachten gewinnen. Sie zogen dann noch weiter in Richtung Süd-West nach Gallien. Sicher waren sie überzeugt, für ihr Dasein dort noch günstigere Bedingungen vorzufinden. Gut zu bearbeitendes Ackerland, mit reichlicher Getreide-, Pflanzenernte, großen Tierherden.

Sie boten auch den römischen Herrschern an, dort mit ihnen friedlich miteinander leben zu wollen.

Doch die Römer gingen nicht darauf ein. Bestimmt, weil sie diesen Germanen militärisch nicht trauten. Auch das diese sie in ihrem Machteinfluss schwächen, verdrängen könnten.

Sie stellten deswegen nochmals ein großes Legionsheer auf und zogen mit diesem, zum Kampf gegen die Eindringlinge, in die Schlacht. Diesmal war auch das Kriegsglück auf ihrer Seite. Sie hatten auch den Vorteil, dass die brennend heiße Sonne in ihrem Rücken stand. Den anderen schien sie prall in ihre Gesichter. Die Gegner wurden geschlagen.

Die größte Zahl der germanischen Kämpfer wurden niedergemacht, getötet. Die römischen Soldaten trieben sie vor sich her. Die Flüchtenden versuchten noch zu ihren Lagern zu gelangen.

Die dort Zurückgelassenen sahen das, ihre Katastrophe, ihren Untergang, sich ihnen immer näher heranschiebend. Ein Schrei der Verzweiflung breitete sich unter ihnen aus. Vor allem ihre Frauen wollten ihr Verderben nicht hinnehmen. Ihre zurückflutenden Männer trieben sie an, weiterzukämpfen. Dazu schlugen sie mit lautem Getöse, mit Stöcken auf ihre mit Planen bedeckten Fuhrwerke. Die Männer, die nicht mehr in den Kampf wollten, erdrosselten sie eigenhändig. Die Legionäre kamen immer näher. In ihrer Verzweiflung gingen sie nun dazu über, ihre Kinder zu töten, um sich dann selbst in den Tod zu stürzen.

Es wird berichtet, dass die römischen Legionäre noch über 40 000 der Feinde gefangen nehmen konnten. Sie wurden dann im Reich, auf den Märkten, als Arbeitssklaven versteigert.

Auch hier wieder war das Verlangen der Menschen, eine Heimat zu finden, um diese auch irgendwann erleben zu können. All mit dem, was diese Menschen für sich erhaltend und selbstverwirklichend bewog.

Diese verzweifelten Frauen, sie waren bestimmt keine Wesen, die Freude daran hatten andere zu töten. Verzweifelt wollten sie sicherlich ihrem späteren Schicksal entgehen, nicht mehr so wie Menschen betrachtet, behandelt zu werden. Vielmehr war es ihre Sehnsucht, heimisch zu werden. Ein zuhause zu haben, um ihr Dasein nach ihren Gefühlen und Vorstellungen führen zu können.

Das war aber heute eine sehr traurige Geschichte meinte die Enkelin. Diese Menschen suchten eine Heimat und fanden meist den Tod oder wurden versklavt.

Sag mal Mama, für was hättest du dich an deren Stelle entschieden?

Hm, überlegte sie, ich hätte mich wahrscheinlich für die Sklaverei entschieden.

Waaas, gab die Tochter erstaunt zur Antwort.

Ja deswegen, weil ich sehr an meinem Leben hänge. Trotz Sklaverei. Vielleicht als Dienerin einer reichen Herrin wäre mein Leben zwar sehr mühevoll, aber doch es wäre mein Weiterbestehen geblieben. Das wirkt so in mir, immer bedacht darauf, mich selbsterhaltend zu verwirklichen.

Dann schaute sie so in die Gesprächsrunde und meinte, etwas verschmitzt lachend. Zurzeit bin ich ja auch sowas wie eine Ausgebeutete für euch alle. Vor allem mein Liebster genießt das sehr. Alle kicherten dabei los und waren neugierig mit welcher Erzählung der Opa so nächste Woche auftauchen werde.

Der Winkende so 09 nach Christi

Doch das römische Imperium wollte mehr, sich ausdehnen, um noch mächtiger zu werden. Die damals bekannte ganze Erde sollte das Ihrige sein. Bis zum Rhein, sogar nordwärts, bis zu dessen Mündung, waren sie schon vorgedrungen. Nun hatten sie den Plan östlich des Flusses, das Land der Germanenstämme zu erobern, es zu romanisieren. Das hieß für sie, es nicht nur militärisch zu erobern, zu plündern, brandschatzen, zu töten. Nein, auch diese für sie rückständigen Lebensweisen der dort Lebenden anders zu gestalten. Sie nannten es, »die Barbaren zu zivilisieren«.

Kolonnen von Legionären wurden in Marsch gesetzt. Hier und dort, rechts des Rheines in östlicher Richtung, stießen sie auf nur geringen Widerstand. Viele der germanischen Sippenführer und auch andere, hießen die Römer sogar willkommen. Es waren mit ihnen gute Tauschgeschäfte zu machen. Auch brachten sie Lebensgewohnheiten mit, die für ihr Dasein gut zu gebrauchen waren. Was aber die römischen Führer von den Dortigen weiter anforderten, das waren Tribute, Abgaben, die sie zu entrichten hatten. Entweder in Naturalien oder auch kostbaren Metallen, Gegenstände und sogar schon Geldabgaben.

Das erzeugte aber immer größeren Unmut unter den Germanen, da sie solche Verpflichtungen gegenüber den Herrschenden nicht gewohnt waren. Ihre Führer hatten zwar Diener oder Sklaven, oder auch schon hörige Landarbeiter; doch sie erhoben noch keine weiteren Abgaben von den Sippenangehörigen.

Die Römer machte sich damit immer unbeliebter bei ihren nun beherrschten Untertanen. Es wurde bei Verstößen harte Strafen verhängt und dies war vor allem sehr gefürchtet, dass die Römer bei Ungehorsam den Familien ihre Kinder wegnahmen, sie als Geiseln nahmen und verschleppten.

Auch so von einer Familie eines Sippenältesten. Dort entführten sie zwei heranwachsende Männer, brachten diese in ihr Machtzentrum nach Rom, zu sehr wohlhabenden Familien.

Beide wurden dort überraschenderweise gut behandelt, sogar geschult, denn man hatte vor, aus ihnen später Hilfssoldaten zu machen, um sie dann mit den anderen Truppen in ihr herkömmliches Land zu entsenden. Ihre Aufgabe dort sollte sein, dass sie ihren Sippenangehörigen von den Vorzügen des römischen Reiches überzeugen sollten. Meist wurden sie dem Reiterheer zugeordnet.

So blieben beide einige Jahre in der Fremde. Lebten sich auch gut dort ein und kehrten dann zurück in ihr angestammtes Land.

Einem von Ihnen muss es dann doch empfindend aufgefallen sein, dass seine, doch noch ihm gefühlsmäßig verwandten Germanen sehr unzufrieden mit ihrem Leben unter der Oberhoheit der Römer waren.

Dieser hatte auch wieder Kontakt zu seiner Familie und anderen seines Stammes.

So muss wohl in ihm der Gedanke entstanden sein, dass, da dies seine Heimat ist, gegen die Römer als die Eindringlinge, die seine Zugehörigkeit zu den Seinen verändern, den Kampf anzusagen. Es ist aber auch gut möglich, dass er in Rom gelernt hatte, dass man, wenn man geschickt vorgeht, auch andere überzeugend, zur Macht erlangen kann. Das kann man vermuten, da die Menschen von ihrem Inneren, sich bestens zu verwirklichen, auch so vorgehen. Beweise darüber gibt es aber nicht. Der so sich verhielt wurde von späteren Geschichtsschreibern »Arminius der Cherusker« genannt.

Das in die Tat zu verwirklichen war nicht einfach, aber auch gefährlich für ihn. Da viele seiner Sippenangehörigen auch Kontakt zu den Römern hatten und diesen auch häufig, zu ihrem Vorteil, die Informationen weitergaben.

Doch irgendwie, man weiß nicht genau durch was, erreichte er es, bei einer großen Versammlung der Stammesführer, die meisten davon zu überzeugen, dass man die römischen Eroberer bekämpfen muss. Ihnen bewaffnet entgegenzutreten, um das Land der Germanen zu befreien. Aus seinen militärisch gemachten Erfahrungen wusste er aber, dass ein Sieg in einer offenen, großen Feldschlacht nicht gelingen kann. Dazu waren die Legionen zu kriegserfahren. Man müsste sie in einem bewaldeten, unwegsamen Gelände in den Hinterhalt locken, um sie so anzugreifen.

Das gelang ihm dann auch. Durch das Überreden des gegnerischen Feldherrn, dass dieser mehrere seiner Legionen in ein Gebiet schickte, wo angeblich ein großer Aufstand durch die dortigen Germanenstämme stattfand. Dieser glaubte dem.

Es wurde berichtet, dass über 30 000 Legionäre loszogen. In der bergigen, stark mit Wald überwucherten und morastigen Gegend kamen sie nur mühsam; nur Mann für Mann, hintereinander laufend, voran. Das nutzten die auf sie lauernden Krieger der Germanen, überfielen diese und töteten tausendfach die römischen Legionäre. Es sollen drei Legionen mit ihrem Tross gewesen sein, im neunten Jahr nach der Geburt Christus.

Durch diese hohen Verluste hielten die Römer sich nun zurück, weiteres Land großflächig erobern zu wollen. Sie gaben sich erstmal mit der Grenze ihres Reiches am Rhein zufrieden. Errichteten dort große Garnisonen und auch Städte. Bauten die Grenze später auch als Schutzwall, den Limes aus.

Ja und was wurde aus dem Arminius, der zum Widerstand aufgerufen hatte? Sicherlich motiviert auch, dass er in sich die Sehnsucht hatte, endlich in seiner Heimat angekommen zu sein, diese zu erfahren und auch dort herrschen zu können.

Auch die germanischen Menschen, wie alle, hatten in sich die Neigungen zu ihrer Selbsterhaltung, im Einzelnen sich am besten verwirklichen zu wollen. Das erzeugte unter ihnen eine Konkurrenz, sogar Neid und Hass.

Dieser voranschreitende Kämpfer wurde dann einige Zeit später von seinen eigenen Stammesmitgliedern ermordet.

Das römische Imperium war durch diese militärische Niederlage nicht sonderlich geschwächt worden. Es vergrößerte sogar immer mehr sein Imperium. Eroberte nördlich, das heutige England, die große von Kelten besiedelte Insel.

Führte Eroberungskriege, zwang andere zu deren Abhängigkeit. Zerstörten, töteten, versklavten. Führte aber auch ihre erreichte, hoch entwickelte Kultur vielfach in diesen Gebieten ein. Die dort Lebenden konnten sich damit sogar recht gut anfreunden.

Doch nicht alle von ihnen wurden auf den Märkten des Römischen Reiches als Sklaven verkauft. Viele der Nachbarstämme der Römer konnten ihr heimisches Schicksal nicht mehr ertragen. Es setzte die große Welle der Völkerwanderung ein. Entweder mit Rom sich zu verbünden oder auch es zu bekämpfen, sogar es erobern zu wollen.

Doch wohin gingen diese Wanderungen?

Die Tochter von dem Großvater meinte aber doch noch dazu; diese Germanen waren letzten Endes auch keine besseren Menschen als die Römer. Von Natur aus schlummert doch in uns allen dieses gierig Aggressive, dass sich dann auch, bei günstiger Gelegenheit entlädt. Unser Geschichtslehrer meint dazu, dass diese männlichen Germanen meist wie die »Scheusale« sich aufgeführt, Ihre Frauen dagegen meist sittsamer, fleißiger sich verhalten hätten. Wisst ihr auch, dass dieses riesengroße Hermanns-Denkmal im Teutoburger Wald, diesen Germanen Arminius darstellt. Es war Martin Luther, der diesem den mehr deutsch klingenden Namen Hermann verpasste.

Nun Opa, freuen wir uns schon auf die nächste Erzählung von dir.

Die Nebelmänner, genannt auch Nibelungen um 450

Nun war schon zum dritten Mal in Folge die »Sonnenwend« angebrochen. Dunkel und starr breitete sie sich in dem Auf und Ab des Meeres aus. Die dort Lebenden nannten dieses Stück Erde die »Burgund hold, der Sonne abhandengekommen«.

Nichts, mit deren Strahlen Aufkeimendes, hatte sich, wie schon in den drei vorherigen Zeitabläufen geregt. Keine Wärme, kein Gedeihen, kein Grün, kein sanfter Regen.

Die Zugehörigen der Sippe dort, kauerten dicht zusammengedrängt vor dem schwach flackernden Feuer. Mit verschmutzten Häuptern, in sich versunken, jammerten die meisten vor sich hin. In großer Traurigkeit, dass sie von vielen ihrer für immer Abschied nehmen mussten. Ausgemergelt, krank vor Hunger, waren darunter ihre Jüngsten, die Alten und Schwachen dahingerafft worden. Ab und an tat sich einer der Männer auf. Ging hinaus und kam nach einiger Zeit mit was Essbaren zurück. Ein paar Wurzeln, manchmal mit Pilzen oder auch mit einem gefangenen kleinem Tierwesen. Alle versuchten damit etwas ihren quälenden Hunger zu dämpfen. Die Brüste der Mütter waren eingefallen, verdorrt. Für ihre Neugeborenen bedeutete dieses meist ihren Tod.

Ihre Adeligen, gezeugt von den Nichtbegreifenden, flehten baten diese in ihren Gesängen und Tänze um Beistand. Doch nichts geschah. Das Leben dort schien immer mehr zu in diesem Eisigen zu versiegen.

So riefen ihre Anführer alle Männer des Stammes zur Thing auf. Beschlossen, dass die anderen, welche noch zum Kämpfen kräftig genug waren dazu auf, dass man mit den Booten in Richtung der Morgensonne über das Meer rudern werde. Dort gebe es ein Land und Bewohner, die genügend an Nahrungsmittel hätten. Diese könne man doch überfallen und ausrauben. Mit der Beute wieder zurückkehren und alle ihre Zugehörigen damit sättigen. Das werde auch den Göttern gefallen.

So geschah es dann auch. Einige Dutzend Männer brachen mit ihren Booten auf. Erreichten nach kurzer Fahrt die Küste des Meeres. Doch die Ruderer waren überrascht als sie auf die dort Lebenden trafen, dass diese ihnen sehr freundlich, willkommen heißend begegneten. Luden diese Fremdlinge sogar in ihre Behausungen ein. Gaben ihnen Speis und Trank. Versuchten sogar mit Gesten diese zu überzeugen, dass sie doch in ihrer Ansiedlung mit ihnen gemeinsam leben sollten. Die Ankömmlinge wirkten verdutzt. Waren sie doch, in der Absicht zu kämpfen, dorthin gekommen. Doch ratschlag gebend beratend diese, nahmen sie deren wohlwollenden Angebote an. Hatten auch mit der Zeit nicht mehr ein Interesse in ihr Stammesgebiet schnellstens zurückzurudern.

Gestalteten mit den anderen dort ihr tägliches Dasein. Gingen in der Sippenallmende jagen fischen, Holz sammeln. Bebauten den Ackerboden, mit Getreide, Gemüse. Versorgten die Haustiere. Und auch, in ihrer Sehnsucht, suchten sie den Kontakt zu den dortigen ledigen Frauen.

Verdrängten so immer mehr ihr Bedürfnis zu den Ihrigen auf dieser Insel zurückzukehren. Vergaßen diese immer mehr.

Diese dort Wartenden rafften sich immer wieder auf. Gingen zum Strand. Schauten voller Sorgen hinaus aufs Meer. Nichts, auch nichts war zu erkennen. Ja doch dort weit, weit draußen. Da war doch was. Es schien so, als wenn jemand ihnen zuwinkte. Versuchte, ein Zeichen zu geben. Es klang so, dass ein Hahn dreimal ganz laut krähe, als wolle dieser andere, die weit in den Meereswogen sich aufhielten erwecken. Oh, rief man untereinander aus, dass müssen sie sein, Hel die Göttin der Unterwelt mit ihren Geschwistern, der Midgardschlange und dem Fenriswolf. Ein Wehklagen, lautes Jammern setzte folgend von den, auf das Meer Blickenden ein. Sie deuten uns unser Ende an, betonten diese laut schluchzend.

Die Not, der Hunger, das Sterben unter ihnen hielt weiter an. Bis keiner mehr lebte. Die Natur ließ alles erstarren. Die Insel wurde ein ewiges Eis. Der Regen, der Wind fegte über sie hinweg.

Die anderen lebten sich in der Fremde ein. Hatten Arbeit, Nahrung, ein Zuhause, paarten und vermehrten sich. Verflossen war das Gestern. Doch sie vernahmen eines Morgens ein anderes dumpf klingendes, nicht Gutes ahnendes Trampeln und Rauschen.

Es waren wild, gruselig bewaffnete Reiter, die im Galopp in das Dorf eindrangen. Den dortigen schwachen Bewohnern befahlen, unter Androhung ihres Todes, ihnen alles Wertvolle was sie besitzen herauszugeben. Vor Furcht kamen auch alle diesen Anweisungen nach. Die Reiter, voll bepackt mit Beute, ritten dann davon. Tauchten dann aber wiederum nach kurzer Zeit auf; verlangten wieder das Gleiche. Jetzt sogar, dass sie auch Nahrungsmittel und Haustiere ihnen überlassen müssen.

Oh, das wurde für die Sippe immer unerträglicher. Es dauerte nun schon den ganzen Frühling und Sommer an.

Als man so unter sich war, beratschlagte man dieses, nicht mehr hinnehmen zu wollen. Einer ihrer Führer machte sodann den Vorschlag, mit Hab und Gut diesen Ort hier zu verlassen. Gen Westen gebe es das Römische Reich. Dort sei man als Verbündeter willkommen, wenn man mithilft, dort ihre Grenzen zu schützen und kriegerische Angriffe mit ihnen abwehrt.

So machte sich eines Tages dieser mittlerweile große Germanenstamm auf. Zog immer weiter westwärts. Unterwegs heransprengende bewaffnete Reiterhorden wurden erfolgreich abgewehrt. Andere Heimatlose schlossen sich ihnen an. Bis sie diesen breiten, mächtigen Fluss vor sich sahen. Dort kamen sie mit den grenzschützenden römischen Legionären zusammen. Diese erkannten deren Friedfertigkeit. Boten ihnen an, hier ihre Heimat zu errichten unter der Bedingung, dass ihre jungen Männer in der Armee mithelfen sollten, das Reich zu schützen. Die Germanen waren damit einverstanden. Ließen sich an dem Fluss nieder und bauten ein römisches Föderal auf. Gaben sich dort den Namen Burgund. Ihre Stammesgewohnheiten und Götzenrituale konnten sie weiter praktizieren. Auch wurden sie, ihre Führer, immer wieder von dem Kaiser in Rom zur Audienz eingeladen.

Dort erkannten auch einige von ihnen, dass die Macht des Cäsaren immer mehr ins Wanken geriet. Das Riesenimperium wurde mehr und mehr zerstückelt. Vor allem war einer unter den Siedlern, mit dem Namen Günthart. Groß und stark erscheinend bestimmten die anderen ihn zu ihrem Führer; sogar zu ihrem Adligen und König. Es war tatsächlich ein tapferer, weiser, umsichtiger Führer. Man baute ihm an dem Fluss, den die Römer Rhino nannten, seine Residenz. So hieß es später in den Geschichtsbüchern, dass dies die Stadt Worms sei.

Klug wie er nun war, ohne dass der römische Herrscher was dagegen hatte, baute er mit seinen Gefolgsleuten eine eigene Armee auf. Diese aber loyal sich für die Absicherung der römischen Reichgrenze bekannte und einsetzte. Mit zu seinem Treuen hatte er zwei seiner Brüder ausgewählt. Dazu hatte er eine schöne Schwester, die als stolze Jungfer schon manchen, um sie werbenden Mann, abgewiesen hatte. Doch sehnsuchtsvoll stand sie häufig am Palastfenster. Schaute in die Ferne. Dabei vernahm sie häufig, dass ein, in der Nähe ihres Fensters, ein prächtige Eule sich immer wieder niederließ. Nicht scheu, ihr gegenüber bestimmte Laute von sich gab. So für sie deutend: Komm mit, komm mit …..und Ähnliches. Dann eines Tages saß er auf dem Fenstersims und schaute sie scharfblickend an. Das gefiel ihr. Sie verspürte immer mehr eine Zuneigung zu diesem schönen Lebewesen. Das müsste so der Richtige sein. Auch als sie ihm andeutete, doch auf ihrem Bettrand sich niederzulassen, erfüllte er ihr diesen Wunsch. Doch von ihrem sonderbaren Erlebnis erzählte sie keinem anderen etwas. Doch es fiel dann doch einigen auf, dass sie etwas Gedeihendes unter ihrem Herzen trug. Ihr Wunsch wurde dann auch erfüllt. Dann kam ihre Erfüllung, dass sie nach einiger Zeit einem Jungen das Leben schenkte. Sie gab ihm den Namen Siegfried. Dieser wuchs zu einem starken und wissbegierigen Menschen heran.

So verging die Zeit. Auch sein Onkel, König Günthard hatte Gefallen an ihm. So erzählte dieser ihm seine schmerzende Sehnsucht, doch endlich mit seiner großen Liebe vereint zu sein. Es war eine Prinzessin, hoch im Norden lebend. Weit, weit weg. Wie könnte er sie nur erreichen. Doch eines Tages, am frühen Morgen, kam er aus dem Staunen nicht heraus. Auf seiner Rüstung im Schlafraum saß eine Taube. Ihr Gefieder schön perlmuthglänzend. Ihr anhaltendes Gurren konnte, wie verzaubert sogar deuten: Nimm mich, nimm mich gab sie immer wieder von sich lautend.

Er näherte sich ihr vorsichtig. Streichelte sie sanft. Dann geschah es, wie ein Wunder. Sie verwandelte sich zu seiner Wunscherfüllung, seiner ersehnten Prinzessin aus dem Norden.

So blieben sie weiter vereint und sie schenkte ihm ein süßes Kindlein.

Doch der Burgunderkönig hatte in sich noch eine andere, bis dahin nicht erfüllte Sehnsucht. Er trachtete danach, sein Reich zu vergrößern. Immer wieder kam dies in ihm hoch, weiter zur Befriedigung seiner Selbstverwirklichung. Als es in Rom zu einem Cäsarenwechsel kam, nutzte er die Stunde. Zog mit seinen Kriegern in die Ferne, um ein anderes Reich zu erobern. Anfänglich ging er in einigen Schlachten als Sieger hervor. Doch dann gelang es seinem Gegenspieler ein großes Söldnerheer gegen ihn anzuheuern. Es waren Hunnenkrieger. Erfahren, keine Gnade gegen ihre Gegner zeigend. Sich schnell bewegend auf ihren Pferden, mit Pfeil und Bogen schon aus der Entfernung die Feinde zu töten. Gegen diese hatte Güntharts Heer keine Chance. Sie mussten sich geschlagen geben. Der König und viele seiner Mitstreiter schlachtet man ab. Seine Residenz wurde erobert. Dessen Bewohner meist auch getötet. Die beiden Frauen Krimhild, ihr Kind und Brunhild, mit ihrem Sohn, wurden dem Führer des Hunnenheeres als seine Sklavinnen zum Geschenk gemacht. So kamen sie, gefesselt und ihre Haare geschoren in das Harem des dann sogenannten Hunnenkönigs. Ihre Verzweiflung war unermesslich. Vor diesem, auch noch sehr hässlich aussehenden König ekelten sich beide sehr. Doch er befahl beide immer wieder in sein Schlafgemach.

Doch dann erschien Beiden und ihren Kindern eines Nachts, kaum zu begreifen, ein seltsames, nichtirdisches Wesen. Sitzend auf einem Wagen, der gezogen wurde von wolfsartigen Wesen. Er winkte hilfsbereit allen zu, doch einzusteigen. Diese einmalige Chance zu flüchten, nutzten alle. Dann ging es durch die Lüfte fliegend auf und davon in diese alles umfassende Dunkelheit. Ein starker Wind kam auf. Die Befreiten hatten nicht die Kraft diesem zu widerstehen. Sie wurden hinausgetragen. Keiner weiß, ob sie überlebt hatten oder ob ihre Leiber, beim Aufprall auf die Erde, zerschmettert wurden. Doch eine lange Zeit, so 400 Jahre später, berichtete man von eigenartigen Ereignissen, die so am Mittelrhein bei Worms und Speyer geschehen sein sollen. Es muss ein mutterloser Prinz gewesen sein. Vielleicht auch entstanden durch den Samen des Unbegreiflichen? Keiner kannte seine Herkunft. Stark und klug, mit einem Schwert bewaffnet, vereinte dieser einige große Germanenstämme. Wanderte mit ihnen und seinen bewaffneten Anhängern gen Süden. Überwand immer wieder die sich entgegenstemmenden Verteidigerheere. Drang bis nach Rom vor und gründete ein großes Königreich. Seinen Herrschersitz ließ er in der Stadt Ravenna errichten. Dort wurde er auch nach Ende seines Lebens beigesetzt. Seine wuchtig wirkende Aufbewahrungshalle wird gegenwärtig von vielen Touristen aufgesucht. Man nannte ihn später »Theoderich der Ostgoten Herrscher«.

Puh Opa, das war ja schon wieder so eine traurige Geschichte meinten die Kinder. Der zwischenzeitlich hinzugekommene Schwiegersohn meinte dann noch schmunzelnd, da habe doch der Opa ganz gewaltig seine eigene Fantasie ausgelebt. Was ich so von allem rausgehört habe, war das doch die Nibelungensage. Die kenne ich auch. Aber doch in einer ganz anderen Fassung.

Da sei schon was dran entgegnete der Opa. Doch es kursieren eine ganze Menge unterschiedliche Texte über das, was sich damals ereignet haben könnte. Doch keiner weiß es genau, wie es tatsächlich gewesen ist.

So kann mir doch keiner verübeln, dass ich so meine eigene Version, um es auch in der Hinsicht aufzuzeigen, dass die Menschen auf Heimatsuche; aber auch ihren Machttrieb befriedigen wollten. Das war für mich wichtig, dieses hervorzuheben.

Das ist dir wirklich gelungen meinte die Mama der Kinder. Nun sind wir darauf gespannt, was du uns so mit deiner nächsten Erzählung auftischen wirst.

Von meiner Seite jedenfalls, stelle ich dir gerne eine heiße Tasse Kaffee und ein Stück Erdbeerkuchen auf den Tisch.

Oh, la la freute sich der Sohn: Hier geht's wirklich schön süß zu.

Die Winkenden so 900 nach Christi

Diese hier, von denen nun berichtet wird, empfanden es in sich. Diese Sehnsucht, wieder heim, in ihr angestammtes Land zu gelangen. Nach langer Wanderung erreichten sie es dann endlich. Sie verspürten es mit ihren Sinnen. Den immer wieder aufkommenden Wind. Die salzig riechende Meeresluft. Das flache, weite Land mit seinen Graslandschaften und spärlichen Wäldern. Den großen Flugscharen der heranziehenden Vögel. Viele von den umherziehenden Menschen hatten die Strapazen diese Reise nicht überstanden. Von den dort lebenden Küstenbewohnern wurden sie nicht freundlich willkommen geheißen. Es war ein armes Land, mit kargen Böden, die an Ernte, zum Gedeihen, nicht viel hergaben. Einige der dort Lebenden fuhren mit ihren Booten raus aufs Meer oder auch auf den breiten, träg dahinfließenden Fluss, zum Fangen von Fischen.

Unter den nun, ihre Heimat Wiedergefundenen, war auch eine Frau, mit ihren zwei heranwachsenden Kindern. Einem Mädchen und Jungen. Ihr Vater war im Kampf gegen die römischen Legionäre niedergemetzelt worden.

Die drei fanden in einer leerstehenden Holzkajüte ihr zuhause. In dieser gab es auch eine Feuerstelle. Es wurde Holz zum Feuern gesammelt. Immerhin hatte sie es warm, aber doch wenig zu essen. Das meiste mussten sie sich bei ihren Nachbarn erbetteln. Doch die Frau war handlich sehr geschickt und sie ging dann daran, baute sich einen Webstuhl, um Kleidungsstoffe zu erarbeiten. Diese verkaufte sie, damit sie mit dem Erlös ihr Dasein erhalten konnte.

Eines Tages kamen auf dem Fluss, stromaufwärts einige große, mit Segeln ausgerüstete Boote an.

Es waren hellhäutige große Männer, meist mit langer Haarmähne und struppigen Bärten. Sie trugen alle Waffen bei sich. Doch sie verhielten sich friedfertig. Gaben zu erkennen, dass sie

Waren tauschen, handeln wollten. Meist wurden sie von den Einheimischen auch als »Ruthener oder Ruderer« genannt. Zur Fortbewegung ihrer Boote, wenn der Wind ausblieb, benutzten sie lange Stangen, die am Ende breit, flach verarbeitet waren, genannt auch Ruder. Nach denen nannte man sie deswegen so. Auch das heutige Wort Russland soll daraus sich entwickelt haben.

Die Frau bot ihnen ihre handgefertigten Stoffe an. Die anderen überprüften, befühlten deren Qualität und tauschten sie dann mit ihren mitgebrachten Waren.

Einer dieser aus dem Norden Kommenden, sah die beiden Heranwachsenden. Er hatte Gefallen an ihnen. Er bot der Mutter an, beide doch mitzunehmen.

Aus dem Sohn einen Seefahrer und auch starken Krieger zu machen. Der Sohn, kraftvoll im Wuchs, war davon gleich begeistert, als er davon erfuhr.

Der Fremde schlug dann auch vor, die Tochter auch mitzunehmen. Sie würden weiter den Fluss hoch segeln. In ein Land mit wohlhabenden Bewohnern. Bei einem dieser könnte die Tochter Arbeit finden. Sicher sattmachende Arbeit betonte er. Ja, und wenn das Glück ihr beschieden bliebe, bestimmt einen Reichen finden, der sie zur Frau nehme.

Der Mutter wurde es sehr bang um ihr Herz. Doch sie dachte auch daran, wie mühselig es hier für sie war, ihre beiden Kinder am Leben erhalten zu können. Hier in dieser öden Landschaft, mit diesem anhaltend kaltem Wind, dem meist wolkenverhangenen Himmel. Aber auch diesen wortkargen, ernsten Menschen.

Sie sagte dem Fremden, dass sie es über Nacht nochmals überdenken wolle, und ihm dann, den nächsten Tag ihren Entschluss mitteilen. Sie sagte zu! Ihre beiden Kinder, voller Lebenslust, voller Zukunft nahmen von ihr Abschied.

So fuhren sie mit diesen Rudermännern weiter den Fluss

hoch. Beide waren sehr bemüht diesen beim Umtauschen ihrer mitgebrachten Waren zu helfen. Die meisten der Bootsfahrer sahen zwar sehr rau und grobschlächtig aus, doch sie waren auch sehr freundlich zu beiden. Lehrten und brachten ihnen vieles Notwendige bei.

Auf einem Marktplatz eines Landes kamen sie in Kontakt mit einer Bäuerin, die dort ihre Erträge zum Kauf anbot.

Sie erzählte, sehr traurig wirkend, dass ihr Mann verstorben sei. Nun müsse sie allein den Hof bewirtschaften. In schwerer Arbeit müsse sie tagaus, tagein sich abrackern. Ihr fehle so sehr ein Mann, mit starken Armen.

Die anderen hörten sich das Klagen an und der Ruderer schaute grinsend zu dem Jüngling rüber und meinte, dass sei doch für ihn der Glücksmoment. Biete doch der Frau an, dass du mit ihr gehen möchtest.

Darf ich denn, antwortete dieser?

Der andere sagte dann, etwas väterlich fürsorgend: »Geh den Weg, dahin dein Herz dich trägt«.

Die Marktfrau verstand das auch alles und sie schaute, schon etwas sehnsuchtsvoll den jungen Mann an.

So kam es, dass dieser nicht ein kämpfender Seefahrer, sondern ein Ackermann, Bauer wurde.

Sie bewirtschafteten beide als Freie den Hof. Blieben ihr Leben lang zusammen. Hatten einen Sohn. Nach ihrem Ableben übernahm dieser deren Landwirtschaft.

Doch seine Zeit wurde unruhig. Immer wieder kam es zu Kriegen zwischen den Landesherrschern und den Reiterscharen des Deutschen Ritterordens. Diese hatten nördlich, die dort ansässigen »Prussenstämme« besiegt. Heute auch als Baltikum benannt. Nun hatten sie vor, noch mehr Land zu erobern. Es sollten alle dort lebenden christianisiert werden. Doch eine entscheidende, – hier genannt Tannenbergschlacht –, verloren sie. Sie wollten zwar weiter erobern. Doch es fehlten ihnen, wegen ihrer hohen Verluste, die notwendige Anzahl an Kriegsvolk. So wurden dazu fremde Soldatenheere mit ihren Führern von den führenden Ordensleuten, den Hofmeister, angeheuert. Diese zogen dann raubend und mordend durch das Land der Litauer und Polen. Konnten aber keinen entscheidenden Sieg davontragen. Doch immer wieder überfielen sie die Ansiedlungen der dort Wohnenden.

Den Heerführern wurde von dem Hofmeister zugesagt, dass sie für ihre Kriegsführungen in dem nördlichen Teil ihres Machtbereichs dafür große Ländereien zum Bewirtschaften erhalten werden.

Einer dieser Heerführer, ein Graf mit seinen Söldnern, eroberten das Dorf in dem die beiden, der junge Bauer, nun mit einer Ehefrau, waren. Beide nahm man gefangen und verschleppte sie auf den Gutshof des Heerführers, genannt Memel Land, wo sie sich als Magd und Knecht verdingen mussten. Es waren nun Leibeigene des Großgrundbesitzers. Ob sie dort, in ihrer Knechtschaft heimisch wurden. Kein anderer hat sie jemals danach gefragt.

Doch was geschah nun mit seiner Schwester?

Sie fuhr immer wieder mit diesen Nordmännern, diesen Ruderer, die Flüsse entlang; bis hinaus auf's offene Meer. Nahm sogar zu einem dieser rauen Männer, der das Boot steuerte, Kontakt auf. Es war aber schon, um einige Jahrzehnte älterer als sie. Als sie dann in einer größeren, am Fluss gelegenen Stadt waren, kam dieser mit einem dort ansässigen Kaufmann zurück. Er deutet der jungen Frau an, dass dieser eine Hausdienerin suche. Er sei als Kaufmann vermögend. Habe ein schönes Haus und betreibe mit seinem Vater einen gutflorierenden Handel.

Das sei doch nun das Richtige für sie! Der andere betrachtete sie dabei, sehr prüfend wirkend.

Sie sagte zu und blieb bei diesem Kaufmann, der so zehn

Jahre älter war als sie. Er hatte auch Gefallen an ihr. Doch sein Vater war gegen eine nähere Beziehung beider. Das sei nicht standesgemäß argumentierte er immer wieder. Doch sie blieben heimlich, auch sich immer mehr gefallend, zusammen. Als sein Vater dann starb, heirateten beiden, führte eine Familiendasein mit einer Schar Kinder, Buben und Mädels.

So vergingen dann weitere Jahre.

»Was groß ist, bleibt groß nicht und klein nicht das Kleine«, so wurde es von einem Schriftsteller dargestellt. Es war Bert Brecht.

Die Menschen existierten weiter, so in der Verwendung der Naturprodukte, in ihrem Drang der Selbsterhaltung und auch ihrer Befähigung, sich immer mehr Wissen anzueignen und dieses auch in ihren Handlungen umzusetzen.

Ach, das ist ja schon fantastisch, dass diese Wickinger, später bezeichnet als Normannen, dieses dann riesengroße Russland gegründet haben.

Kiew, die Ukraine, habe sich aber merkwürdiger Weise, als souveräner Staat von Russland abgekoppelt. Naja, es kann ja sein, dass sie wieder in freundschaftlicher Nachbarschaft zusammenfinden., meinte Opas Schwiegersohn.

Die Leibeigenen erheben sich; so um 1500

Hi Opa, schön dass du wieder gekommen bist! Heute hast du uns ein Ereignis aus dem vergangenen Mittelalter mitgebracht. So, wie du uns dies beim vorherigen Beisammensein angekündigt hattest.

Ja, da habe ich sicherlich etwas Interessantes für euch ausgesucht.

Was Lustiges oder was Trauriges hakten die Kinder fragend nach.

Ihr seid aber schon zwei wissbegierige Mäuschen. Ihr Opa fing an, für die anderen etwas unverständlich, einen Gedicht Vers vorzutragen:

»Die Krähen schrei'n und ziehen flugs zur Stadt. Bald wird es schnei'n, wohl dem der jetzt noch Heimat hat«.

Aber, aber, hörte man die auch anwesende Mama der Kinder erstaunt sagen. Das soll aus dem Mittelalter ein Spruch sein? Der stammt doch von Friedrich Nietzsche, aus der Zeit so Ende des 19. Jahrhunderts!

Da hast du recht, erhielt sie als Antwort. Doch er ist treffend zu dem, von dem ich euch berichten werde.

Es muss so zurückliegend Anfang des 16. Jahrhunderts gewesen sein.

Kalt, noch starr und im grauen Dunst liegend, so fühlten sie in ihren Händen, diese Ackerleute auf den Feldern, diese von ihnen zu bearbeitende Erde.

Es wurde Zeit die Saat in die Erdscholle zu bringen. Denn recht kurz war die Zeitspanne des Gedeihens. Ihr Feudalherr und seine Vasallen verlangten dann wieder, dass mit einer reichen Ernte ihre Speicher und Scheunen aufgefüllt werden.

Von der Stirne heiß, – ähnlich klingend wie eine spätere Ballade –, musste um dieses zu erreichen, bei ihren Leibeigenen der Schweiß rinnen. ... ...

Doch die Ackers Leute schauten immer und immer wieder, recht ängstlich wirkend, nach diesen, sich auf den Feldern ausbreitenden schwarzen Flecken. Ausbreitend wie ein Riesenteppich.

Anwachsend in ihrer Anzahl hatten sich diese schwarz Gefiederten. Ihren Hunger stillend pickten sie sehr flink suchend die meisten der ausgesäten Getreidekörner auf.

Da bahne sich sicher ein Unheil an, so ging ein Raunen durch die Reihen der Arbeitenden. Von der Saat bleibe kaum noch was zum Gedeihen übrig, um die Herrschaften und deren Hörige satt zu machen.

Ja, und mittendrin, in diesem schwarz glänzenden Dunst, der die Erde berührte, erhob sich doch etwas? Das muss sie sein, hörte man einige, meist Frauen sagen. Ja wer denn, fragten andere?

Sie lebt! Ist auferstanden. Schreitet uns voran. Obwohl, wie in aller Munde verbreitet, bei diesem aufrührerischen Aufstand in Weinsberg von der Heilbronner Soldateska dieser niedergemacht wurde und allen Kämpfern der Kopf abgeschlagen wurde.

Scheint von den Toten auferstanden zu sein; gleich unserem Heiligen, dem Sohn Gottes.

Sie schreitet mutig voran, mit einer Lanze bei sich tragend und ist umhüllt mit einem schwarzen Gewand. Überall bekannt und genannt die »Schwarze Hofmännin aus Böckingen«.

Hört ihr, sie ruft uns zu: »Lasst von »eures Vornehmens nicht ab. Wenn die von Heilbronn …euch etwas tun … …so seid diesen leidig zutun, sie zu erwürgen und zu erstechen Gott will es so«. So wurde dies damals aufgeschrieben. (zit. n. Lit. 42, S.27)

So geschah es, da die Zeit der Knechtschaft, der Ausbeutung, Armut, des Hungers nun dieses, mit aller Herrlichkeit gefüllte Feudalfass zum Explodieren brachte. In vielen Landesteilen schlossen sich die Aufständischen, meist hörige Bauern, Knechte zusammen. Bewaffneten sich und erstürmten Städte, Burgen, Herrenhäuser, Klöster. Töteten auch viele derer. Sie riefen auf, gläubig wie sie waren, mit Gottes Beistand eine bessere Welt errichten zu wollen. Sehnsüchtig auch, darauf hoffend, dass dieser mutige Mönch, Martin Luther, sie führen werde. Überall wurde erzählt, dass dieser dem Papst und dem Kaiser »seine Stirn geboten« habe. Seine Thesen des richtigen Glaubens, vor einem Tribunal in Worms, nicht zurückgenommen habe. So habe er dort verkündet: »Hier stehe ich, ich kann nicht anders, Gott helfe mir«. Hatte er nicht auch in seinen

Predigten betont, dass ein Christenmensch ein freier Herr über alle Ding, niemand untertan sei. So baten die Rebellierenden ihn, doch mit Gottes Segen, dass er sie führen solle.

Doch welch eine Verbitterung für Viele dieser. Dieser Mönch lehnte ab. Nannte sie sogar eine Mörderbande, nachdem diese mit Waffengewalt vorgegangen waren. Hielt ihnen die Worte vor, gesagt von Gottes Sohn Jesus: »Gebt dem Kaiser, was des Kaisers ist und Gott was Gottes sei«. Da sei kein Platz fürs Töten, Rauben, Brandschatzen. So zeigte er, dass er, trotz aller seiner kritischen Worte der »Obrigkeit die Treue hielt«. Immerhin war sein Lebensretter auch ein Feudaler gewesen. Sogar mit häufig fortschrittlichen Ansichten, wie er berichtete.

Doch ein anderer hielt diesen unterdrückten Aufrührern die Treue. Auch wenn er dabei sein Leben lassen müsste, wie später über ihn erzählt wurde. Es war dazu auch ein wortgewandter Prediger mit dem Namen Thomas Müntzer. Erst ein Mitstreiter von Martin Luther. Dann aber doch von diesem andere Wege schreitend, einen revolutionär ausgerichteten. Gebt die Waffen nicht aus euren Händen. Vertraut nicht den Adelsherrn. Entzweit euch nicht untereinander. Marschiert, kämpft gemeinsam. So erreicht ihr das, was eure Losung aussagt: »Als Adam grub und Eva spann, wo war denn da der Edelmann«? Diese Fürsten, diese Herrn werden nicht gebraucht. Schafft sie ab, damit euer Leben besser wird. Nehmt euch zum Vorbild, diese euch Anspornende in ihrer schwarzen Umkleidung. Immer wird erzählt, man habe sie in den Kämpfen erscheinend auftauchen sehen. Doch jeder Umarmung, Liebkosung wich sie aus. Verschwand unsichtbar irgendwohin.

Das kam bei diesen Geknechteten, Ausgebeuteten meist gut an. Immer höher wurde ihre Anzahl. Sie berieten sogar untereinander. Forderten die Abschaffung des »feudalen Zehnt«; wollten ihren Grund und Boden als ihr Eigentum haben. Das Jagen, Fischen, auch das Holz aus dem Wald sammeln sollte allen erlaubt sein. Deren Eheschließung sollte nicht mehr von der Erlaubnis des Feudalherrn abhängig sein. Auch der Wechsel ihrer Wohnstätte sollte in freier Entscheidung möglich sein. Zusammengefasst nannten sie diese Forderungen die »Zwölf Artikel«. Doch nicht alle der Beschlussfassenden waren davon überzeugt, dass man dieses Gerechte nur mit Waffengewalt erringen kann. Sie vertrauten auch darauf, durch Verhandeln, Gespräche eine gerechteres Leben Dasein zu erreichen. Deren Bereitschaft wurde aber immer wieder von den Feudal-, aber auch Stadtherrn ausgenutzt, um so, trotz aller zufriedenstellender Absprachen, mit ihren Söldnerheeren, die meist zerstückelten Gruppen der bewaffneten Aufständischen, genannt auch Bauernhaufen niederzumachen.

Aber auch unter diesen gab es viele, die zwar mit in den bewaffneten Kampf zogen. Doch wenn es ihnen gelang dabei für sich gute Beute zu machen, dann kehrten diese den Aufständischen den Rücken. Scherten aus und versuchten ihr Zuhause zu erreichen.

Das vernahm auch Th. Münzer. In seiner Umsicht, um etwas Neues zu erreichen, baute eine eigene Armee auf. Immer weitere Menschen schlossen sich in dieser Zeit den Aufständischen an. Ihre Armee erreichte so zahlenmäßig einige Zehntausend, auch viele Söldner, Landsknechte. Das zeigte Wirkung und die Feudalherren waren zunächst dagegen macht-, ratlos. Doch sie blieben nicht untätig. In geführten kriegerischen Schlachten gelang ihnen doch entscheidende Siege. So im Südwesten des Landes, wo sie für sich die »Bauerhaufen« besiegen konnten. Viele dieser Aufständischen, welche überlebten, legten auch endgültig ihre Waffen nieder. Wurden auch mehr von M. Luthers Worten, keine Gewalt anzuwenden, überzeugt. Die Feudalherrn bauten derweil weiter ihre Söldnerheere auf. Nutzten dann für sich eine günstigen Moment aus. Boten einmal den

Führern der Rebellion noch Verhandlungen an. Gleichzeitig griffen ihre Truppen aber auch die Armee der Aufständischen an. Diese hatten damit nicht gerechnet. Die feindlichen Soldateska durchbrachen ihre Reihen. Wälzten deren Widerstand nieder. Verfolgten, töteten massenweise die Flüchtenden. Nahmen viele von diesen gefangen. So auch Thomas Müntzer und seine Mitstreiter. Dies alles geschah am 15. Mai 1525, in der Nähe von Frankenhausen, Thüringen.. An Thomas Münzer vollzog man blutrünstig Rache. Erst wurde er grauenhaft gefoltert. Verurteilt, dann wie Schlachtvieh auf einem Rost verbrannt. Die »schwarze Hofmännin« musste das auch alles miterleben. Bedeckte ihr Haupt mit einem dunklen Tuch. Von Menschen, die dieses meinten, gesehen zu haben, wurde erzählt, dass der Himmel mit dunklen Wolken verhangen, sich öffnete und ein starker Regen auf die Erde niederfiel. Doch die Schwarzgekleidete war auch verschwunden. Vielleicht mit dem blutdurchtränktem Nass ins Erdreich untergetaucht. Bestimmt wird sie wieder mal in Erscheinung treten. Denn die Menschen blieben, trotz ihrer gegebenen Sorgen, weiter auf der Suche nach etwas Besserem.

Puh, waren alle verblüfft, dass der Opa doch so vieles darüber wusste, was so in früheren Zeiten passiert war.

Doch den Kindern konnte man anmerken, dass es wiederum so etwas Trauriges gewesen war. Sie fühlten aber doch so in sich, dass ihre Zukunft im hellen Morgenrot sich auftun werde.

Das spürte auch der Großvater. Doch er musste seinen Kleinen auch mitteilen, dass dieses Leben aus Widerstand, Kampf, aber auch Wissen bestehe. Vielleicht öffnet sich dann das Tor, hinter dem sich ein heller Lichtstrahl zeigen könnte.

Eine Winkende, so in den Jahren nach 1600

Auf, auf, zur nächsten Erzählung. Da werde ich an dem Lebensschicksal einer Frau aufzeigen, dass dieses Suchen und nicht angekommen zu sein, einen Menschen nie zur Ruhe hat kommen lassen.

Es trat immer wieder auf: Herrschende, Untertanen; Wohlstand, Notstand; Krieg, Frieden; Aufbau, Zerstörung; Gesundheit, Krankheit; Liebe, Hass.
So auch Anfang des 17 Jahrhunderts:
Dieser grauenvolle, langanhaltende Krieg. Meist im Interesse geführt, mächtigster Herrscher zu bleiben aber auch zu werden. Über dreißig Jahre sollte er andauern.
Die dort Lebenden wurden unzählig umgebracht, ausgeraubt, vertrieben.
Ein großes Kriegsheer, es bestand nun aus Söldnern, die für ihr Töten ein Entgelt, einen Sold erhielten, belagerten schon Monate lang eine große Reichsstadt mit dem Namen Magdeburg. Es war ein großes Handelszentrum. Direkt am Fluss der Elbe gelegen. Mit schönen Patrizierhäusern, viel Fachwerk, einem großen Hafen mit seinen Warenspeichern. Schönen Kirchen und einem prachtvollen Dom. Ein Kaiser, vom Stamm der Sachsen, Otto der Erste, ließ ihn errichten. Auch nach seinem Tod ließ er sich, und auch seine Ehegattin Edita, in einer Gruft unter dem Dom bestatten.
Immer wieder konnten die Verteidiger die Angriffe abwehren. Es wurden dann, um die Stadt doch zu erobern großkalibrige Kanonen herangeschafft. Dazu hatten die Angreifer Höhlen unter die Stadtmauern gegraben und diese mit Sprengstoff angefüllt.
Dann in aller Frühe, an einem anbrechenden Tag, setzte die Kanonade ein und gleichzeitig entzündete man das Dynamit

unter der Stadtmauermauer. Diese Bombardierung riss ein gewaltiges Stück der schützenden Mauer ein. Die Söldner versuchten gleich danach in die Stadt vorzudringen. Es gelang ihnen auch. Die Verteidiger wurden niedergemetzelt. Die Stadt konnte so erobert werden. Sie wurde von dem befehlenden Feldmarschall Tilly, der kaisertreuen Soldateska, der erbarmungslosen Plünderung freigegeben. Das sei Gottes Wille, der hierdurch ein Zeichen setzte, dem Kaiser und Papst verbindend beizustehen.

Die Soldaten nahmen dies, gierig Beute zu machen, an. Plündernd, brandschatzend und mordend löschten sie alles aus. Auch war es von ihnen sehr begehrt Geiseln, meist von reichen Bürgern zu nehmen, um sie dann für ein gefordertes Lösegeld, zur Freilassung an ihre Familien einzutauschen.

Das erlebte auch einer der marodierenden Söldner. Er wurde Zeuge, wie seine Kameraden eine Frau in Handfesseln gelegt, vor sich hertrieben. Sie war Mutter von mehreren Kindern, die sich weinend und schreiend an ihrem langen, breit herunterhängenden Kleid festklammerten. Ihre Mama nicht verlieren wollten.

Der Söldner sah dies alles. Fragte die anderen, was sie mit der Frau und ihren Kindern vorhaben.

In ihrem Siegesrausch, auch die meisten vom Alkohol benebelt, grölten einige, fast belustigend wirkend, dieses Weib würden sie zum nahen Friedhof treiben und dort mit ihrem Anhängsel entsorgen. Sie habe sich geweigert, für ihren wohlhabenden Ehemann ein Lösegeld zu zahlen. Diesem habe man daraufhin die Kehle durchgeschnitten. Nun sei sein Weib an der Reihe.

Doch etwas seltsam, diesen hartgesottenen Söldner erfasste so etwas wie ein Gefühl des Mitleids.

Er überlegte schlagartig und bot seinen Kampfgefährten an, ihm diese Frau mit ihren Kleinen, für eine hohe Geldsumme abzukaufen. Er hatte reichlich Beute gemacht. Gierig nach Geld, wie die anderen waren, gingen diese darauf ein. Nahmen den prall gefüllten Geldbeutel und zogen damit lachend und jubelnd ab.

Die Frau hatten sie, voller Nässe, mit Schlamm und Schmutz beschmiert, vor ihm liegen gelassen. Ihre Kinder jammernd und schreiend sie umringend, versuchten ihr immer wieder, bei ihren Versuchen aufzustehen, zu helfen. Auch sie weinte und jammerte erbarmungsvoll, dass sie zurück, nach Hause, zu ihrem Mann, den Großeltern wolle. Ihre Augen waren voller Angst. Er bückte sich zu ihr runter, fasste sie an ihren gefesselten Handgelenken und fuhr sie barsch an, dass sie sich beruhigen solle. Ihr zuhause sei dem Erdboden gleich gemacht. Ihr Mann und die andere lägen in einer Grube und seien bereits am verfaulen. So sprach er in seiner groben Art eines Landsknechtes.

Sie schaffte es aber nicht, sich zu beruhigen.

Er packte sie, zog sie kraftvoll hoch und schrie sie an, dass sie sich entscheiden solle. Entweder sie gehe mit ihm, oder er schneide ihr die Kehle durch. Die Kinder schlugen dazu mit ihren Fäustchen, oder traten mit ihren Füßen in panischer Angst nach ihm.

Doch sie fühlte irgendwie in sich, dass dieses für sie und ihre Kinder die einzige Chance sei, ihr Leben zu retten, am Leben zu bleiben. Auch wenn dieser Soldat sicherlich ein Rohling, ein Raubtier sei.

Sie hielt ihm ihre zusammengeschnürten Hände hin und er befreite sie von ihren Fesseln.

Dann forderte er alle auf, ihm zu folgen. In seine zeltartige Unterkunft. Dort sagte er wieder in einem harten Tonfall, sie könne hierbleiben, ihm zu Diensten sein.

Wenn er tagsüber im Felde sei, kämpfen müsse, solle sie den Haushalt richten, einkaufen, dass Essen bereiten. Ja und was er sehr hervorhob, dass sie ihm abends, wenn er heimkomme, den Waschzuber, voll mit warmem Wasser bereiten soll. Er nehme gerne ein heißes Bad, um all den Dreck und das Blut des Tages von sich zu schrubben.

Ihr blieb nichts anderes übrig, ihm zu gehorchen. Es gab ja nichts anderes für sie und ihre Kinder am Leben zu bleiben.

So geschah dann auch alles. Er zog morgens, bewaffnet zu seinem Fähnlein, seinen Trupp. Abends, wenn er all das Kämpfen unterbrochen hatte, kam er zurück. Meist hatte er auch viel Erbeutetes bei sich. Nahrungsmittel, Geld und Schmuck. Alle konnten davon gut satt werden. Es ging das Gebot herum, dass der Krieg den Krieg zu ernähren habe.

Sie selbst gehorchte. Doch ihre Traurigkeit saß fest in ihr. Immer wieder musste sie weinen. Ihre Kinder, wenn sie dieses bemerkten, kamen zu ihr, umarmten sie, trösten wollend.

Der Söldner überlebte so manche Schlacht. Kämpfend zog die große Truppe durch das Land. Gefolgt von dem Tross der Familien, von Krämerläden, Marketenderinnen, Prostituierten und anderem Volk. Seine Armee, die katholische Liga, blieben in den Waffengängen meist die Sieger. Immer wieder tauchte er, manchmal leicht verwundet und auch blutend auf. Nahm ein warmes Bad und ließ sich mit den anderen ein gutes Essen auftischen.

Manchmal schaute er auch heimlich nach ihr. Sie war noch jung, mit für ihn spürbaren weiblichen Reizen. Dann überkam ihn das Bedürfnis, sie mit Gewalt zu vereinnahmen. Doch irgendwas ließ ihn davor zurückschrecken. Vielleicht ihr immer gezeigtes trauriges Gesicht; auch ihre Kinderschar. Diese wurden auch häufig krank, sehr krank, sodass von ihren fünf Kleinen letztes Endes nur zwei, ein Mädchen, das stotterte und ein Junge überlebte. So verging die Zeit, sogar einige Jahre und eines Abends wartete sie vergeblich auf ihn. Er tauchte nicht auf. Kam nicht, nie mehr zurück. Der Krieg hatte ihn verschlungen.

Nun war sie wieder allein, mit ihren jetzt schon jugendhaft

aussehenden Kindern. Sie hatte sich einen kleinen Wagen zugelegt. Zog der Trupp weiter, dann verstaute sie darauf ihren Hausstand. Zog mit dem großen Tross, folgend dem Söldnerheer weiter. An einem Abend brachte ihre, nun schon fraulich wirkende Tochter, einen jungen, kraftvoll erscheinenden Soldaten mit. Sie verkündete ihr, dass sie sich beide liebhätten. Sie werde deswegen zu ihm gehen. Ihm folgen. Es war ein Abschied für immer. Nun blieb ihr nur noch ihr Sohn, der sich körperlich recht gut entwickelt hatte. Gedrungen im Wuchs aber doch sehr kraftvoll erscheinend. Die Werber des Feldherrn tauchten immer wieder auf. Versprachen ihm Geld, Reichtum, genügend Schnaps, schöne Frauen, wenn er sich den Söldnern anschließe. Es war dann auch bald so weit. Nach einem spendierten, herrlich zu genießendem Brandwein sagte er zu und wurde auch ein Söldner. Es war auch hier ein Abschied für immer.

Nun stand sie da, von allen verlassen. Bei dem nächsten Wegzug der Truppe blieb sie zurück. Scherte aus und zog alleine weiter. Wo könnte sie nur ihre Heimstätte, ihre Ruhe finden? Bis sie an ein Kloster kam. Bat dort an der Pforte um Einlass. Man wies sie aber ab. Sie erhielt aber doch noch eine warme Hühnerbrühe und zog dann, auch etwas zerlumpt aussehend, in die nahliegende Stadt. Vor Müdigkeit geschwächt hielt sie an, setzte sich, um etwas auszuruhen, auf die Treppenstufen eines Hauses. Der Schlaf wollte sie sich schon bemächtigen. Doch dann wurde sie von einer Frau angesprochen. Diese fragte, ob sie hier zu ihnen in das Haus wollte. Das wäre schön, meinte sie. Die Frau sagte dann weichklingend, das hier sei ein Beginenhaus. Ein Frauenhaus, in dem die wohnten, die nicht in einem Kloster als Nonnen enden wollten. Aber auch diejenigen, die dort zwar hinwollten, doch keine Aufnahme fanden, weil sie nicht den nötigen Geldbetrag leisten konnten. Überzeugend ihrer Gefühle, folgte sie der Frau. Erhielt einen Schlafplatz zugewiesen. Konnte sich reinigen und bekam frische, saubere Kleidung. Ja und von ihr heiß ersehnt, in den Abendstunden, eine warme, sie sättigende Mahlzeit. Sie gewöhnte sich an ihre neue Wohnstätte und sie empfand es, dass dieses vielleicht doch so etwas wie ihre neue Heimat werden könnte. Half in der Küche mit, das Essen vorzubereiten, zu kochen, die Räume, die Gegenstände sauber zu halten. Kam auch häufig, mit den liebevoll wirkend anderen Frauen ins Gespräch. Bemerkte immer wieder ihr recht hohes Wissen. Sie selbst besaß auch eine hohe Bildung, Dazu große Lebenserfahrung und konnte so zum Gedankenaustausch vieles beitragen. Auch waren dort Frauen, mit umfangreichen Kenntnissen in der Heilkunde. Suchte diese, wenn es ihr gesundheitlich nicht gut ging, um Rat und Hilfe auf. Diese ermahnten sie auch, dass sie sehr vorsichtig sich verhalten müssten, denn einige von ihnen hätte man schon wegen Ketzerei, der Verbindung zum Satan verurteilt. Sie solle draußen nichts weitererzählen.

Doch das gemeinsame Gebet in der Andacht, oder auch vor dem Essen, gab ihr immer ein Stück Hoffnung mit auf ihren Lebensweg.

So blieb sie dort, bis ihr Lebensende nahte.

Sie schloss für immer, in sich gelöst, ihre Augen. Es war nicht etwas Qualvolles für sie. Eher etwas voller Licht. Seltsam für sie, so fühlend, am Rande eines Flusses zu stehen, hinüberblickend zum anderen Ufer. Doch erstaunend für sie. Irgendetwas bewegte sich auf der gegenüberliegenden Seite. Sie schaute angestrengter hinüber. Dann meinte sie eine Schar Kinder zu erblicken, sich an den Händen haltend. Fröhlich, im Kreise um einen Brunnen tanzend. Diese kleinen Geschöpfe kamen ihr doch sehr bekannt vor. Ja, erstaunend, es waren sie. Ihre eigenen Kinder. Lachend und winkend, einladend, dass sie doch zu ihnen kommen sollte. Doch der Fluss war breit und tief. So konnte sie ihnen nur, sehnsuchtsvoll nach ihnen, zuwinken. Der herbeigeholte Priester erteilte ihr die Sterbesakramente, ihre letzte Ölung. Man begrub sie auf dem nahen kleinen, von einer Kapelle begrenztem Friedhof.

Die kleine Stadt wurde dann einige hundert Jahre später, in einem Krieg, vollkommen zerstört. Die übrig gebliebenen Trümmer, auch die Kapelle, der Friedhof wurden eingeebnet. Mit der Zeit regte sich dort etwas. Es gedieh Leben aus der Erde. Es wuchs Gras, wuchsen Pflanzen, Büsche und Bäume dort.

Eine Winkende, so nach 1789

Doch unter den Menschen ging alles, wie schon bis dahin weiter:

Es folgten einige Jahre hindurch sehr trockene Sommer, dann ein bitterkalter Winter. Die meisten der Menschen mussten eine grauenvolle Zeit der Not durchstehen. Viele dieser sahen aber auch, dass es in den Herrenschlössern anders zuging. Man genoss dort, herrlich angerichtete Menüs, vergnügte sich mit Tanz, Fröhlichkeit und Lust beim Festgelage. Der König sprach in sich götzenhaft, selbstverwirklichend davon, dass er, so schon, wie sein hoch verehrter Vorfahre, der Sonne gottgleich sei.

Das mussten sich die Verelendeten alles anhören. Sollten sogar noch höhere Abgaben, Steuern leisten, denn der König brauchte für seinen Hofstaat, für seine Kriege viel Geld. Es konnte so nicht weitergehen. Sogar die Bessergestellten im Volke hatten Zweifel gegenüber diesem Königreich. Das nun vollgelaufene Fass explodierte. Vor allem die Frauen, denen ihre Kinder, und andere der Ihrigen, unter ihren Händen wegstarben, hoben an, sich zu rühren, weiterbrennend zu Widerstand, zum Aufruhr aufzurufen. Die Massen der Menschen schlossen sich ihnen immer mehr an. Auch viele der Soldaten. Das ganze Land kam in Aufruhr.

So stürmten sie voran. Eine blasse Frau, halb dem Verhungern nahe, lief in den ersten Reihen der Aufständischen mit. Barfuß! Sie hatte keine, sie wärmenden Schuhe an ihren Füßen. Ihr ausgemergelter Körper war umschlossen mit einem grauen, herunterwallenden, zerlumpten Kleid. Doch sie schrie immer wieder, ihre schmächtigen Arme erhebend, im Fanal der Trikolore mit unzähligen anderen: Freiheit, Gleichheit, Brüderlichkeit.

Die abgefeuerten Gewehrkugeln, der sich ihnen entgegenstellenden Königssoldaten zischten an ihnen vorbei. Trafen viele tödlich.

Es traf auch diese Revolutionärin eine Schrapnell. Zerriss ihr ihre Brust. Blutüberströmt versuchte andere hilfsbereit sie in einen seitlichen Hausflur zu schleppen. Doch es half ihr nicht viel. Es war geschehen!

Ihre letzten Worte, vor ihrem Sterben vernahm einer ihrer Kampfgefährten, dass sie nun heimkehre, über diesen Fluss, zu Ihresgleichen, die in ihrem Leben nie die Hoffnung aufgegeben hätten, hier und nicht woanders zuhause sein zu wollen. Ihre ausgehungerte Kinderschar wartete sehnsuchtsvoll, auch dass ihre Mama doch was lecker Sattmachendes mitbringen werde.

Vergeblich!

Was aus den Kleinen geworden ist. Ob sie überlebten, oder starben? Keiner hat irgendetwas über sie berichtet.

Vergangen, Vergessen!

Ihre rufenden Worte, dieses Feuer flammte aber voller Hoffnung widerhallend weiter. Trugen den Sieg in sich, in dieser Revolution in Frankreich. Es war weiter mit dem Glauben verbunden, eine neue, bessere Welt nun errichten zu können. Doch dies war nicht so einfach. Viel Blut, nicht Wasser, floss die Flüsse weiter herunter. Die geführten Kriege der Menschen wurden immer grauenvoller. Mit immer besserer Waffentechnik schlachtete man sich in noch höherer Zahl gegenseitig ab.

So beendete hier der Opa seine Erzählung. In Fortsetzung seiner nächsten.

Auf, auf zu deiner nächsten Erzählung, forderte der Schwiegersohn diesen, nach einem Befehlston klingend auf. Zu Befehl Herr Offizier, kam seine knappe Antwort zurück. Dieser Zustand wird in meiner nächsten Geschichte eine Rolle spielen.

Die winkenden Vorboten, Anfang des 20 Jahrhunderts

So geschah es, bestimmt auch aus den daraus entstandenen Katastrophen sich aufmachend, suchend nach dem, was Heimat sein könnte; auch ob man sie erleben, sogar mitprägen kann. Beginnend so, als die Industrieproduktion stark anwuchs. Folgend, nach den zu Ende gehenden letzten beiden Weltkriegen. Auch weiter, dann in die Gegenwart hineinreichende Geschehene, an Einzelschicksalen darstellend. Von all dem würde es mir Freude machen, wenn es euch gefällt, zu berichten:

Heimat suchend.

Fort, nur fort vom weiten Land. Sehnsuchtsvoll Ausschau haltend nach den immer mehr anschwellenden Industriegebieten, mit ihren großen Fabriken. Den Hüttenwerken mit ihrem schwarzen Rauch ausstoßenden hohen Schornsteinen; den riesigen lärmerfüllten Maschinenhallen; den gewaltigen Schmiedehämmern. Den Kohlegruben mit ihren hoch herausragenden Fördertürmen.

Sie verhießen den vormals Hungernden eine bessere Zukunft. Vielleicht auch eine neue Heimat. Es gab viel Arbeit. Eine Entlohnung und auch, nicht immer zwar, eine Wohnstätte mit einem wärmenden Kohleofen.

Die Männer, tagsüber ihre ganzen Kräfte zehrend, fanden damit nach Arbeitsschluss ihr Zuhause. Ihre Familie, die große Kinderschar. Eine fürsorgende Frau, die für alle eine warme, sattmachende Mahlzeit, den Abendbrottisch zubereitet hatte.

Nachdem der Mann, in einer Waschschüssel mit warmen Laugenwasser, seinen Körper gereinigt hatte, legten sich alle der Familie, müde wie sie waren, schon in den frühen Abendstunden zur Ruhe. Die Wohnungen, flächenmäßig sehr winzig, hatten für alle nur einen Schlafraum. Doch man schmiegte sich, die Wärme der Körper spürend, aneinander. Kinder und Eltern in Zuneigung. Es blieb nicht aus, dass die Frauen laufend schwanger wurden und zeitlich kurz hintereinander ein Kindlein nach dem anderen auf die Erde brachten. Viele dieser konnten nicht aufblühen. Ihre Überlebenschancen waren sehr eingeschränkt. Doch es blieben auch viele am Leben. Wuchsen heran.

Über dreißig Jahre hielt nun diese Zeit ohne Kriege, mit hoher Industrieproduktion, schon an. Sogar regiert noch von einem Kaiser der Hohenzollern-Dynastie, Wilhelm II. Dieser fühlte sich immer mehr in seiner gottgewollten Großmachtstreben hingerissen, eine gewaltige Armee, vor allem eine Kriegsschiffarmada aufzubauen, um Mächtigster aller Erdteile zu werden.

Dazu brauchte dieser Cäsar aber seine Krieger. Die waren ja in hoher Zahl, in diesen Großfamilien der Arbeiter zu finden und auch zu haben. Die heranwachsenden Söhne dort versprachen sich, in dieser Armee dienend, für sich, auch eine im Kampf gewonnene Zukunft zu erreichen. Einmal, dass sie dort erwartend, Arbeit hatten. Satt wurden. Ein geregeltes Leben führen konnten. Zwar streng nach Befehlen ausgerichtet, aber doch in akzeptierender Ordnung, sich einsetzend für ihr Vaterland, für ihren Kaiser. Auch der damals weit verbreitete Nationalstolz, Patriotismus, erreichte es, dass viele begeistert in die Armee einzogen. »Wir feiern Weihnachten in Paris«, hieß eine der vielen Siegesparolen Diesem Kaiser und seiner Nationalflagge siegesgewiss in den Krieg, der bestimmt nicht lange andauern werde, folgten Unzählige wie in einem Siegesrausch. Doch nun war der Waffengang schon ins dritte Jahr gekommen, mit mehr grauenvollen Niederlagen, aber keinen nennenswerten Siegen. Ihre Gegner, nicht sich zurückziehend, verstanden es auch, immer stärker werdend, die Oberhand zu gewinnen. So auch mit ihren Kriegsschiffen. In einer großen Seeschlacht gingen sie zwar nicht als die endgültigen Sieger hervor. Doch sie zwangen die Kriegsflotte des Kaisers, dass diese sich in ihre Häfen zurückziehen musste. Von dort, an ihrem Ausfahren auf die Meere, blockiert und festgesetzt wurde. Es war für diese nun die Zeit vorbei, in herbeigesehnter, offener Seeschlacht dem Gegner kampfesmutig zu begegnen. Auch die Schiffsmannschaften musste nun dieses, ihren Kampfeswillen schmälerndes, eintöniges Dasein erdulden. Dazu schikanierte man sie mit unsinnigem Kasernen Drill.

Die allgemeine Not, durch den anhaltenden Krieg, führte unter der Bevölkerung auch immer mehr zu einem anwachsenden Leidensweg. Das tägliche Brot wurde immer knapper. Es kam zu einer Hungerkatastrophe. Viele siechten, starben dahin. Die allgemeine Versorgung bestand nur noch täglich aus einer Rüben-, oder Kohlsuppe. Auch die Versorgung der Schiffmannschaften wurde immer schlechter. Diese mussten so auch mit leerem Magen ihre Dienste, ihren Drill leisten. Doch es fiel ihnen auf, dass die Offiziere, in ihren Kasinos, noch mit üppigen Mahlzeiten gut versorgt wurden. Dieses Ungerechte schaffte natürlich einen weiteren Unmut unter den Mannschaften. Erst dadurch aufkeimend, dass man hier und da nur noch mürrisch den Befehlen der Vorgesetzten folgte. Dann tat man sich auch untereinander zusammen. Klagte viel über diese Ungerechtigkeit und auch dieses trostlose Dasein auf diesen gepanzerten Schiffen. Ihre Befehlshaber bemerkten dies auch, und heckten einen Angriffsplan aus, um sich, trotz schon bekannter Kriegsniederlage, den Gegnern in einer großen Seeschlacht zu stellen. Die Mannschaften erfuhren davon auch. In ihren Versammlungen wurde erkannt, dass diese Vorhaben einer Seeschlacht, für alle ihr Seemannsgrab, ein bitteres Ende sein wird. Mit ihren Wortführern verweigerten sie dann immer wieder ein Auslaufen der Kriegsschiffe aus den Häfen.

Es hatte sich herumgesprochen, dass der Krieg verloren, dass in Russland die Revolution ausgebrochen sei. Deren Führer, Wladimir Lenin den Sozialismus unter Führung einer proletarischen Diktatur errichten wolle. Auch dazu aufrief, diesen unsinnigen Krieg zu beenden. International solidarisch zu verhandeln.

All diese Nachrichten bestärkten die Mannschaften weiter, ihren Widerstand aufrecht zu erhalten. Versammelten sich immer häufiger und riefen dazu auf, besser mit Nahrungsmitteln verpflegt, ein besseres Dasein führen zu können. Dabei traten sie auch in Kontakt mit den streikenden Werftarbeitern, die schon meist weitreichender, die Beendigung des Krieges, die Ablösung der Monarchie und ein republikanisches System forderten. Es entstanden so die Arbeiter-, Soldatenräte.

Doch die Armeeführung, auch erfahren, was man gegen die Unruhestifter unternehmen kann. Ließ die Wortführer der Mannschaften festnehmen, einkerkern. Ein Militärgericht verurteilte sie wegen Meuterei zum Tode. Zwei, Wilhelm Reichspitsch, Franz Köbis ließ man erschießen. Die anderen Matrosen erhielten langjährige Gefängnisstrafen. Doch der entfachte Funke dieser »Meuterer«, dieser »Vorkämpfer«, auch wenn es ihnen primär darum ging, nicht an Hunger zu leiden, erlosch nicht. Breitete sich weiter zum Flächenbrand aus. Gemeinsam, die Soldaten, die Arbeiter und viele andere Monarchie Gegner zogen, ihre Parolen, Lieder erklingend, mit ihren wehenden Fahnen durch die Straßen. Forderte das Ende des Krieges, Frieden zwischen den Völkern. Die Abdankung des Kaisers, auch die Abschaffung der Monarchie, hin zu einer Republik (vgl: Lit.4; Bd.9, S.52f). Die Revolution erfasste im November 1918 das ganze Land. Brachte nach langen Unruhen ein demokratisch-parlamentarisches System hervor. Bestimmt hatten auch viele der Aufständischen die Idee verwirklichen wollen, eine sozialistische Räterepublik zu errichten.

Doch nach einigen Jahrzehnten kam alles doch ganz anders! Oh, das war aber spannend, gab der Enkel von sich. Was kommt denn als nächstes dran, fragte er neugierig.

Abwarten, in einer Woche geht's weiter.

Nachdem der Opa dieses vorgetragen hatte, bemerkte aber seine Tochter, dass er keinen der Aufständischen namentlich erwähnt habe. Warum habe er dieses unterlassen? Sie hätten es doch verdient, nicht vergessen zu werden.

Ja, das stimmt betonte dieser. Mir kamen bei der Nennung nur die Zweifel, dass ich diejenigen, bestimmt Tausende, die überall an den Fronten, in den Ländern, sich gegen den Krieg aufgebäumt hatten, meist auch zu Tode kamen, dadurch ganz und gar in Vergessenheit geraten könnten.

Nein, nein antwortete seine Enkelin, denn sie sollten doch als Vorbilder, vorwärtsweisend für alle anderen, mit ihren Namen genannt werden. Ich schau gleich mal im Internet nach. Ja, hier werden, die man zum Tode Verurteilten namentlich genannt:

Max Reichpietsch, Albin Köbis wurden erschossen. Hans Becker, Willy Sachse, Wilhelm Weber erhielten langjährige Haftstrafen. Alle waren sie noch sehr jung an Jahren. Sicherlich auch noch die Sehnsucht in sich, eine Frau in ihren Armen zu fühlen, meinte sein Schwiegersohn, sich hinwendend, etwas verliebt blickend, hin zu seiner schön aussehenden Frau.

Dann ergänzte noch der Opa, dass es schon makaber sei, dass die beiden Hingerichteten begraben wurden, auf einem eingezäunten Friedhof. Nur nach einem schriftlichen Ersuchen bei der Bundeswehrverwaltung dürfe man deren Gräber aufsuchen. (vgl. dazu Wikipedia-Matrosenaufstand 1918)

So, so meinte der Schwiegersohn, als wenn deren Geist im

Zaune gehalten werden sollte. Vielleicht in der Angst, dass er sich ausbreiten könnte.

Das ist aber schon etwas übertriebene Ironie meinte dazu die Oma. Doch nächste Woche treffen wir uns hier wieder, auch ohne Erlaubnisschein.

Die Winkende so um 1941

Oh, waren sie sich eines Blitz-Sieges sehr gewiss. Vor den Toren von Moskau warte sicherlich schon Maria, dunkel ihr Haar, ihre Augen, sehnsuchtsvoll auf diese blonden, kraftvollen germanischen Landser wartend.

Es war eine unzählige Masse an Soldaten, über eine Million ihrer Zahl. Bewaffnet mit allem, um einen Krieg schnell gewinnen zu können. Mit allem an verfügbarem Kriegsgerät, -material, wollte man die Stadt des Feindes überrollen, einnehmen, vernichten. Sogar das gesamte Land in einigen Monaten erobert haben.

Doch der Widerstand der anderen, der überraschend für sie, ihnen entgegenschlug, vereitelte nun all ihre Siegesgewissheit.

Es war zwecklos. Diese anstürmende Armee musste sich unter hohen Verlusten zurückziehen. Man wollte sich neuformieren, um dann noch siegesgewiss vorwärtsstürmen. Es wurde gemordet, Häuser, Ortschaften Städte dabei geplündert, in Brand gesetzt, zerstört. Es war für die dort lebenden Menschen grauenvoll. Ihr Zuhause, ihr Hab und Gut, ihre Heimat, alles war deren Vernichtung preisgegeben.

Ja, und es war nicht Maria, die das alles mit erleiden musste.

Nein, ihr Name war Soja Kosmodemjanskaja, aber auch ein schönes Mädchen, im blühenden Alter von 17 Jahren. Schön anzusehen, in ihrer großen, schlanken Gestalt. Mit braunen, neugierigen Augen und einem dunklen kurzen Lockenhaar.

Aufstrebend war sie sehr daran interessiert, viel zu lernen. Einen Beruf zu ergreifen, um dann für sich, aber auch vorwärtsstrebend zum Nutzen ihrer Heimat ihre Zukunft zu gestallten. Sie war kurz davor, mit Erfolg ihre Schulzeit abzuschließen. Da sie hörte, dass ihr Land die jungen Menschen brauche, um etwas Neues, Gerechteres aufzubauen, wurde sie Mitglied des sozialistischen Kinder- und Jugendverbandes.

Doch nun glotzte sie aus allen Richtungen der Schrecken, das Böse, die Verderbnis an. Immer wieder rauschten die Granaten heran, brachten Zerstörung und den Tod mit sich. Sie hörte auch dieses Brummen der Bomber, die ihre todbringende Last über der Stadt abwarfen. In der Ferne sah sie auch diese grauen Soldatenkolonnen, die bewaffnet vorwärtsstürmend, die Stadt erobern wollten.

Es war grauenhaft. Die Zeit fröhlich, lustig zu sein, wo war sie nur. Doch manchmal war sie überrascht davon, dass ihre Klassenkameraden trotz aller Not doch noch was Lustiges zu erzählen hatten. Ab und zu ein Tänzchen wagten oder auch herumschmusten. Ihre Lehrer und Lehrerinnen wirkten doch schon etwas ernster oder sahen recht blass aus.

Dann verbreitete sich der Appell des Staatsführers Josef Stalin, dass man zur Rettung der Heimat sich als Soldat der verteidigenden Armee anschließen sollte. Oder auch den Kämpfern, den Partisanen, die in dem, durch die Feinde erobertem Land, diesem überall, wenn möglich schädigen solle.

Soja beriet nun in ihrer Familie, welchen Weg sie gehen soll, um ihrem Vaterland Hilfe zu leisten.

Sie schloss sich den Partisanen an. Sagte ihren Eltern, Geschwistern, Großeltern lebt wohl. In einer dieser Einheiten wurde sie nun geschult, mit Waffen, Sprengstoff umzugehen, um diese auch anzuwenden. Mit ihrem Trupp schaffte sie es immer wieder im Hinterland Funkstationen zu zerstören, Nachrichtenleitungen zu kappen, Militärlastwagen, Brücken zu sprengen.

Dann eines morgens, bei einem Streifzug ihres Trupps, wurden sie von einem feindlichen Spähtrupp überrascht. Es kam zu einer Schießerei beiderseits. Viele ihre Mitkämpfer wurden getötet und sie, Soja, musste sich den Soldaten ergeben.

Man fesselte sie mit anderen und brachte alle zur feindlichen Kommandantur. Sie wurde verhört, um weiteres über die Partisanen freizugeben. Doch sie schwieg. Man versuchte es durch Folterung. Doch sie gab keine Informationen frei.

Darauf verurteilte man sie zum Tode, durch Erhängen. Am 29.11.1941, der Winter hatte Einzug gehalten, führte man sie zum Galgen, mit einem Schild umgehängt, dass sie eine Mörderin sei. Als sie zur Hinrichtung geführt wurde, fasste sie, unwiederbringbar ihrem Ende entgegenlaufend, all ihren Mut und rief ihren Landsleuten zu: »Ich fürchte mich nicht zu sterben, Genossen! Es ist ein Glück für seine Heimat sterben zu müssen. Lebt wohl Genossen! Kämpft, fürchtet euch nicht, so wurde darüber berichtet. Dann legte man ihr die Schlinge um den Hals. Die Falltür des Galgens öffnete sich. Für immer verlöschend ihre Stimme, ihren Kampfeswillen eine Heimat ihr Eigen zu nennen. Die zusammengetriebenen Bewohner mussten nun zur Abschreckung ansehen, wie Sonja, ihnen für immer genommen wurde (alles vgl. n. Lit. 4', Bd. 9, S.203).

Doch der grausame Vernichtungskrieg ging weiter. Unter unzähliger Aufopferung der dortigen Menschen, gelang es dann, die Eroberungsarmee des Diktators Adolf Hitler zu besiegen, sie zum Rückzug zu zwingen, das Feindesland einzunehmen. Die deutschen Armeen mit ihren Verbündeten kapitulierten im Winter 1943 vor Stalingrad. Zu Hunderttausenden schleppten sich die ausgemergelten, zerlumpten Soldaten in die Gefangenschaft. Musste dort meist schwerste Arbeit verrichten. Es waren dann nur noch so 4000 an der Zahl, die ihre Heimat, ihr Zuhause, ihre Liebsten in die Arme nehmen konnten. Der Krieg endete im Mai 1945. Hitler selbst setzte seinem Leben ein Ende.

Doch eins darf dabei nicht vergessen werden. Ich bin es denen schuldig, die sich gegen diese Hitlerdiktatur auflehnten, ihr den Kampf ansagten. So auch in Deutschland waren es bestimmt Tausende, kommend aus Parteien, Parteilose, Religiöse und andere. Die meisten bezahlten mit ihrem Leben. Wem es möglich war, floh, emigrierte in ein anderes Land. So zum Ende des Krieges wird berichtet, waren es über 60 Millionen Menschen, die umgekommen waren. Mit diesen Worten beendete der Opa seine Erzählung. Nun nächste Woche, wenn ihr wollt, erzähle ich euch, was so weiter alles geschah.

Vielleicht erleben wir dann eine bessere Zeit?

Oh lala, der Opa weiß aber so einiges, meinten so übereinstimmend alle. Die Kinder berichteten dann auch, dass die Lehrer in der Schule häufig über Menschen erzählen, die gegen die Naziherrschaft Widerstand geleistet haben.

Die Winkenden nach 1945

»Heimat, wo bist du, so fing der Opa mit seiner nächsten Erzählung an. Doch ich muss einleitend dazu etwas darstellen. Das was jetzt folgt, könnte so klingen, dass es mein Leben widerspiegelt. Doch ich bin mir darüber nicht ganz im Klaren. Deswegen schildere ich dieses nicht in meiner »Ich«-Form, sondern als Person-pronom in der »Er«- Form.

Ja, da war er nun unter ihnen, diese Menschenkinder. Sie waren zwar schon meist betagt, doch sie erzählten häufig über ihr zurückliegendes Leben:

Die meisten waren ehemalige Ostvertriebene, die zum Ende des verlorenen Weltkrieges flüchten mussten, oder aus ihren angestammten Gebieten, wo sie ihre Wohnsitze hatten, vertrieben, umgesiedelt wurden.

Sie kamen dann hier in der Fremde an. Hatten nichts mehr.

Suchten nach einer Unterbringung, Beschäftigung und Brot-
erwerb. Viele fanden dies auch. Vor allem meist die Männer
fanden eine Arbeit und damit ein Einkommen, von dem sie
existieren konnten.

Doch es kam auch vor, dass sie von den dortigen Einheimischen nicht sehr ihnen wohlgesinnt geduldet wurden. Diese
meinten häufig, dass es Pollacken oder Russen seien, Sogar
auch vollkommen verlauste Zigeuner.

Woher sollten sie, die dort Ansässigen, es auch wissen, dass
es wie sie Deutsche waren. Sie hatten ja bis vor kurzem nur
einen Sender, der ihnen Nachrichten vermittelte. Das war ein
staatlicher Sender, der noch bis zur letzten Minute des Krieges
den Menschen, wie Heros einflößte, dass ihr Führer mit seinen
Geheimwaffen doch noch den Krieg gewinnen werde. Viele waren davon auch noch überzeugt. Nur wenige wussten darüber
Bescheid, dass der Krieg verloren war. Von den verübten Gräuel-
taten, den Millionen von Vergasten, den Abermillionen Toten.

Um sich ihren Wohnraum zu schaffen, bekamen sie zum
Kauf und meist zur lebenslangen Abzahlung ein Grundstück.
Viele von ihnen waren die körperliche Arbeit während ihres
Lebens gewohnt. Sie bauten sich, soweit es ging,- meist in Ei-
genleistung- ihr Haus und blieben auch dort ihr Leben lang.

Ihre Frauen bekamen ihre Kinder. Zogen sie groß. Sahen
auch zu, dass diese meist einen Beruf erlernten, bevor sie ihr
Elternhaus verließen.

Nun war dies alles geschehen. Sie berichteten, dass sie nun,
auch deswegen so etwas wie eine innerliche Ruhe verspürten.
Diese finden konnten, obwohl viele von ihnen auch tief in
ihrer Seele ihren schon verstorbenen Lebenspartnern und auch
einige ihren Kindern nachtrauerten, wie sie sich gefühlsbetont
äußerten.

Ihre Emotionen sagte ihnen, dass dies hier nun ihr Zuhause,
doch wieder ihre Heimat geworden sei.

»Aber wie ist es mit dir? Du bist noch nicht so lange hier. Du hast uns doch schon mehrmals Geschichten erzählt! Erzähle uns doch nun mal etwas, was du als Heimat empfindest«.

Es machte ihn sehr verlegen, sodass er im Moment gar nichts, aber auch nichts dazu sagen konnte. Ihm nichts einfiel.

Nur vielleicht, dass er bis jetzt immer auf der Suche gewesen war.

Ihm kam später nur in den Sinn, auch wenn es nun sicherlich schon ein halbes Jahrhundert zurücklag, dass er mit anhörte, als seine Mutter von seinen schon älteren Geschwistern gefragt wurde, ob sie durch die Flucht aus dem Osten, diesem Ostpreußen, auch ihre Heimat verloren habe.

Sie verneinte es damit, dass sie schon als recht junges Mädchen, nach vier Jahren Schulbesuch, auf dem großen Hof eines Gutsherrn Dienste als Magd leisten musste, obwohl sie doch noch so gerne als Kind sich dem Spiel hingegeben hätte. Und dann fiel ihr ein Gedicht ein, dessen Verfasser sie damals nicht kannte. Da sie aber recht viele Gedichte von ihrem Vater erlernt hatte, trug sie es vor! Er ließ es sich später, wie er sich erinnerte, immer mal wieder aufsagen:

»Mutter im Osten, dich singen die Wälder, dich rauscht der Dünen großer Gesang, weit im Gewande wogender Felder, Wolken und Winde, dein ewiger Klang.

Mutter, dich reden Giebel und Gassen, feierlich preisen dich Burgen und Dom, Mutter, dich beten die Birken, die blassen, Mutter dich flüstern die Halme am Strom. Mutter im Osten, du hast uns geboren … …

Und dann, seine Mutter selbstreimend: *»Hattest für wenige nur Nahrung und Brot … …«* Hier beendete sie das Gedicht. Eine seiner Schwestern fragte sie nun erwartend: »Nun hast Du eine Heimat gehabt«? »Nein antwortete sie, wir waren zu arm, um eine Heimat Unser zu nennen«. Später erfuhr er auch den Namen dieses Dichters. Er hieß Hans-Joachim Paris. Das Gedicht heißt: Ostpreußen.

Dann nach vielen, vielen Jahren; kurz vor Beendigung seiner beruflichen Lehrzeit in der nahen Stadt, an der Straße wartend, tauchte ein mächtiger Demonstrationszug auf. Im brausenden Chor tönte es immer wieder: »*Wir wollen unsere Heimat wiederhaben*«. Dann konträr, ein etwas übermütiger junger Passant, dem menschlichen Strom ein Pappschild entgegenhielt, auf dem zu lesen war: «Verzichten«. Es ging ein empörendes Raunen und Rufen durch die Menschentraube. Dem Mann wurde das Schild aus seinen Händen gerissen und mit den Füßen zertrampelt. Dieses Erlebte erzählte er dem Lebensgefährten seiner Tante. Dieser hatte auch seinen nicht sehr großen Bauernhof im Osten verloren. Er sagte, seine Heimat sei wie sein Blut in ihm, mit ihm, solange er lebe. Auch wenn er hier die gleiche Sprache, wie die dort Ansässigen, Arbeit und Brot gefunden habe. Auch eine Liebe, ein Zuhause habe. Seine Heimat ist und bleibt in ihm, da wo er herkomme, wo seine Mutter ihm sein Leben geschenkt habe. Ja doch, wenn er nun hier, über diesen Lastenausgleich wieder einen Bauernhof erhalten würde, könnte dies so für ihn eine neue Heimat werden. Er schaute etwas geschäftstüchtig wirkend vor sich hin. Griff dann zu seiner Gitarre und stimmte mit seiner rau klingenden Stimme einen damals sehr verbreiteten Song an.

Inhaltlich klingend, vagabundierend ohne Heimat und kein Geld in den Taschen. Er setzte dann mit dem Gesang aus und schaute seine Lebensgefährtin mit weichem Blick an. Es wirkte dabei mehr, dass er doch nicht so »heimatlos« sein kann. Meinte dann, ja sicherlich, mit meiner süßen Lebensgefährtin könnte ich mir dies schon vorstellen. Doch sein Leben endete Jahre später anders. Ausgelöscht, wahrscheinlich mit verursacht durch seine Nikotinsucht, durch einen Kehlkopftumor.

Zuhause beschäftigte ihn das gedanklich. Er verglich dieses immer wieder auftauchende Rufen in seinem Innersten gleich diesen Suchenden, nun Heimatlosen. Es rührte sich aber nichts in ihm. Eher der Wunsch, bald das ganze Jahr über Reisen zu unternehmen. Dazu dachte er etwas traurig an seine Tätigkeit in dieser von Kohlenstaub verschmutzten Fabrik. An Gesellen und Meister, die ihn verspürend nicht leiden konnten. Wo ihm das zu verarbeitende Metall kalt in seine Hände drang. Aber auch, dass er dort, vor allem unter den Lehrlingen auch viele Freunde gefunden hatte. Auch schon ein älterer Kollege. Ein Konstrukteur von Beruf. Dieser bemühte sich sehr darum, ihm auch etwas an weiterem Wissen zu vermitteln. So betonte er immer wieder, dass man als Mensch seine Zufriedenheit, seinen Hafen wie er es nannte, in der Arbeit, seiner Schaffenskraft finden sollte. Dies leitete er daraus ab, dass der Unterschied zwischen den Tieren und Menschen darin bestände, dass letztere einzig dazu befähigt seien, bewusst zu handeln, etwas zu ihrer Lebensexistenz herstellen zu können. Sie seien dazu in der Lage, da sie in ihrer biologischen Entwicklung doch ein Stück weiter seien als die Tiere. Begreifen könnend seien sie fähig durch ihre Arbeit, losgelöst von der Natur, einen eigenen Weg zu gehen. Dazu seien die Tiere, da sie rein instinktmäßig sich verhalten, nicht in der Lage. Naja, meinte er etwas unsicher erscheinend; es kann noch werden, dass er irgendwann auch diesen Hafen finden werde. Auch als Heimat ihn erleben werde.

Immerhin, gegenwärtig, hatte er ja noch seine fürsorglichen Eltern, Geschwister. Auch schon ein Mädchen, welches mit hm verheißungsvoll rumspaßte und ihn verlegen machte. Das dieses aber seine Heimat sein sollte, das konnte er damit nicht verbinden!

So ging er weiter auf die Suche.

War in seinem jugendlichen Idealismus beeinflusst und begeistert von politisch denkenden Bekannten, die ein anderes,

menschlicheres Gesellschaftssystem wollten. Er dann, überzeugend durch sie, den Gedanken hegte, teilnehmend an dieser
Bewegung, auch für sich eine Heimat zu finden. Für diese es
sich lohne, sich zu beteiligen und auch dafür zu kämpfen. So
probierte er aus diesem Grund Gruppen, Vereine und auch
Parteien aus. In der Hoffnung dort seine Aufgabe zu finden,
vielleicht verbunden mit einem anhaltenden Lebensinhalt.

Nach hoffnungsvollen, für seine Überzeugung herhalten-
den langen Jahren, fand er sich dann wieder. Er hatte vieles
durchschritten, hatte eine Wohnstätte, hatte einen Beruf, hatte
meist auch Arbeit Eine ihn liebende Frau und Kinder. Kannte
so, wie er meinte Liebe oder Hass, Freundschaft- Feindschaft,
Glück und Trauer. Hatte auch miterleben müssen, dass sein
politischer Idealismus verloren gegangen war. Nach all dieser
Wegstrecke konnte er nicht ausruhen, denn er brauchte Neues,
um vielleicht doch zu erfahren, was das Leben ist, was dessen
Sinn ist? Gibt es Höheres als das menschliche Dasein? Was
könnte wahr sein? Wo könnte er doch zu seiner innerlichen
Ruhe kommen, sein »Hier bin ich angekommen« zu erfahren?
Ihm wurde bewusst, dass er noch unterwegs war. Er sah den
vor sich liegenden, für ihn nicht enden wollenden Weg. Und
er stand auf einmal mitten auf einer Wegkreuzung. Dort wo
der Weg, den er beschritt, sich verzweigte. An den Ausläufern
eines Waldgebietes, welches schon dunkel in den späten Nach-
mittagsstunden erschien, erreichte er eine Talsenke. Setzte sich
nieder, auf einen warmen Baumstumpf und ließ seinen Kopf
leicht sinken. Als er dort so vor sich sinnend saß, meinte er, dass
sich am Waldesrand etwas bewegte, welches sich ihm behutsam
heranschleichend näherte.

Er konnte sich aber auch geirrt haben!

Er versuchte seinen Kopf zu heben. Sah dann etwas Gräu-
liches, fellartiges auf sich zukommen. Als es näher an ihm
war, erblickte er von der Kontur her ein vierbeiniges Wesen,

das behutsam schleichend, immer wieder stehenbleibend und seinen Kopf hebend, mit spähenden Augen sich näherte. Was war es? Ein Hund, ein Fuchs? Nein es war, und ihn überkam eine Angst, ein Wolf. Dann sah er auch am Waldesrand, versteckt in den Büschen drei oder vier Wolfskinder. Es war also eine Wolfsmutter. Als sie sich seinem Sehkreis näherte, nahm er ihre gierigen graugrünen, aber auch für ihn geheimnisvollen kaltwirkenden Augen wahr, die nicht zuließen, ihr Innerstes zu ergründen. Mit welcher Absicht näherte sie sich ihm?

Er verhielt sich regungslos. In Rufnähe blieb die Wölfin stehen und legte sich hin. Lechzend ihr Maul, zeigend ihre Reißzähne, begann sie sich ihre Pfoten zu lecken. Dann war ihm so, oder war es nur ein Traum, dass sie anfing ihn zu beäugeln und er meinte ihre wildklingende Stimme zu vernehmen:

»Warum bist du noch immer auf der Suche und findest zu keiner innerlichen Ruhe?«

»Ja antwortete er, seine Angst ein wenig überwindend. Ich weiß nicht so, zweifele, welchen der hier verzweigenden Wege ich nun weiter gehen soll?«

»Ja antwortete sie, es wiederholt sich immer wieder, dass man sich im Leben nur für eins, das Eine entscheiden kann«!

»Aber, antwortete er zögernd kritisch, es war mir immer angenehmer, mich nach mehreren Seiten offen zu halten, damit ich alternativ auch mehrere Vorteile in Erwägung ziehen konnte, wenn eine Entscheidung mir persönlich, sich als Nachteil, als nicht gelungen herausstellte.«

»Und antwortete sie, gierig lechzend, ihm ihre kalt harten Augen zuwendend. Bist du damit gut gefahren und kamst du dadurch auch zu deiner Zufriedenheit, die du sicherlich immer herbeigesehnt hast?«

Ihn überkam ein verlegenes Gefühl, auch wieder die Angst,

dass diese Wölfin, um ihren und den Hunger ihrer Kinder zu stillen, sich entscheiden könnte ihn anzugreifen, ihn zu töten, ihn zu verschlingen.

»Ich glaube nicht so richtig, denn ich hatte dadurch immer Menschen als Gegner, die mich auch hassten. Auch konnte ich selten zu einem zufriedenen Ergebnis kommen, da ich immer von Neuem anfangen musste. Es kam selten zu einem Ausruhen in mir«, meinte er sich leise sagen zu hören.

»Also ein Wanderer« raunte sie. Und dann vernahm er auf einmal etwas für ihn Unglaubliches, etwas Ungeheuerliches, wie im Traum. Ihr entkam aus ihrer rauen, alles zerreißend wollenden Kehle ein Spruch, ein Gedicht:

»Du scheinst ein Wanderer zwischen den Zeiten zu sein? Das Meer hat dich gesehen, der Himmel auch und die Wildnis und die weiten Sterne.

Hast du sie auch gesehen?

Oder konntest du deinen Kopf nicht wenden und auch nicht heben? Die Möwen sind nun schon flussabwärts gezogen und werden nie mehr wiederkehren, in den Morgen der Hoffnung«

Doch dann folgte im harten anklagenden Ton, sie kenne ihn noch besser. Sie wisse genau, was in ihm innerlich vorgehe.

Ein Wanderer ein Suchender? Niemals! Ihre Reißzähne blitzten dabei etwas auf.

Du bist einer von denen, die weglaufen. Flüchten!

Flüchten wieso, vor wem, fragte er etwas ratlos nach.

In deiner Angst davor, dich selbst erhalten zu wollen. Das bedeutet auch, gegenüber anderen standhaft zu bleiben, Sich auch wenn es sein muss, durchsetzen zu wollen, um dann seine Zielsetzung zu verwirklichen. Das wäre deine freie Entscheidung. Für dieses Fanal zu erreichen, wurden auch Revolutionen entzündet. Dazu braucht man eine Willensstärke. Die ist bei dir nur schwach gegeben. Meist, wenn die Belastungen für dich zu groß wurden, bist du weggelaufen. Hast du die Flucht ergriffen.

Das willst du aber nicht eingestehen. Redest deswegen davon, dass du ein Suchender geblieben bist.

Wenn du auch nicht diesen Kampf der Selbstverwirklichung auf dich nehmen wolltest, dann hättest du dich mindesten den Stärkeren, den Klügeren, den Besseren anpassen, unterordnen sollen.

Dies hob schon ein früher lebender, sehr berühmter Dichter in einem Gedicht hervor: Wer nicht Hammer sei, der muss als Amboss herhalten. Es war v. Goethe.

Puh, meinte er nach Luft schnappend, das klingt ja sehr brutal, so nach Starksein, Egoismus zu denen man im Einzelnen neigen muss. Doch aber wie kann man dann noch einen Weg finden, um das Dasein etwas gerechter zu erleben?

Das geht eigentlich nur mit unserem menschlichen Bewusstsein. Durch unser Wissen können wir ausdrücken, was gut oder nicht gut sein könnte. Wie heißt es dazu so schön im Volksmund: Was du nicht willst, dass man dir tu, das füg auch keinem anderen zu. Doch eins hast du bestimmt auch schon in Erfahrung bringen können. Dieses was gut, richtig sein soll, dass fällt ja nicht wie Regen so einfach vom Himmel. Es ist ja meist die vorherrschende politische, ideologische Beeinflussung, die bei vielen Menschen dann überzeugend sich verinnerlicht hat. So beispielsweise in der Kriegsführung, dass es richtig sei, den Feind zu töten. Oder auch, das gesagt wird, dass derjenige der von den Arbeitsleistungen anderer lebt, deren Arbeitgeber er sei. Des Weiteren auch, dass die Menschen sich die Erde untertan machen sollen. Diese mächtiger seien als die Natur.

Das alles so richtig zu verstehen. Da hatte er schon seine Mühe mit.

Die Wölfin sprang dann auf, hinwendend zu ihren Jungen, die sie schon witterten. Alle verschwanden in die Dunkelheit, in der sich diese Wildnis verbarg.

Jemand hatte ihn sanft an seiner Schulter berührt. Fragte

fürsorgend, ob alles in Ordnung sei. Er nickte bejahend. Meinte dann, er habe einiges Wichtige so im Schlaf erfahren können.

Ja, ja hörte er als Antwort: Die Träume. Sicherlich zum Erhalt des Lebens seien sie was sehr Wichtiges. Doch von ihrem Inhalt sind sie nur wie Schaum.

War es nun Traum oder Wirklichkeit?

Er schaute hinüber zu dem schwarzen Wald und er meinte, dass in ihm der Wunsch aufkam, wie die Tiere, in dieser Unsichtbarkeit auch zu verschwinden, um so von der Natur empfangen, umarmt, verschlungen zu werden. Um auch so sein Zuhause, seine Heimat zu finden. Aber konnte er noch wie ein Tier sein, da er doch von menschlicher Gestalt war? Er dachte daran, dass es in der Natur kein Gefühl, kein Mitgefühl geben darf. Damit auch keine zu fühlende Geborgenheit. Es gab dort nur ein Leben in der Angepasstheit. Erreicht man diese nicht, dann wurde man, nach dem Bewegungsablauf der Natur ausgelöscht. Er verglich es im Gegensatz mit dem menschlichen Dasein, in welchem man auch unangepasst entscheiden konnte. Auch die natürliche Auslese nicht einhaltend, ohne untergehen zu müssen, ausgelöscht zu werden. Er konnte sich damit nicht so recht anfreunden! Dieses wurde als Kulturprozess bezeichnet. Es wurde aber auch als Entfremdung von der Natur beim Menschen gesehen. Die letzten Endes die menschliche Gattung um ihre Lebensfähigkeit bringen kann; aber die Natur nach ihrer Gesetzmäßigkeit ewig bestehen lässt. Hatte er doch immer wieder erfahren müssen, dass die Ausschaltung des natürlichen Ursprungs in den Gefühlen der Menschen nicht erreichbar ist. In ihrem Handeln weiter besteht. Sie sich bei Unterdrückung dieser natürlichen Eigenschaften einen Ersatz suchten. Dass die Menschen in ihren Entscheidungen sich mehr von ihren natürlichen Neigungen leiten ließen. Immer wieder im Einzelnen als Stärkster unter ihresgleichen zu sein, und auch getrieben, sich verwirklichen zu wollen, um Anführer, Mächtigster, Cäsar zu sein; sogar ihre Kontrahenten vernichteten. Sie blieben alle, trotz aller kulturellen Errungenschaft, von ihrem Wesen Produkte der Natur, mit ihrem Existenzkampf, dem Kampf auch, dass der Stärkere den Schwächeren besiegt, beseitigen will. Der triebhafte Selbsterhaltungsdrang konnte nur unterdrückt aber nicht beseitigt werden. Die Menschen hatten zwar die Begabung bewusst, nach ihren Normen vernünftig entscheiden und handeln zu können. Doch ihre sicherlich natürliche Triebprägung, ihr Neigungs-, Gefühlsverhalten muss darin immer mit einbezogen werden.

Es war somit für ihn verlockend, der Spur dieser Wölfin zu folgen, um sich endlich heimisch zu fühlen, zu spüren dort angekommen zu sein, was ihn ursprünglich ausmachte. Was musste sich, um dieses zu erreichen, ändern? Wahrscheinlich konnte sich dies nur durch eine Umwandlung vollziehen? Durch die Ablösung des menschlichen Daseins, hin zur Entstehung von ursächlichen feinen Elementen. Nur dann käme es zur Verbindung mit der Natur, die aber eine Auslöschung, den Tod, wie sie genannt wird beinhalte, um in einer stofflichen Umwandlung weiter zu existieren. Es würde dort aber etwas Anderes entscheiden, bestimmen, ein Element, ein Stoff, aufbauend ein Molekül, ein Stein oder auch wieder eine Pflanze, gar ein Lebewesen zu werden.

Halt ein, halt ein, kam von irgendwoher eine mahnende Stimme! Bist du ein Phantast? Ein »Hans guck in die Luft«? Lebst du in einer Scheinwelt?

Du suchst in der Umwandlung deine Heimat? Woher bist du dir so sicher, durch deinen Tod fündig geworden zu sein, in einer, deiner Heimat angekommen zu sein?

Musst du nicht eher »das Ankommen in deinem Haus« mit deinem gegenwärtigen Leben, deinen menschlichen Gefühlen, deinem Bewusstsein, deinem Handeln verbinden? Mit anderen Menschen dein Leben teilen. So kannst du deine Heimat finden, erleben.

Er sann nach!

Ja, es musste wirklich so sein. Dieses Eingehen, verschmelzen als Mensch mit der Natur, dies geht ja nur über sein eigenes Ableben, über den Tod. Jenes Sterben müssen. Doch eins fühlte er dabei, dass ihm auf einmal dieses Hinüberwechseln keine große Angst bereitete. Er hatte wissentlich sich auch einprägen können, dass es in der Natur keinen Endzustand gibt. Alles ist immer, trotz Vergehen und Erstehen, in nicht endender Bewegung.

So auch sein menschliches Dasein. Geht es zu Ende, dann vollzieht sich seine Umwandlung. Zu Erde, Asche, Staub, zu den kleinsten Elementen, die auch zusammengefügt wieder etwas entstehen lassen.

Ja und dann kam es doch so, auch wenn es von ihm, sowas wie eine Einbildung war. Dieses Fühlen, dieses wohlwollende Eingebettet zu sein, in dieses, was seine Heimat sein könnte.

Er bewegte sich, im nicht sehr anstrengenden Lauf durch ein Waldgebiet. Die Wärme durchflutete immer mehr seinen Körper. Verbunden mit dem Aufkommen einer inneren Leichtigkeit. Das Säuseln des Windes nahm etwas zu. Die Bäume und Sträucher gaben irgendwie, für ihn eine wohlklingende Melodie von sich. Er fühlte somit auch, dass er in dieser natürlichen Musik aufgenommen, willkommen war. Er hatte sie gefunden. Er hatte seine Heimat gefunden! Er fühlte sich in diesem Moment in ihrem Gewahr-Sein wie zuhause.

So konnte er nun auch in seinem menschlichen Dasein dieses Geborgen-Sein fühlen. Auch wenn es gedanklich, vielleicht mehr in seiner Fantasie, in seinen Wunschgedanken entstanden war. Es blieb doch das Gefühl eines Glücksmomentes. Auch wenn es nicht lange anhielt. Er erfuhr ein Eintauchen des menschlichen Seins in den Kreislauf der Natur.

Als die anderen seine Erzählung sich angehört hatten, kam ihm doch etwas Unverständnis von ihnen entgegen:

Er sei nicht nur ein Versager, auch ein Egoist. Als Mensch sei man doch ein Sozialwesen. Ein Zuhause, Daheimsein sei doch nur darin zu verwirklichen, mit seinen Nächsten. In Freude und in Leid. Jesus habe nicht umsonst von dem Streben nach Nächstenliebe gesprochen erwiderte ihm seine Frau, die Oma der Kinder.

Ja, in ihm kamen nun wirklich zweifelhafte Gefühle auf.

Ich überdenke nochmals einiges, und trage euch dann nächste Woche das Lebensschicksal einer Frau vor.

Ein Winken, so nach 1982

Erfüllte Sehnsucht!

Ihre Mutter muss wohl in dem Moment glücklich ausgesehen haben.

Sie selbst wurde abgenabelt. Von der Hebamme, wie üblich, kurz an ihren Beinchen kopflastig hochgehoben. Bekam den obligatorischen Klaps auf ihren Po. Gab dadurch einige Laute von sich. Die nebenstehende Ärztin nickte, die Hebamme zustimmend anschauend. Dann im warmen Wasser, wusch man ihr den Schmand, das Blut, von ihrem winzigen Körper. Gut verpackt, legte man sie flink auf den wärmenden Körper ihrer Mutter. Sie fing sofort an, instinktiv nach deren Brust zu suchen. Umschlang dessen Warze mit ihrem rosa Mündchen und saugte die warme Muttermilch in sich hinein. Ihre Mutter hielt sie, hingebend nach ihr schauend, weich mit ihren Armen umschlossen.

Doch diese Zuneigung hielt nur kurze Zeit an.

Sie war nicht von ihr erwünscht. Nicht die Erfüllung ihrer Sehnsucht. Mehr getrieben von ihren innerlichen Neigungen, hatte sie immer wieder Lust, auf ein Abenteuer mit diesen, sie so verlockend wirkenden Männer, mit ihren starken, rauen Körpern. Ihren herben Gesichtsausdrücken. Immer wieder ließ sie sich so auf ein Liebesabenteuer ein. Meist machte sie deren Bekanntschaften an den Bahnhofsvorplätzen. Es waren häufig, wie sie, auch sich einsam Fühlende, das Glück Suchende. Die, um diesem näher zu kommen, gerne eine Freundin gehabt hätten. Es waren aber auch schon unter ihnen Drogensüchtige und Dealer. Immer standen sie dort, meist vom Alter her, noch jung an Jahren, geschlechtsgemischt, in kleinen Gruppen herum. Machten ihre Späße, lachten, rauchten oder hatten meist ein Getränk bei sich.

Sie, ihre Mutter, hatte damals auch so diesen Zweifel in sich, mit dem Leben so etwas Richtiges anfangen zu können. Warum sie überhaupt hier auf dieser Erde nun sei. Sie sehe sehr viel Schmerz und Leid um sich. Dabei wolle sie doch nur etwas glücklich sein.

Als feststand, dass sie ein Kindlein erwarte; sie dieses auch zu Hause erzählte, war das für die Familie nicht nur eine große Überraschung, sondern auch eine große Schande. Ein Werk des Satans wurde hervorgehoben. Die Familie war sehr religiös eingestellt. Hatte die herkömmlichen, bibelfesten Vorstellungen, wann man als Frau ein Kind bekommen durfte. Es sollte nur geschehen, nachdem man den Bund der heiligen Ehe geschlossen hatte. Ihre Mutter erzählte es, in ihrem Bittgebet, in der heiligen Messe, einem Priester. Der hatte einen guten Rat. Er kenne eine sehr weise Frau, die dieses Winzige in ihrem Bauch mit harmlosem Saft, dem Ausschaben ihrer Gebärmutter beenden könnte. Sie hatte aber zu große Angst davor, dass ihr was passieren könnte. Sie schlimm in ihrem Unterleib verstümmelt werde oder sogar verbluten könne. So behielt sie ihre Leibesfrucht. Wurde aber zuhause streng bewacht. Durfte nicht weggehen. Sich auch nicht mit ihren

Freunden treffen. Des Nachts schloss man ihre Zimmertüre ab und verriegelte das Fenster. Eine ärztliche Behandlung verweigerte man ihr ebenso. Im Hausgarten sich aufhalten, das war ihr gestattet. Dort half sie dann mit, das herangereifte Obst und Gemüse zu ernten. Musste im Haushalt mithelfen. Von dem Popen wurde sie häufig besucht. Im gemeinsamen Gebet baten beide ihren Gott dann um Gnade und Wohlergehen für sie und ihr Ungeborenes.

So erblickte sie, von der ich euch weiter berichten werde das Licht der Welt. Sie erhielt den Namen Daniela. Ihre Mutter blieb mit ihr, nur kurze Zeit, in der Entbindungsstation. So richtig entwickelte sie zu ihrem Neugeborenen, zu ihr keine tiefgreifende Bindung. Das Stillen ihres Neugeborenen stellte sie auch nach kurzer Zeit ein. Dieses erhielt meist, von ihrer Oma angerichtet, den Milchsaft aus der Flasche. Dieser bekam ihr aber auch recht gut. Sie entwickelte sich dabei prächtig. Hatte goldglänzende Locken, große bläulich, erscheinende Augen und wirkte sehr lebhaft.

Dann verlor ihre Mutter ganz und gar das fürsorgende Interesse an ihr. Sie zog es wieder hin, zu diesen Treppenstufen aufsteigend hohen Bahnhofseingängen. Die ihr schon vertrauten Gesichter waren, wie jeher dort gegenwärtig. Heiter, ausgelassen wirkend. Ihrem realen Dasein entrückt. Es war nun Mode geworden zu den Jeanshosen hohe Schnürstiefel an den Füßen zu tragen. Auch wurde es immer beliebter, als treuen Gefährten einen Hund an seiner Seite zu haben. Untereinander redete man sich mittler Weile mit Schwester und Bruder an. Dazu waren unter ihnen die Dealer. Sich immer wieder vorsichtig umschauend, boten sie »ihre Ware« für einen Preis an. Einige der Frauen, um wieder diese paradiesischen Gefühle zu erleben, boten ihnen ihre Körper zur Befriedigung an. Meist hatten sie nicht mehr das Geld, um dren Ware erwerben zu können. Einige der Dealer gingen auf das Angebot ein. So zogen sie sich mit den Mädels in die nahe Parkanlage zurück. Die sich den Liebesdiensten Angebotenen wirkte danach sehr erlöst. Schnüffelten gierig ihr glücklich machendes Pulver durch die Nase ein und versanken dann, meist auf einer Bank liegend, in ihre andere Welt. Ihre Mutter geriet nun auch wieder in diese Abhängigkeit. Freundete sich auch in dieser Gruppe mit einem jungen Mann an. Er steckte ihr ab und zu etwas Geld zu. Erzählte ihr, dass er Betonbauer sei. Auch eine Arbeitsstelle habe. Sie solle doch bei ihm bleiben, um gemeinsam etwas Gutes fürs Leben aufzubauen. Sie kamen sich näher. Dann verkündete sie, ihrer Mama zuhause, dass sie in einen Mann verliebt sei. Mit diesem gemeinsam wohnen werde. Sie ziehe aus dem Elternhaus aus. Nun, dass klang für ihr, nun schon sich im dritten Lebensjahr befindendes Töchterlein sehr verheißungsvoll. wie es so jetzt wunscherfüllend dachte. Endlich bleibt nun ihre Mama zuhause. Sie habe sie nun ganz für sich allein. Werde mit ihr spielen, lachen. Könne sich nun auch an ihren weichen, warmen Körper kuscheln. Doch es geschah anders. Ihre Mutter sagte ihr, zwar liebevoll, dass sie ihren kleinen Sonnenschein jetzt noch nicht mitnehmen könne. Die gemeinsame Wohnung, mit ihrem Liebsten, sei dafür zu klein. Es passe kein Kinderbett dort noch hinein. Sie, die Tochter müsse deswegen noch bei den Großeltern bleiben. Diese haben ja viel mehr Platz in ihrem Haus. Dazu auch den Garten mit der Wiese. Dort könne sie viel, viel besser spielen. Auch im Sommer die dort schön wachsenden Blumen pflücken. Ihre Mutter betonte dann, dass sie ja häufig zu Besuch kommen werde und wenn sie eine größere Wohnung haben, sie dann zu sich holen werde. Sie habe auch vor, ihren Neuen zu heiraten.

Etwas traurig war die Kleine nun schon doch. Man sah es ihr an. Selbst fiel ihr aber doch ein, dass Oma und Opa auch sehr lieb zu ihr waren. Dazu auch ihre Freundinnen, mit denen sie so gerne mit den Puppen spielte. Doch die Hoffnung, dass ihre Mama kommen werde, blieb in ihr. Häufig, wenn sie an der Haustüre ein Geräusch vernahm, lauschte sie am Zimmerausgang und rief laut, dass nun ihre Mama komme.

Doch es war vergebens. Ihre Mutter kam nicht. So strich die Zeit dahin. Nachbarn berichteten noch den Großeltern, dass sie erfahren haben, dass der Lebensgefährte ihrer Tochter ein Säufer sei und in seinem Rausch sehr, sehr bösartig werden könne. Deren Tochter gab keinerlei Nachricht von sich. So nach anderthalb Jahren erhielten sie von der Gemeindeverwaltung die Mitteilung, dass dieser bekannt gemacht worden sei, dass ihre Tochter das Land verlassen habe. Ihnen mitgeteilt wurde, dass sie über mehrere Länder, kurzzeitig sich aufhaltend, nun wahrscheinlich in Deutschland sei. Der Großvater fragte noch bei der Behörde nach dem genauen Wohnort der Tochter nach. Das wisse man nicht so genau. Es sei aber wahrscheinlich Köln am Rhein. Die Großeltern sollten dann noch mitteilen, ob ihre Tochter ein Kind habe. Auch fragten sie, wo sich dieses nun befinde. Bei dessen Mutter oder bei ihnen.

Sie war schon nach ihrer Geburt nicht bei der Behörde gemeldet worden. In diesem Land war es so Brauch, dass man die Geburten dem Amt nicht mitzuteilen brauchte.

Der Großvater gab zur Antwort, dass seine Tochter ihr Kind mitgenommen habe. Bei ihnen sei dieses nicht.

Als sie nun heranwuchs und auch etwas erlernen, das Schreiben, Lesen, Rechnen beherrschen sollte, fragte man einen örtlichen Popen, ob er dies übernehmen könne. Dieser sagte zu und ihm kam es auch darauf an, aus ihr einen gläubigen Menschen zu machen. So nahm er als Unterrichtslektüre die Bibel. Eifrig lernte sie darin zu lesen und auch zu schreiben. Die Vermittlung von Rechengrundlagen und anderem Lehrstoff schienen für den heiligen Mann nicht so maßgebend zu sein. Immerhin, sie blieb dadurch nicht ungebildet. Ihre Großmutter brachte ihr dann noch vieles bei, was für das Leben wichtig sei. Vor allem das, was man als spätere Frau und auch Mutter so beherrschen müsse.

So wuchs sie nun heran. Für viele, so als ein nicht existierende Geschöpf. Doch »ihre Mama« behielt sie weiter sehnsuchtsvoll in ihrem Herzen.

Dann, so in ihrem vierzehnten Lebensjahr sollte sie nun auch eine Arbeit aufnehmen. Ihre Oma, – ihr Opa war zu dieser Zeit schon verstorben –, besorgte ihr in dem Haushalt eines Priesters eine Arbeitsstelle. Sie sollte das Haus sauber halten, aufräumen, einkaufen und auch kochen.

Sie nahm diese Tätigkeit an. Doch die häuslichen Bewohner waren meist sehr unfreundlich zu ihr. Schimpften häufig, dass sie eine Schlampe sei und nicht gerne arbeite. So verlor sie die Freude an dieser Arbeit. Ihr kam dabei ihre Mutter in den Sinn, und in ihr reifte der Gedanke, sich zu ihr aufzumachen, um sie in Deutschland für sich in die Arme zu schließen. Doch keiner konnte ihr die genaue Wohnadresse mitteilen. Auf dem Amt wollte sie danach auch nicht fragen. Zu groß war ihre Angst, vor diesen Verwaltungsmenschen.

Zufällig hatte sie Kontakt zu einem jungen Mann. Der sagte ihr, dass er eine Adresse kenne. Dort würde man einen Pass bekommen. Ja und ganz wichtig, die dort haben auch Kontakt zu Leuten, die die Menschen in ein anderes Land bringen können. Doch das koste alles was. So um die drei Mille müsse sie schon aufbringen betonte er.

Doch so viel Geld hatte sie nicht. Dazu aber eine hilfreiche Idee. Immer wieder sah sie, dass die Kirchenbesucher etwas Geld, als Spende, in den geöffneten Opferstock legten. Jedes Mal, unbeobachtet, nahm sie nun immer wieder einige Geldscheine dort heraus. Verschwand damit. Mit der Zeit zählte sie dieses, von ihr Erbeutete nach. Es waren mehr als drei Mille nun zusammengekommen.

Ihr Wunsch, nun bald ihre Mutter wieder zu sehen, rückte immer näher.

Mit der Hilfsbereitschaft ihres Freundes erhielt sie ein Ausweisdokument und auch einen Plan, dass sie begleitet , weg aus ihrem Geburtsland Armenien, über die Türkei bis zur Mittelmeerküste, dann mit einem Schiff übers Meer, weiter durch Italien ihr ersehntes Ziel in Deutschland erreichen könne. Ihr neuer Vorname lautete nun Anahita.

Das klang für sie alles sehr abenteuerlich aber auch recht gefährlich. Hatten ihre Freundinnen nicht häufig von Menschenhändlern erzählt, die Frauen als Haushaltsdienerinnen an reiche arabische Familien verkauften. Oder auch an Afrikaner, die diese zur Prostitution zwangen.

Doch eines Tages, als sie bei der Arbeit wieder sehr beschimpft wurde, sagte sie für immer Adieu. Dann am Abend nahm sie ihren gefüllten Rucksack, einen wärmenden Mantel, den Pass und das Geld an sich. Ging, ohne sich zu verabschieden weg. Ihre Großmutter wusste von nichts. Auch als sie den nächsten Tag nicht auftauchte, war diese überzeugt, dass sie sicherlich bei ihrem Freund zur Nacht geblieben sei. Einmal musste es ja so weit sein, fiel ihr so ein.

Am städtischen Bahnhof angekommen, wartete schon ein recht gut gekleideter Mann, auch schöner Mann auf sie, diese nun Heranwachsende. Er forderte sie freundlich auf mitzukommen. Sie könne bei ihm über Nacht bleiben. In einer schönen Wohnung. Morgen dann ihre weite Reise mit Bussen und Zügen durch die Türkei antreten, bis in die Nähe von Istanbul.

Etwas ängstlich war ihr schon zu Mute. Doch der Mann lächelte sie warmherzig an. So legten sich ihre Bedenken. Bei ihm angekommen, verlangte er dann den vorher ausgehandelten Preis. Sie ging in ihr Zimmer. Ängstlich alles dort nachprüfend. Schloss die Zimmertür ab und stellte noch einen Stuhl unter deren Klinke. Schlief seltsamer Weise auch schnell ein und wachte in der Frühe gut erholt aus ihrem Schlaf auf. Nahm ihre Morgentoilette, ein Frühstück zu sich und ging zu der Haltestelle des Fernbusses. Unterwegs dachte sie noch an diesen Schönling und war so der Meinung, dass sie sicherlich für ihn nicht so überzeugend hübsch genug gewesen sei. Deshalb habe ihn das Geld wohl mehr gereizt. Es waren viele Reisende anwesend. Doch sie fand einen Sitzplatz und während der Fahrt dachte sie so, dass es doch recht gute Menschen gebe. Die Welt sei nicht voller Sünde, wie es doch häufig der Priester so erzählt hatte. Aber vielleicht gebe es doch Gutes und aber auch das Böse überlegte sie.

Als Reisegefährtin saß neben ihr eine junge Frau. Vielleicht etwas älter als sie. Immer wieder blinzelte sie schüchtern zu dieser hin. Diese bemerkte dies, fragte sie dann leise, aber auch lächelnd, nach ihrem Namen.

Sie zuckte dabei ein wenig zusammen. Fühlte aber dann doch, wie gut ihr dies tat, angesprochen zu werden. Nannte ihr ihren Namen. Sie sagte ihr den Ihrigen.

Sie kamen dann an die Landesgrenze. Ein Grenzkontrolleur stieg hinzu, verlangte von allen, dass sie ihre Pässe vorzeigen sollen. Bei ihr angekommen, nachdem er ihr Dokument betrachtete, blinzelte er etwas verschmitzt mit seinen Augen und meinte, dies sei ja noch taufrisch. Dabei übersah er auch nicht, dass ihre Sitznachbarin einen Geldschein in ihren Fingern, zum Entgegennehmen verlockend, rascheln ließ. Vorsichtig, sehr diensteifrig dabei wirkend, griff er nach dem Schein. Wünschte beiden eine angenehme Weiterreise.

Nun war sie bereit und erzählte ihrer Nachbarin doch etwas mehr über ihre Reiseabsichten.

Diese meinte dann, das, was sie da vorhabe, sei viel zu gefährlich. Viele seien dabei auch schon im Mittelmeer ertrunken. Sie könne ihr etwas Besseres vorschlagen.

Sie solle doch lieber mit ihr, zu sich nach Hause mitkommen.

Nach Ankara. Dort wohne sie mit ihrem Vater gemeinsam in einem Haus. Er sei Advokat. Auch schon etwas älter. Daheim könne sie ihr, wenn alles klappen sollte, ein Flugticket und auch ein Visum besorgen. Durch seine, ihres Vaters Anwaltstätigkeit habe dieser recht gute Verbindung zu dem Auslandskonsulat. Damit könne sie, wenn es gelingen sollte ohne Angst in das Land reisen, in dem ihre Mutter wohne. Dort dann nach ihr suchen. Das war für sie recht überzeugend und annehmbar.

Ihre Nachbarin bot ihr auch an, dass sie in ihrem Haus zeitweise wohnen könne. Sie habe sogar für sie ein eigenes Zimmer. Könne auch, falls sie genügend Geld habe, ihr für die Unterbringung ein Kostgeld entrichten. Nun war sie mit dem Vorgeschlagen vollkommen einverstanden.

Sie kamen dann nach langer, für sie sehr belastender Reise bei dieser jungen Frau daheim an. Sie bot ihr auch als erstes an, sich etwas frisch zu machen. Ein warmes Bad zu nehmen. Das bekam ihr sehr gut. Damit gingen auch die immer wieder auftretenden Schmerzen in ihrem Unterleib zurück.

Dann traf sie auch den Vater, dieser für sie empfindend, sehr hilfsbereiten Frau. Er, ihr Vater, war auch nicht überrascht, dass seine Tochter einen fremden Menschen im Schlepptau mitbrachte. Er wirkte sehr freundlich. War seriös gekleidet und hatte ein glatt rasiertes, helles Gesicht. Dann saßen alle im Wohnzimmer zum Abendbrot. Der Vater bedankte sich kurz vorher bei seinem Allermächtigsten in einem Gebet. Sie war in einer moslemischen Familie. Es überraschte sie ein wenig, dass man sie so gar nicht befragte, ob sie auch einer Religion angehöre. Der Papa bot ihr dann im Weiteren auch an, sich für sie einzusetzen, dass sie ein Visum erhalte. Er zeigte dafür großes Verständnis, dass ein Kind doch ihre Mutter wieder in ihre Arme schließen möchte. Seine Tochter hatte ihn vorher über alles unterrichtet.

Zur Nacht erhielt sie ihr eigenes Zimmer. Sie zog sich müde geworden dorthin zurück. Legte sich zum Schlafen hin.

Doch dann in der Nacht, tief aus ihrem Schlaf holend, spürte sie so, dass etwas neben ihr in ihrem Bett lag. Sie dachte erst an die Anwesenheit eines Haustieres. Vorsichtshalber schaltete sie die Stehlampe ein. Richtete sich etwas auf. Dann sah sieh, mit einem Schrecken, in die Augen des Vaters, der doch so netten, gemachten Bekanntschaft.

Er lächelte sie an. Sie vernahm seine Gesichtsblässe. Einige schon grau wirkenden Haarsträhnen bedeckten eines seiner Augen.

Das verstehe sie nun so gar nicht, gab sie in holpernden Lauten von sich. Ihr Entsetzen hatte sie fast sprachlos werden lassen.

Doch er erwiderte, es sei so erfüllend für ihn, endlich mal wieder, nach langer Entbehrung, neben einem weichen, warmen, menschlichen Körper zu liegen. All das wieder zu fühlen.

Es erfüllte sie noch mehr in ihrer Angst. Doch dann stieg in ihr so etwas wie mutvolle Entschlossenheit auf. Sie holte kurz tief Luft und fragte dann, ob er auch mit ihr Liebe machen wolle. Dann fügte sie verteidigend noch schnell hinzu, dass sie doch noch ein Kind sei. Sie sei noch nie von einem Mann berührt worden. Dabei fiel ihr noch die Religionszugehörigkeit dieses Mannes ein. Betonend fuhr sie fort, dass doch in der Heiligen Schrift geschrieben stehe, dass die Frau in reiner Unschuld den Bund der Ehe schließen solle. Das sei ewig geltendes, Gottes Gesetz.

Der Mann schaute sie akzeptierend an. Dann kam es aus ihm, etwas traurig klingend, heraus. Seine Frau sei von ihm weggegangen, weil sie sich noch weitere Kinder von ihm gewünscht habe. Dieses konnte er aber nicht mehr erfüllen, weil er durch eine überstandene Krankheit zeugungsunfähig geblieben sei. Er sei deswegen für sie kein richtiger Mann mehr gewesen. Den brauche sie aber, habe sie ihm gegenüber betont. Er selbst suche nun, da er so einsam sei, etwas, ihn wärmende Zuneigung. So was wie eine Heimat. Irgendwie empfand sie, als er dies erzählte, dass er noch etwas blasser im Gesicht wirkte. Der Mann fasste nun nach ihrer Hand. Sie fühlte, dass er mehr wolle. Sie richtete sich ihm gegenüber etwas auf. Dann überraschend, umschlang sie ihn mit beiden Armen und zog ihn, kraftvoll an ihren jungen, warmen Körper. Sie verspürte noch seinen, doch schon etwas verwelkend riechenden Körper. So schliefen dann beide ein und wurden von seiner Tochter geweckt. Sie hatte schon das Frühstück gerichtet. Scherzend meinte zu sie zu beiden, ob es beiden nicht zu warm unter der Bettdecke gewesen sei. Sie lachte, lustig erscheinend los. Die andere sah nach dem Mann. Ihr fiel dabei ihre Mutter ein. Dabei dachte sie so bei sich, dass sie doch ihre Mutter deswegen wiedersehen wolle, um all ihre bis jetzt nicht erhaltene Liebe, dieses Wärmende in sich aufzunehmen. Doch auch an ihre neu gemachte Erfahrung, dass sie selbst, als Mensch, auch einem Nächsten ihre eigene Liebe spenden könne. An so etwas hatte sie bis dahin noch nicht gedacht. Dieser Mann, der ihr nun beim Frühstück gegenübersaß, sah nun noch etwas blasser aus, als es gestern der Fall war.

So nach zwei Wochen war alles Notwendige besorgt. Der Vater, dieser ihr so sehr hilfsbereiten Tochter, bestand noch darauf, mit zum Flughafen zu kommen.

Als sie Abschied nehmend, allein durch die Reiseabfertigung ging; sich nach beiden winkend umschaute, meinte sie, dass er, dieser Anwalt, seinen Kopf gesenkt, seine Augen bestimmt voll mit Tränen nicht mehr nach ihr hinblicken konnte.

Während des Fluges schlief sie meist.

Nach ein paar Stunden, in Köln angekommen, stand sie nun vor diesem in den Himmel ragenden Dom. Dabei kamen ihr so die Gedanken, dass dieser hier in diesem Land verehrte Gott doch sehr erhaben, mächtig sein müsse. Vielleicht werde er auch für sie, sich gnädig zeigend, ihr ein Zeichen senden. Ging dann in ein Touristikbüro, um nach einer möglichen Unterkunft nachzufragen.

In der ihr angebotenen Herberge blieb sie einige Zeit. Dort musste sie Ihr Visum und ihren Pass, zur Registrierung ihrer Daten vorlegen. Dort kam dann von einer Behörde schriftlich die Aufforderung, sich persönlich zu melden. Dieser kam sie nach. Legte ihre Dokumente vor. Doch diese waren nicht in der Landessprache verfasst, sondern alles in arabischer Schrift. Die Beamtin fragte sie nach ihrem, nun auch für sie noch etwas ungewohnt neu erhaltenem Namen. Ihr Vorname lautete nun Anahita. Sie nannte ihn. Doch die Sachbearbeiterin konnte mit all dem nichts anfangen. Um sich alles in ihrer Sprache über-setzen zu lassen, ging sie zu einem anderen Kollegen. Kam zu-rück und meinte dann zu ihr, dass sie, so wie hier verzeichnet, noch nicht achtzehn Jahre alt sei. Noch nicht volljährig sei. Das müsse sie der Migrationsstelle für Jugendliche melden. Von dort würde sie dann weiter betreut werden. Ob sie denn nun vorhabe, hier in Deutschland länger zu bleiben? Ja, ja versuchte sie auf Deutsch zu antworten. Ihre Mutter sei auch schon hier. Sie wolle zu ihr. Habe aber nicht ihre genaue Adresse.

Ihre Deutschkenntnisse hatte sie bei ihren Verwandten in Armenien erlernen können. Sie waren Deutschstämmige und unterhielten sich häufig in dieser Sprache oder sangen immer wieder deren., meist Kirchnlieder. Erzählten Geschichten, auch Gedichte über ihre weit, weit zurückliegende, aber doch nicht vergessene Heimat. Ja und ganz wichtig für sie, sie lebten glaubend weiter in ihrer, von Generation zu Generation über-nommen Religion. Trafen sich regelmäßig zur heiligen Messe und hielten in Hoffnung alle Feiertage ein.

Ihr wurde noch gesagt, dass sie sich erstmal, nur hier in der örtlichen Umgebung, aufhalten dürfe. Keine Reisen wo an-dershin unternehmen darf. Die Behörde schickte dann noch eine Nachfrage an die Ortsverwaltung ihres Herkunftslandes. Sie erhielt zur Antwort, dass diese Person dort nicht registriert, unbekannt sei.

Für sie selbst war all dies nicht so recht begreifbar. Nach ein paar Tagen erhielt sie Besuch von einem Sozialarbeiter des Jugendamtes. Er machte auf sie einen freundlichen Eindruck. Berichtete ihr dann, dass keiner sie in ihrem Herkunftsland kenne. Sie solle ihn aber nicht anschwindeln. Damit schade sie sich letzten Endes nur selbst. In einem nun etwas mehr amtlich wirkenden Tonfall sprach er nun zu ihr, dass sie als noch nicht Volljährige, erst mal zu ihrem eigenen Schutz, in einer sie betreuenden Einrichtung untergebracht werde. Dies sei ein Jugendhof, wo elternlose, allein reisende Jugendliche wohnen. Dort versorgt werden. Arbeiten und auch eine Schule besuchen können. Sie hörte sich das alles an. Meinte dann aber, dass ihr größter Wunsch es sei, ihre sie so vermissende Mama zu treffen. Das werde noch alles Wirklichkeit antwortet der Sozialhelfer.

Es war eine christliche, katholische Einrichtung, in die sie untergebracht wurde. Auch einige Nonnen waren dort, die sie betreuten. Deren Anblick war für sie etwas ganz Neues. Meist wirkten sie aber sehr zutraulich auf sie. Dieses achteten aber sehr auf einen, für die jungen Menschen geregelten Tagesablauf. Zu einer bestimmten Uhrzeit wurden alle geweckt. Gemeinsam nahm man die Mahlzeiten zu sich. Auch eine Arbeitstätigkeit musste man verrichten. Ja, und es gab eine Unterrichtung, – auch die deutsche Sprache u erlernen –, in Rechnen-, Sozialkunde. Sie wurden auch zum Gottesdienst eingeladen. Das war aber freiwillig. Doch so neugierig wie sie war, wollte sie mehr über diesen christlichen Gott erfahren. Ging häufig dort hin. Auch in die gemeinsame Gruppenstunde. Ein Diakon leitete diese meist. In dieser Runde ging es auch recht lustig zu. Man sang, hörte Musik und tanzte sogar.

Der Deutschunterricht machte ihr auch viel Spaß. Sie wurden von einem schon älteren Mann unterrichtet, der ein sehr einfühlsames Wesen an sich hatte. Sie bekam so richtig eine Sehnsucht danach, diesen gerne als Vater zu haben. Sie hatte nie ihren richtigen Papa kennengelernt. Hatte immer wieder ihre Oma gefragt, ob sie wisse, wer nun ihr Vater gewesen sei. Diese wusste es aber auch nicht. So einige Male kam dann in ihr der Wunsch auf, einen Papa zu haben. Um auch von diesem viel über das Leben zu erfahren. Mit ihm auch zu lachen, zu schmusen. Aber auch, dass er ihr zeigen sollte, was nun das Richtige oder das Falsche sei. Was gut oder böse sei. So motiviert, versuchte sie nun zu diesem Lehrer einen Kontakt aufzubauen. In der Unterrichtsstunde zeigte sie sich sehr lernbereit. Ihr gefiel es aber auch, sehr viel zu erlernen.

Dem Dozenten fiel das auf. Er lobte sie immer wieder. Stellte ihr auch in Aussicht, da sie so gut lerne, dass sie zum Abschluss ein Zertifikat erwerben könne. Das sei so viel wert, wie ein Schulabschluss. Damit könne sie danach einen Beruf erlernen. Hier in dem Lande sei es anerkannt, dass die Frauen auch die Möglichkeit haben, einer für sie gewünschten Beschäftigung nachgehen zu können. Dies erreicht zu haben, sei nicht so einfach gewesen. Die Frauen mussten sehr darum kämpfen. Dann fragte er sie noch, ob sie denn schon in ihrem Herkunftsland eine Schule besucht habe. Etwas verlegen sagte sie ihm, dass sie in keiner Schule gewesen sei. So ein Priester habe ihr zuhause das Lesen und Schreiben beibringen wollen. Dabei kam ihr so in Erinnerung, dass dieser Gottesbote, wenn sie nicht richtig oder auch nicht gut betont die Bibelsätze gelesen hatte, mit dem Lineal, das er immer bei sich trug, auf ihren Kopf, Schultern oder auch ihre Hände geschlagen hatte. Dieses wirkte aber für sie nicht sehr schmerzhaft. Doch flößten sie ihr einen Respekt, sogar etwas Ängstlichkeit nun vor diesem hier ein. Diese Erfahrungen, nun in ihr verinnerlicht zeigte sich nun, dass sie vor jedem Lehrer großen Respekt hatte.

Der Lehrer wollte dann noch wissen, welchem Glauben sie angehöre. Sie antwortete, dass sie aus einer christlichen Familie stamme. Dort wo sie herkomme, gibt es diese und auch Moslems. Jeweils immer unter sich gemeinsam, in einem Dorf wohnend. Man habe sich aber gut verstanden. Nur durfte man sie, diese Andersgläubigen nicht heiraten. Die Paare mussten beide derselben Religion angehören. Ansonsten vertrug man sich aber recht gut. Sie habe sogar einige moslemische Mädchen als Freundinnen gehabt. Dieser Unterschied fiel aber nicht so sehr auf, da alle Mädels ein Kopftuch trugen. Oh, meinte dann der Lehrer, etwas seufzend, dort bei euch ist aber einiges nun anders geworden. Die beiden Religionen mögen sich nicht mehr so besonders. Man führt sogar Krieg gegeneinander. Auch hier in der Stadt gibt es viele, die aus deinem Land geflüchtet sind. Er wisse, dass sich die Christen aus diesem Land immer zu ihrem Gottesdienst in einem katholischen Gemeindehaus treffen. Das sei interessant für sie! Da würde sie auch mal gerne hingehen meinte sie dazu. Er nannte ihr die Straße, in der dieses Gebäude sich befand.

Sie ging dann an einem Sonntag dorthin, um an einer heiligen Messe teilzunehmen. Es wirkte alles sehr ungewohnt auf sie.

Der Priester mit seinen Messdienern, mit prachtvoll, goldverzierten Gewändern umhangen, traten ein Gebet runterspulend, demutsvoll vor den Altar. Sie stimmten immer wieder Lobgesänge an. Verteilten mit ihrem geweihten Wasser den Segen an alle dort Gläubigen. Ihr Gesang wurde im Choral von diesen immer wieder, den Herrn lobpreisend erwidert.

Dann ging man über zu einem langen Gebet und dann wieder dieser Lobgesang. Der Priester hielt keine Predigt, sondern zog dann mit seiner Schar, immer wieder seinen Segen verteilend, hin zum Ausgang des Gotteshauses.

All das berührte sie sehr. Doch sie wollte auch noch mehr erfahren, so neugierig wie sie war. Immer wieder tauchte sie zu diesem Gottesdienst in diesem Gemeindehaus auf.

Was sie aber nicht erst so bemerkt hatte war, dass ein junger

Mann immer wieder nach ihr schaute und anwesend immer wieder neben ihr versuchte sich zu platzieren. Dann fiel ihr dies auf und sie schaute vorsichtig, kurz nach ihm hin.

Er lächelte dabei und sagte, dass er Gregor heiße. Wie denn nur ihr Name sei? Sie tat, sich etwas abweisend zeigend. Nannte aber nicht ihren Namen. Der Priester schritt allen den Segen spendend an ihnen vorbei. Dann verloren sie sich aus den Augen.

Beim ihrem nächsten Gottesdienstbesuch hatte er sie gleich am Eingang abgepasst. Lustig wirkend empfing er sie und platzte aus sich raus, dass er wisse, wie sie heiße. Sie musste auch lachen und meinte, na denn sag's mal.

Er nannte ihren Namen. Sie scherzte, ätsch, der sei aber nicht richtig von ihm ausgesprochen. So kamen sie sich näher. Als sie sich wiederum im Gottesdienst begegneten lud er sie ein, doch mal mit ihm mit in sein Zuhause zu kommen. Er werde seine Mutter fragen, ob sie ihnen ein leckeres Essen bereite. Sie sei eine ausgezeichnete Köchin, seine Mama, betonte er. Sie willigte ein, da ihr auch das Essen in dem Jugendhaus nicht so recht schmecken wollte.

Auch gefiel ihr immer mehr dieser junge Mann. Er war groß gewachsen. Hatte klare, ehrlich wirkende Augen und auch recht große Hände. Sicher konnte er mit diesen kräftig zulangen. So nahmen sie bei ihm daheim gemeinsam das Essen ein. Sein Vater und noch drei weitere Geschwister saßen auch mit am gedeckten Tisch. Sie erfuhr dann weiter, dass ihre junge Bekanntschaft auch schon einen Beruf ausübte. Er war Automechaniker. War hier in dem Lande aufgewachsen.

All das stimmte sie sehr glücklich. Sie kamen sich so mit der Zeit immer näher. Sie erhielt auch ihr Zertifikat in Deutsch. Erhielt eine weitere Aufenthaltsgenehmigung, um weiter hier in diesem Land bleiben zu können. Immer wieder versuchte sie dazu auch ihre Mutter ausfindig zu machen. Dann hatte sie das Glück, dass einer der Bekannten ihres jetzigen Freundes wusste, wo ihre Mutter wohnt. Sie ging dorthin. Erwartungsvoll klingelte sie an der Haustüre. Diese wurde geöffnet. Dann sah sie nach Jahren banger Erwartung ihre Mutter wieder. Sie wirkte auf sie noch recht jung aussehend. Sie stellte sich als ihre Tochter vor. Beide umarmten sich dann. Dabei spürte sie ihren Körpergeruch, der für sie nicht so fraulich, mehr wie Tabak, sich in ihrer Nase ausbreitete. Sie tranken dann zusammen Kaffee und aßen Kuchen. Sie fühlte ihr Glück in sich. Ihre Mutter wirkte ein wenig zurückhaltend. So im Gespräch fragte sie ihre Mama, wie es ihr so gehe. Was sie so mache? Diese schmunzelte sie etwas an. Dabei entdeckte sie auch ihre Augenfarbe, diesen für sie noch schön ausstrahlenden dunklen Ton. Diese sagte dann, dass sie von der Liebe, der Luft und den Männern lebe. Sie begriff das nicht so ganz. Lenkte von dem Gesprächsinhalt ab. Setzte sich dicht zu ihr und streichelte ihr sanft über ihr Gesicht und Hände. Ihre Mutter erwiderte dieses Zuneigende in gleicher Weise. Doch irgendwie fühlte sich deren Zärtlichkeit mehr wie ein flüchtiger, nicht herzlich betonter Berührungsablauf an. Nun hatte sie alles das, was sie so lange entbehren musste. Ihre Mutter, eine Liebe zu diesem jungen Mann. Ein Zuhause. So empfand sie dieses jedenfalls in dem Moment. Nach einiger Zeit zog sie mit diesem gemeinsam in eine kleine Stadtwohnung. Er ging arbeiten. Sie sorgte für den Haushalt. Besuchte aber weiter Aufbaukurse, um auch einen richtigen Schulabschluss zu erreichen. Den schaffte sie auch und sie ließ sich dann weiter als Erzieherin ausbilden. Eines Tages war es dann so weit. Sie erzählte ihm, dass sie ein Kind erwarte. Er schien darüber auch sehr glücklich zu sein.

Sie brachte dann das Kind zur Welt. Dessen Geburt verlief nicht ganz so reibungslos. Auch meinte sie, dass ihr Kindlein etwas anders, etwas seltsam aussehe. Die behandelnde Frauenärztin bejahte dieses auch. Teilte ihr dann, sie etwas bedauernd anschauend mit, dass der Kleine etwas behindert, ein Downsyndrom habe. Es bleibe aber am Leben, werde sich auch bestimmt gut entwickeln. Nur müsse man berücksichtigen, dass er nicht so schnell, wie vergleichsweise andere Kinder, heranwachsen werde. Das Gehen, das Greifen, das Sprechen, auch das Begreifen und einiges mehr würden halt langsamer heranreifen. Er brauche deswegen umso mehr Geborgenheit, Zuneigung. Oh lala, das war nun für sie wie ein Faustschlag in's Gesicht. Vor allem, weil für sie eine Behinderung etwas ganz Unbekanntes bedeutete. In dem Ausbildungskurs für Erzieherinnen wurde das als Unterrichtsthema mal vorgetragen. Doch für sie, alles weit in der Entfernung liegend. Da sie sich auch immer recht gesund fühlte. Das Stillen des Neugeboren gelang auch nicht, da dieses nicht so richtig saugen konnte. Es verschluckte sich immer und es musste dann ganz behutsam mit der Flasche genährt werden.

Ihr Lebensgefährte, dem das nun auch alles mitgeteilt wurde, saß meist still in sich versunken, neben ihr.

Beide mussten sich erst einmal selbst finden und auch erlernen, das Kindlein, trotz seiner Behinderung, auch lieb zu gewinnen. Es fürsorgend anzunehmen.

Sie litt sehr darunter. Verfiel immer mehr in eine Traurigkeit. Beide gingen dann zu einer Psychologin, um dort eine Therapie mitzumachen. Diese war erfahren und verstand es sehr gut, all das aus beiden zu lösen, was sie so traurig stimmte. Sie fand dann zu sich. Versuchte, fing an, dem Kindlein viel, sehr viel Mutterliebe herüberzubringen.

Doch er, der Kindesvater, blieb weiter stumm und in sich gesperrt. Er trank nun auch häufiger Alkohol und hatte sich das Zigarettenrauchen angewöhnt.

An einem Wochenende lagen sie beide, eng beieinander zusammen. Sie schaute immer wieder weich zu ihm hin und spürte seinen Kummer. Er hatte sich bäuchlings ausgestreckt. Richtete sich, auf seinen Ellenbogen gestützt, etwas auf. Meinte dann, recht leise, dass er nicht mehr könne. Wiederholend, er könne nicht mehr. Er sei am Ende.

Sie schaute nach ihm. Er wollte in dem Moment aufstehen. Doch sie sagte gedankenschnell: »Bleib, bleib und sprich«. Er blieb daraufhin in seiner Körperhaltung, aufgestützt auf seinen Armen liegen. Sie vernahm sein etwas aufgedunsenes, mit etwas Schweiß bedecktes Gesicht. Irgendwie wirkte auf sie alles so, wie damals bei diesem traurigen türkischen Anwalt. Seine Haare, sein Antlitz, seine Augen, seine Stimme. Doch eins, so fühlte sie, war hier anders als damals. Sie spürte, dass ihr Bemühen, ihre Zuneigung, ihre Liebe ihm weiterzugeben, von ihm nicht empfunden, nicht verinnerlicht wurde.

»Nun ja, begann er dann zu sprechen. Weißt du, ich kann mit diesem Kind nicht mehr bei dir bleiben«. Ihr fiel dabei auf, dass er in dem Satz nicht von ihrem Gemeinsamen, sondern etwas Fremden sprach. Meine Eltern, so fuhr er fort, als sie es erfuhren, waren auch so schockiert. Ja und meine Mutter wusste dazu über dich, dass du von einem Drogenabhängigem, einem Taugenichts gezeugt wurdest und deine Mutter sich hier als Nutte ihren Lebensunterhalt verdient«.

»Ja, das kann schon alles so sein. Doch was habe das mit ihnen, Beiden zu tun? Wir sind doch, da wir uns mögen, zusammengewachsen, eins geworden«. Doch er widersprach und meinte, das sei ihre Einbildung, ihre Traumwelt. Er empfinde darüber anders«.

Sie stand dann auf. Ging zu dem Kind hin und versuchte dieses mit dem Milchfläschchen zu stillen. Dieses war, seinen Hunger spürend, bereit daraus zu trinken.

Beide unterließen es weiter, sich gemeinsam an einen Tisch zu setzen.

Dann, nach ein paar Stunden, nahm sie ihr Kind und fuhr damit zu ihrer Mutter. Erzählte dieser alles. Ihre Mutter meinte dazu, es sei schon eigenartig: All das habe sie auch schon einmal erlebt, mit durchgemacht, wie sie betonte. Dann klingelte es an ihrer Haustüre. Sie ging an die Sprechanlage. Man vernahm in dem Hörer eine Männerstimme. Ihre Mutter sagte daraufhin, dass sie jetzt gehen müsse. Ihr Freund warte unten auf sie. Wo alles hier in der Wohnung zu finden sei, das wisse sie. Sie kenne sich ja bei ihr aus. Wann sie zurückkomme, das könne sie nicht so genau sagen.

Da war sie nun, alleingelassen. Ihr Baby machte sich bemerkbar. Sie schaute nach ihm. Wechselte ihm die Windel aus. Es schaute sie auch dabei an. Sie wendete ihr Gesicht. Schaute dabei zum Fenster hin, in die Dunkelheit. Dachte so bei sich, ob vielleicht ihr Leben, wenn sie in ihrer Heimat geblieben wäre, anders verlaufen wäre. Ihr Kind schlief und sie legte sich auch auf das Sofa, um auch etwas zu schlafen. Doch sie kam innerlich zu keiner Ruhe. Dann stand sie auf. Zog ihren Mantel über und ihre Schuhe an und suchte eine Apotheke auf. Verlangte nach einem Schlafmittel. Die freundliche Verkäuferin pries ihr ein gut verträgliches an. Das koste aber um einiges mehr. Sie schaute, etwas mitfühlend wirkend diese Frau, in ihrem ärmlich wirkenden Mantel an.

In der Wohnung ihrer Mutter zurück, nahm sie davon eine Tablette und schlief auch gleich ein, bis sich ihr Kindlein wieder bemerkbar machte. Sie fütterte dieses. Machte ihre Morgentoilette. Frühstückte dann noch. Suchte nach einem Kugelschreiber und Blatt Papier, um ihrer Mama noch ein paar nett klingende Worte zu hinterlassen. Ihr fiel es aber schwer. Was konnte sie dieser, nun noch, sie innerlich Bewegendes hinterlassen. Sie hatte begriffen, dass diese ihre Sehnsucht nach ihrer Zuneigung, Liebe nicht mehr gegeben war. Auch niemals, so auch früher, nur in ihren Wünschen sich gezeigt hatte. Wirklich reale Liebe, das war nun ihre Erfahrung, bestand darin, mit ihr auch gemeinsam zu leben. Es war aber anders, nicht da. Dies hatte es auch nie gegeben. So unterließ sie es, ihrer Mutter noch eine Botschaft, etwas Nettes auf den Zettel zu schreiben. Als die Sonnenstrahlen alles Umliegende immer mehr erwärmten, nahm sie ihr Kind und ging mit ihm auf einen nah gelegenen Kinderspielplatz. Dort hielten sich schon etliche Kinder, betreut meist von ihren Müttern auf. Sie suchte sich eine Bank aus, die etwas abgelegen, am Anfang des angrenzenden Parks stand. Ließ sich dort nieder. Ihr Kind schlief noch fest im Kinderwagen.

Dann nahm sie das Röhrchen mit den Schlafmitteln an sich und schluckte so fünf oder sechs Pillen herunter. Sie spürte schnell in sich eine Müdigkeit. Hörte dann auch noch die hellen Stimmen, das Lachen der Kinder und ihr war so, als wenn sie fühle oder auch träume, dass dies nun ihre Heimat sein muss. Sie war da, in ihrer Heimat. Angekommen!

Eine, in ihrer Nähe sich aufhaltende Frau hörte aus dem Kinderwagen das Jammern des Babys. Sie ging hin, um nachzuschauen. Dabei entdeckte sie auch diese in den Schlaf versunkene Frau. Sie wirkte aber so, wie jemand, der in Ohnmacht gefallen war auf sie. Ihr kam das Ganze nicht geheuer vor. Sie rief mit ihrem Handy die Notfallnummer an.

Der Krankenwagen traf dann auch nach kurzer Zeit ein.

Als sie die Augen aufschlug, wunderte sie sich über dieses Weiß. Sie schaute auf eine Zimmerdecke. Dann wendete sie ihren Kopf und bemerkte, dass jemand neben ihr saß und sie mit freundlichem Blick anschaute. Dann mit weich klingender Stimme sagte: »Na, na so einfach lassen wir Sie doch nicht hinübergehen«. Dann schwiegen beide. In ihr stieg wieder eine Traurigkeit hoch. Dann fiel ihr ihr Baby ein. Sie fragte die Frau nach ihm. Diese antwortete, wenn sie nach der anderen Seite schaue, dann sehe sie auch ihr Kindlein. Sie wendete ihren Blick nach der anderen Seite und erblickte ein kleines Bett, in dem dieses schlief. Sie blieb dann noch in dem Krankenhaus. Wurde dort gut behandelt und betreut. Eine Psychologin kam regelmäßig zum Gespräch mit ihr. Sie nahm diese gerne an. Beide versuchten nun, dass sie ihren Trübsinn, ihre Depression eindämmen konnte. Ja und ganz wichtig für sie, dass sich ihre Mutterliebe zu ihrem Kind entfalten konnte. Für sie war es ja ein Wunschkind. Das fiel ihr so ein, als sie daran dachte, als ihre Mutter im letzten Gespräch hervorgehoben hatte, dass sich merkwürdigerweise alles wiederhole. Sie war nicht das Wunschkind ihrer Mutter gewesen, das war darin dieser gravierende Unterschied.

Die Sozialpädagogin der Klinik half ihr auch dabei, für sich und ihr Kind eine Wohnung zu finden. Zu ihrem früheren Lebensgefährten wollte sie nicht mehr zurück. Sie hatte Glück und konnte in einer Wohngemeinschaft unterkommen. Bezog dort ein größeres Zimmer. Es gab eine Gemeinschaftsküche mit einem Gruppenraum-. Ihre Mitbewohner waren meist Studenten. Geschlechtlich gemischt. Doch auch Paare, die zusammenlebten. Man gestaltete das Leben sehr gemeinschaftlich, miteinander hilfsbetont bedacht, sodass sie sogar in ihrem Beruf, als Erzieherin einer Halbtagsbeschäftigung nachgehen konnte. Ja und zu ihrem behinderten Kind fand sie immer mehr ihre gefühlsbetonte Zuneigung. Fand an vielem von ihm Gefallen, an seinen Gebärden, an seinen Bewegungen. Es wirkte sogar so auf sie, dass es so etwas betont, Zärtliches, Fröhliches an sie rüberbrachte. Auch wenn sein Lachen für sie etwas nicht allen Menschen Ähnelndes an sich hatte.

Ein Student dazu, fand auch Gefallen an ihr. Sie war nun auch als Frau, mit all deren weiblichen Reizen, für ihn auffallend herangereift. Hatte ein helles, glattes Gesicht, mit einer edel geformten Nase. Ihre Haartönig war, nicht wie bei den meisten aus ihrem Land Stammenden dunkel, sondern mehr blond wirkend.

Der Student war ein sehr aufgeschlossener Mensch. Er studierte Pädagogik, um mal Lehrer zu werden. Er hatte auch gute Kenntnisse über dieses Down- Syndrom, diese Behinderung ihres Kindes. Erzählte ihr, dass man bis vor kurzem mit diesen

Kindern immer so verfahren sei, sie zwar am Leben zu erhalten. Doch ansonsten sie von anderen abgesondert habe. Sie nur ganz minimal bildungs-, personenaufbauend gefördert habe. Die meisten dieser Kinder seien auch schnellsten von ihren Eltern in einem Heim untergebracht worden.

Das gab ihr Hoffnung, wenn er so sprach.

Auch wuchsen sie beide mit der Zeit immer mehr zusammen. Entdeckten immer mehr ihre Liebe zueinander. Hatten in sich eine verlangende Sehnsucht zueinander. Sie war auch etwas stolz auf ihn. Ihren werdenden Pädagogen, vielleicht auch später mal ein Lehrer werdend. Ihre Bewunderung für ihn fand sich wieder, indem sie ihn mit ihren schönen, blanken Augen zulächelte. Da dabei ihre Lippen ihm so einladend erschienen, küsste er sie, nach ihnen verlangend. Beide kuschelten sich eng aneinander auf dem Sofa. Kosten miteinander. Sie sei so warm und weich anzufühlen, sagte er zu ihr und streichelte sie mit seiner Hand, über ihren Hals und Blusenausschnitt fahrend. Dabei atmete er ihren Körpergeruch ein. Sie küsste seine nun geschlossenen Augenlider. Er suchte weiter nach ihren Lippen. Beide waren nun so weit, zu geben und auch zu nehmen. Immer mehr spielten sie miteinander. Gleich wie ein paar junge Hundewelpen, die sich der ausströmenden Lebenslust, wie im Rausch neckten. Danach schliefen beide schnell und tief ein.

Häufig nahm er auch den kleinen Jungen zu sich, auf seinen Schoß. Drückte, herzte ihn und förderte ihn, in all den gegebenen Möglichkeiten seiner Entwicklung. Das Kind lernte zeitverzögernd dann das Sprechen, das Laufen. Nur selbstständig essen und trinken zu können; auch seine Ausscheidungen beherrschend zu erledigen, das gelang ihm noch nicht. Er begriff dies aber zu einer späteren Zeit.

Ihnen wurde dann zur Betreuung ein Platz in einem Sonderkindergarten angeboten. Das lehnte aber, nun ihr Liebster ab. Er sei überzeugt von der sogenannten Inklusion. Des Zusammen- Sein der behinderten Kinder mit ihren sich normal Gleichaltrigen. Er wolle doch deswegen auch eine Zusage für die Aufnahme in einem ganz gewöhnlichen Kindergarten bekommen. Mit Seinesgleichen. Ohne Unterschied ihres körperlichen, geistigen Zustandes. Diesen Antrag gab er sogar weiter an das Jugendamt und auch die kirchliche Verwaltung, welche ja die meisten dieser Einrichtungen als Träger betrieben. Bei dem zuständigen Pfarrer fand er gleich auch ein offenes Ohr. Die öffentliche Verwaltung hatte aber Bedenken, da in den normalen Kindertagesstätten das Personal fachlich mit solchen Kindern überfordert sei. Deswegen gebe es doch diese Fördereinrichtungen, mit dem dafür extra geschultem Personal. Man müsse dies erst einmal an höherer Stelle vorbringen und besprechen.

In der Zeit heirateten auch beide und sie erhielt dadurch die deutsche Staatsbürgerschaft. Nahm den Nachnamen ihres Mannes an. Ja, und sie offenbarte ihm, dass sie etwas Kleines erwarte. Angst davor habe sie keine. Sie sei voller Zuversicht und auch sicher, da sie ihn auch an ihrer Seite habe.

Auch kamen ihnen seine Eltern sehr entgegen. Sie erhielten durch deren Vermittlung eine Wohnung in dem Wohnblock, in dem diese ebenfalls wohnten.

Sein Vater bezog schon eine Rente. Deswegen frühzeitig, da er als vorheriger Berufsschullehrer einen Herzinfarkt erlitten hatte. Seine Eltern waren katholisch Gläubige. Sie erkundigten sich auch gleich nach der Religionszugehörigkeit seiner Lebensgefährtin. Da er mehr weltlich ausgerichtet war, hatte ihn das nie so sonderlich interessiert. Er hatte sie bis dahin noch nicht danach gefragt. So meinte er zu seinen Eltern, dass er dies nicht so genau wisse. Vielleicht eine Christin, auch Moslemin, da sie häufiger auch ein Kopftuch trug. Sie kann aber auch atheistisch eingestellt sein, denn sie komme ja aus der früheren sozialistischen Sowjetrepublik. Dort wollte man sämtliche Religion überwinden. Nach dem formulierten Grundsatz, dass Religion nur wie Opium für das Volk sei. Doch eins wisse er genau, dass sie nicht sehr religiös eingestellt sei. Da sie häufig betone, dass alles aus der Natur komme und auch zu dieser, auch die Menschen, sich wieder hinbewegen. Aber fragt sie doch selbst, meinte er noch zum Schluss.

Nun kam auch ihr zweites Kind auf die Welt. Es war ein Mädchen. Schien auch kerngesund zu sein.

Für ihn rückte nun auch seine Abschlussprüfung immer näher.

Er schrieb alle erforderlichen Klausuren mit.

Dann, es war so im Spätsommer ging er seinen Lieblingsweg von dem Seminar über den groß angelegten, parkähnlichen Friedhof heimwärts. An der Einzäunung einer großen Klinik entlang. Er traf keinen zu Hause an. Er sah etwas übernächtigt aus. Fühlte sich auch schwach, sodass er sich auf das Sofa, an der Armlehne, rückwärts zum Ausruhen hinlegte. Etwas später kam auch sie heim. Sie trat in das Wohnzimmer ein. Sie suchte und schaute nach ihm. Sein Anblick ängstigte sie ein wenig.

Ob er krank sei, fragte sie und ging zu ihm hin.

Fasste nach seiner Stirn. Er sei doch nicht krank wiederholte sie sich. Nein, nein kam seine Antwort. Schüttelte etwas seinen Kopf. Schaute zu ihr hin und meinte dann, es sei schlimm, dass die Menschen sich untereinander immer so fertig machen müssen. Zersplittern einen, wie eine Glasscheibe. So richtig verstand sie das Gesagte nicht. Sie dachte mehr daran, dass da im Orient oder Arabien nun ein schlimmer Krieg ausgebrochen sei. Man hörte immer darüber, dass dogmatische Moslems große Teile eines Landes militärisch erobert hatten. Nun gingen sie dazu über, alle für sie Ungläubigen zu verfolgen. Sogar umzubringen.

Er fuhr dann mühselig fort, dass er sein Staatsexamen nicht bestanden habe.

Sie atmete etwas befreiend wirkend, luftholend ein. Meinte

dann, dass dies doch nicht so schlimm sei. Er habe doch die Möglichkeit die Prüfungen zu wiederholen.

Er schüttelte wieder seinen Kopf und sah sie von unten an.

Nun solle er sich doch erstmal etwas erholen. Sie packte dazu ihre eingekauften Nahrungsmittel aus und meinte, dass sie für alle ein leckeres Essen mache. Was sehr Schmackhaftes, das auch in ihrer Heimat sehr gerne gegessen wird. Dabei verzog sie wohlwollend ihr Gesicht. Dann rief sie nach den Kindern, dass bald das Essen fertig sei. Die Kleinste bäuchlings auf einer Decke liegend erprobte sich in ihren ersten Krabbelbewegungen. Der Junge daneben, streichelte immer wieder, versuchend zu lachen, über ihre kleinen Öhrchen. Sie sah dies alles und dachte so bei sich, wie zärtlich und liebevoll sich doch ihr Junge geben konnte. Vielleicht sei dieses auch das Wichtigste im Leben. Noch vor dem, dass man alles gut begreifen, sich ein hohes Wissen, durch Lernen anzueignen habe.

Mit den darauffolgenden Tagen erholte sich ihr Liebster auch etwas von seinem schockierenden Erlebnis. Viel Zeit verbrachte er dabei immer mit den Kindern. Mit dem Sohn versuchte er immer wieder, diesen zum Malen und Basteln zu aufzumuntern. Das Mädchen nahm er häufig hoch, auf seine Arme. Ging mit ihm im Zimmer herum und ließ es, dabei aufjauchzend viele Gegenstände, Sachen erfassen, mit seinen Händchen begreifen.

Dann als alle gemeinsam zusammen waren sagte er zu ihr, er wolle die Prüfungen nicht nochmals wiederholen. Er könne das nicht mehr. In ihm herrsche eine ihn überwältigende Prüfungsangst, die ihn all seiner geistigen Fähigkeiten beraube. Diese Angst habe er auch schon früher, als er noch in die Schule ging verspürt.

Ja aber, meinte sie, er habe doch schon einige entscheidende Prüfungen mit Bravour bestanden. Ja das stimme. Doch er habe auch immer das Glück gehabt, dass ihm gegenüber, einfühlsame Lehrer und Dozenten beide Augen zugedrückt haben. Ihn dann über alle Hürden geschleust hätten, wie er so betonte.

Sie fragte danach, wie es denn nun mit ihm, mit der Familie, mit den Kindern weitergehen solle. Sie hätte sich so darüber gefreut, wenn er als Hauptverdiener alle gut hätte versorgen können. Der Mann sei und bleibe doch eigentlich das Familienoberhaupt. Kennzeichnend, dass er auch den dicksten Verdienst, in dieser seiner Rolle nach Hause bringe. Sie befriedige dies auch als seine Frau, denn sie hätte schon gerne ein Alfatier als Mann. Einen, mit hoher Neigung in seiner Selbsterhaltung.

Das mache doch auch die Natur des Menschen aus. Dort sei es doch auch so, dass die Männlichen die Verlangenden und die Weiblichen die Nehmenden seien.

Das habe sie von ihrem Opa gehört und der habe gesagt, dass stehe auch so in der Heiligen Schrift. Immer wieder habe sie von ihm gehört, dass er in ihr gelesen habe, dass das Weib aus der Rippe des Mannes erstanden sei. Er nannte das auch, dass das Weib der Wurmfortsatz des Mannes sei. Weißt du, meine Großeltern hatten einen christlichen Glauben. Wenn mein Opa so sprach, dann blickte er meist auch wie ein Sieger hin zu meiner Oma.

Es wunderte ihn, dass sie so gut über das Leben Bescheid wusste. Doch erstaunt fragte er nach: Was, wie, der Wurmfortsatz?

Sie schmunzelte und meinte, schau doch einfach mal unter dein Unterhemdchen. Dort entdeckst du es, dieses Würmchen, Schnippelchen oder Männlein oder noch anders so im Volksmund genannt. Dabei gluckste sie ausgelassen vor sich hin. Es kam in dem Zimmer unter allen eine fröhliche Stimmung auf.

Dann fiel ihm ein; das sprach er aus, dass es aber hier bei ihm, in seinem Lande, doch noch etwas anderes gebe.

»Ja, was denn, fragte sie neugierig.

Ihr Frauen habt euch aufgemacht, für eine Gleichberechtigung, gegen eure Benachteiligung, sogar Unterdrückung vorzugehen. Zu kämpfen für eine Emanzipation wie es heißt.

»Ja, sag mal, könntest du mir eventuell mehr darüber erzählen. Hier bei euch habe ich schon immer wieder im Radio, Fernseher oder auch Zeitungen, Bücher darüber was gehört oder gelesen. Da wo ich herkomme, war das noch nicht so zu vernehmen. Auch selbst von den Frauen dort kam dazu kein Wort über ihre Lippen. Ich glaube sie waren auch recht zufrieden mit der ihren zugedachten Rolle, die sie so in der Bewältigung ihrer Existenz angenommen hatten. Auch meist mit ihrer religiösen Überzeugung hatten sie sich damit wohl gefühlt, dass es einen Unterschied zwischen Mann und Frau gebe. Die Frauen mehr die Schöneren aber auch dem Manne hörigen Geschöpfe seien. Vor dem Herrgott sollten sie aber demutsvoll nicht so mit ihrer Schönheit prahlen. Deswegen sei es auch angebracht ein Kopftuch zu tragen. Vor allem dann, wenn man in der heiligen Messe vor den Herrgott sich demutsvoll verneige.

Ja doch, so erwiderte er ihr einschränkend. Hier fühlen und denken mittler Weile viele der Frauen doch schon etwas anders.

Ja wie denn, hob sie ein.

Na, … …warte mal. Mit was könnte ich denn so beginnen?

Das Ganze hat nämlich eine lange Vergangenheit. Es wird sogar gesagt, dass vor tausend, abertausenden von Jahren das Ruder in der Gemeinschaft sie, also deine Geschlechtsgleichen, in ihren Händen hielten. Genannt auch Matriarchat.

Genau kann man das aber nicht belegen.

Ich sag dir deswegen etwas darüber, so angefangen mit mir, meiner Generation.

Das war so einige Jahre nach dem letzten Weltkrieg. So in

der Politik hatte es sich wieder so entwickelt, dass der Mann der Haupternährer, durch seine Arbeit, für die Familie sein sollte. Seine Ehefrau für den Haushalt, die Ernährung, die Kinder zuhause bleiben sollte. Damit gab man sich auch allgemein zufrieden. Es machte der Spruch mit den drei K's die Runde. Als Frau hatte man seinen Lebensinhalt, so bezeichnet, der Küche, Kinder, Kirche.

Doch dann regte sich doch was in dem gesellschaftlichen Leben.

Meist waren es Studenten, die kritisch darauf hinwiesen, dass so die Vergangenheit mit ihrem sehr großen Unrecht, auch widerwärtigen Verbrechen, in Erinnerung gerufen und auch aufgearbeitet werden müsse. Denn viele der vormaligen Täter liefen im Lande frei herum und hätten auch schon wieder hohe Posten und Ämter inne. Da viele der Kritischen auch ideell von dem Aufbau einer neuen, besseren Gesellschaft überzeugt waren, forderte sie deren sozialistische Verwirklichung.

Ja aber, was hat denn das mit der Möglichkeit der Erreichung einer Frauengleichberechtigung zu tun?

Da hast du recht. Die wäre auch fast unter den Tisch gekehrt worden.

Doch es gab da einige Studentinnen, nicht viele, die einmal ihre Angst überwanden, vor einer großen Anzahl von Zuhörenden zu sprechen. Sie ermahnten die aufbäumenden Studenten, auch mit zu berücksichtigen, dass sie nicht deren Dienstmägde seien, die dazu nur da seien, die Männer mit Dienstleistungen verschiedener Arten zur Verfügung zu stehen. Ohne Berücksichtigung ihrer eigenen fraulichen Interessen. Sie wollen gleichberechtigte Menschen sein. Falls das die Männer nicht begreifen sollten, dann werde es auch keine Verbundenheit, Solidarität mit ihnen geben. Denn wenn man schon das Ziel habe, eine gerechtere Welt entstehen zu lassen, dann müsse es auch eine Gleichberechtigung der Geschlechter geben. So richtig konnten dies die männlichen Revolutionäre nicht verinnerlichen. Es war für die meisten doch sehr angenehm eine Frau zu haben, die man liebte. Aber die auch dazu noch einem diente.

Sie wollen die Emanzipation, so wie es schon in der weit zurückliegenden Zeit des Römischen Reich von den dortigen Arbeitssklaven gefordert wurde.

Was, soweit liegt die Entstehung dieses Wortes schon zurück?

Ja, ja fuhr er fort und dann trat auch eine Situation ein, dass man den sogenannten Abtreibungsparagraphen im Strafrecht ändern wollte. Sogar wegfallen lassen wollte. In anderen Ländern war das schon geschehen. Doch stell dir vor, die Änderung dieser Rechtsvorschrift sollte nur von einer Gruppe, die ausschließlich mit Männern besetzt war vorgenommen werden.

Das wollten sich nun doch die Frauen nicht bieten lassen. Denn es war ja ihr Körper, Leben, ihre Entscheidung ein Kind zu wollen oder auch nicht. Dass man dafür auch noch bestraft werden sollte, dies widersprach jeglicher Menschenwürde. Das gab dann einen großen Protest. Viele, Frauen aber auch Männer riefen dazu auf. Waren auch so mutig zu bekennen, dass sie ihre Leibesfrucht schon mal abgetrieben hatten. Keiner wagte es, diese Bekennenden gerichtlich zu verfolgen. Das gab der Frauenbewegung einen großen Aufschwung. Nun kamen weitere Forderungen auf, der Gleichberechtigung in der Ehe, der gleichen Möglichkeiten in der Berufswahl. Auch der gleichen Bezahlung des Entgeltes in der Berufstätigkeit. Stell dir vor, bis dahin musste die Ehefrau, bei größeren Anschaffungen, jedes Mal um seine Einwilligung des Vertrages fragen.

Eine Ausrichtung ging sogar so weit, dass Frauen mehr Vorrechte haben sollten als die Männer, da diese durch ihre andere, bessere Mentalität viel rationaler, humaner, gerechter entscheiden können. Es gäbe dann bestimmt mit der Zeit keine

Armeen, keine Aufrüstung, keine Kriege mehr. Auch mehr Nächstenliebe.

Ja und was wurde nun aus all den Kämpfen?

Konnte was erreicht werden?

Nicht alles. Aber doch einiges. Vieles ist auch noch im Werden. Du erlebst es auch immer wieder, dass die Frauen in den Ländern, wo es eine Diktatur gibt, die ersten sind, welche zum Widerstand, zur Einführung demokratischer Grundlagen protestierend auf die Straße gehen. Sogar in den islamischen Staaten geschieht das. Mit großem Mut sind unter den Aufbäumenden viele Frauen, die dabei sogar ihr Leben hingaben.

Hast du denn vielleicht hier bei uns Kontakt zu solchen Frauen oder auch Gruppen. Nein, sagte er etwas zaghaft.

Wir könnten aber auch hier bei uns, in unserer Familie mit der Gleichberechtigung beginnen.

Sie schmunzelte darüber etwas und meinte, dass das für sie ja denn auch eine neue Rolle bedeute. Das müsse sie sicher erstmal sich gut überlegen.

In ihrem Zusammenleben entwickelte sich immer mehr die Situation, da er zuhause war, dass er den Haushalt, den Einkauf erledigte. Auch sich meist um die Kinder kümmerte. So teilte er ihr dann mit, dass er seine Prüfungen nicht mehr wiederholen werde. Er möchte vollständig nur für die Familie da sein. Auch keine andere Berufstätigkeit aufnehmen. Ja, das widerspreche aber nun doch vollkommen den Prinzipien einer Ehe, in der es gleichberechtigt zugehen soll. Sollte nicht für beide die Möglichkeit gegeben sein, einer Berufstätigkeit nachgehen zu können. Somit dann beide zur finanziellen Absicherung der Familie gerechterweise ihren gleichen Anteil beitragen.

Diesen Argumenten widersprach er nicht. Doch er betonte auch, dass er nicht stark genug, nicht die Kraft habe, in diesem draußen tobenden Leistungs-, Konkurrenzkampf seinen Mann stehen zu können. Das Leben, da in diesen Einrichtungen, sei ja fürchterlich brutal, so klagte er.

Dieses konnte sie nur bestätigen.

Doch wenn das so ist kicherte sie los, dann verlange ich auch von dir, dass du mir gehorchen musst. Nicht gleich wie ein Untertan zu sein. Aber doch meinen Anweisungen zu folgen. Wenn nicht, dann gibt's eine Tracht Prügel, prustete sie los. Das hast du mir ja auch selbst erzählt. Erinnerst du dich noch daran, dass du davon sprachst, dass es vor langer, langer Zeit eine Frauenherrschaft gegeben haben muss. Sie sollen ja die Männer befehligt haben. Auch in der Natur spiele es sich so ähnlich ab. Der Stärkste, nicht immer abhängig von der Körperkraft, bestimmt was die anderen zu tun haben. Also putz morgen mal die Fenster, gab sie im Befehlston von sich.

Na ja, dachte er so bei sich, dann soll es ebenso sein.

In ihrem aufkommenden Mitgefühl Ihm gegenüber, gab sie sich mit seiner vorgetragenen Einstellung zufrieden. Auch wenn sie so das Ziel hatte, gerne etwas vermögender ihr Leben zu gestalten. Sie hatte Bedenken, da sie sich davor fürchtete, in die Armut abzurutschen. Doch ihr Gefühl, ihr Herz entschied anders. Sie liebte auch sehr diesen Mann. Ging zu ihm hin und streichelte sein Gesetz. Doch dann sagte sie ernsthaft, dass er morgen die Fenster putzen müsse.

Sie hatte so den Plan als Übersetzerin eine Beschäftigung zu finden. Immerhin beherrschte sie mehrere Fremdsprachen, das Russische, das Arabische, das Türkische; auch das Englische. Zwar nicht perfekt. Aber immerhin hatte sie die Fähigkeit erworben, in dieser Sprache zu kommunizieren. Fand dann auch eine Anstellung an einem Institut, die wissenschaftliche Texte in andere Sprachen übersetzte.

Doch er ereiferte sich immer mehr darin, dass ihr Sohn, nicht abgesondert, in einer speziellen Einrichtung betreut werden sollte. Er setzte alles daran, dass dieser durch geeignete pädagogische Betreuung, zwar zeitlich etwas später, die Schulreife erlangte. Immer und immer wieder übte er dieses, auch im Beisein seiner Tochter, die angemessenen Fähigkeiten zur Erreichung dieses notwendigen Wissensstandes mit beiden ein. Auch behielt er recht darin, dass Menschen mit Trisomie 21, bei guter Förderung, auch, zwar etwas verzögert, eine Bildungsfähigkeit besitzen. Er fand zur Unterstützung seiner gestellten Aufgabe auch andere Eltern. Sie gründeten einen Verein. Hielten zu Verbreitung in Veranstaltungen darüber Vorträge und Diskussionen ab.

Der Junge erreichte dann auch, dass ihm zum Ende in der vierten Klasse ein gutes Zeugnis ausgestellt wurde. Doch der Klassenlehrer formulierte keine Empfehlung für eine höhere allgemeinbildende Schule. Das war, wie er hervorhob nicht zu verantworten. Bei den nun höheren Unterrichtsanforderungen wäre das sicherlich eine Benachteiligung anderer Schüler, da man ja wusste, dass das Lernniveau der Behinderten sich um einiges langsamer vollzog. Man könne das den Normalentwickelten nicht zumuten. Auch mit dem möglichen Hauptschulabschluss habe man heutzutage die Chance, einen guten Beruf ergreifen zu können. Sogar andere Eltern hätten so argumentiert.

Das ließ sich der Vater dieses behinderten Kindes, auch unterstützt durch die anderen des Vereins, nun doch nicht gefallen. Er widersprach bei der Schulbehörde. Diese gab dem Lehrer recht. Dann reichte er eine Gerichtsklage ein. Diese wurde aber genauso abgewiesen. Mit dessen Entscheidung fand er sich erst einmal ab. Seine Bemühungen waren damit aber nicht beendete. Landesweit, meist unterstützt von den freien Sozialverbänden, wurde eine Aktion zur Inklusion von Behinderten ins Leben gerufen. Der Einfluss auf die Politiker nahm dadurch auch zu. In den Parlamenten wurde dazu dann Stück für Stück die sozialen Gesetze umfassend, zur Förderung Benachteiligter geändert.

Sein, ihr Sohn, besuchte aber weiterhin die Hauptschule. Er konnte dort auch recht angemessen dem Unterrichtspensum folgen. Doch was sich bei ihm immer wieder bemerkbar machte, war, dass ihm das Atmen häufiger schwerfiel. Er fasste sich dabei auch immer an seine linke Brustseite,

Zu Weihnachten, Heiligabend, kamen dann alle bei seinen Eltern zusammen. Seine Mutter hatte alles festlich hergerichtet. Alle erhielten ihr Weihnachtsgeschenk. Man saß plaudernd zusammen.

Bis dann ihr Sohn, etwas ironisch hervorbrachte, ob sie auch wissen, dass es den Jesus höchstwahrscheinlich nie gegeben habe. Einen direkten Nachweis, auch archäologisch, gebe es nicht. Alles über Jesus sei erst so ein Jahrhundert nach seiner angeblichen Geburt schriftlich verfasst worden. Als er dies sagte, schaute er etwas kampfbetont zu seinem Vater hin.

Alle hörten das, was er nun da so von sich gegeben hatte.

Sie, seine Frau, meinte dann vielleicht Beschwichtigens beitragend, wie könne er, noch an diesem Tage, so etwas recht Blödes sagen. Alle lachten und stimmten ein Weihnachtslied an: Stille Nacht, heilige Nacht … ….

Dann setzten man sich gemeinsam zum Essen an den festlich gedeckten Tisch; in lockerer Unterhaltung. Die Kinder spielten mit ihren Geschenken.

Dann kam die kleine Tochter, mit einem Buntstift und Blatt Papier angehüpft. Schau mal Mama trillerte sie los. ich habe das Jesuskind in der Krippe gemalt. Ist das nicht schön geworden. Ihre Mutter betrachtete das Gemalte und meinte, das Kindlein habe aber einen üppigen Lockenschopf. Das sehe ja aus, als wäre es ein Mädchen.

Nein, nein meinte die Kleine. Der Jesus sei ein Junge gewesen. Seine Mama war die Maria. Und der Josef sei nicht der echte Vater gewesen. Der habe nur Möbel bauen können. Der richtige, dass sei der liebe Gott gewesen. Den könne man nie sehen. Der komme nur nachts, wenn man schlafe und schaue nach, ob man im Bett auch gut zugedeckt sei und nicht friere.

Woher weißt du das denn alles, meinte ihr Papa.

Das habe ihnen die Tante im Kindergarten erzählt.

Seine Mutter, die Oma der Kinder, stand nun vom Tisch auf, mit dem Hinweis, dass sie das Essgeschirr abräumen und dieses im Spülautomaten einsortieren werde. Für alle war das eine Selbstverständlichkeit.

Die könne so schöne Geschichten erzählen, ergänzte dann noch das Mädel …. Alle fingen an zu lachen.

Doch dann sagte sein Vater, der Opa der Kinder: »Weißt du, auch wenn es wahr sein sollte, was du so vorhin gesagt hast, oder auch die Kindergärtnerin recht haben sollte. Eins ist jedenfalls mit dieser Jesusbotschaft erweckt worden.

Ja, was denn?

Ein hohes Wissen macht allein nicht das menschliche Dasein aus. Er braucht mehr, Weiteres, das im Glauben verankerte Fanal, aufleuchtende Prinzip der Hoffnung. Auch wenn Maria nicht wirklich mit ihrem Gottvater ein Kind gezeugt haben sollte. Es aber doch die Geburt eines Ideals, vielleicht auch später mit dem Namen Jesus bezeichnet. Denn schau mal, zu jener Zeit waren ja die Zustände unter Menschen so, dass es eine herrschende soziale Klasse gab. Diese, meist durch kriegerische Eroberungen, Abertausend andere in die Sklaverei zwangen. Sie wurden als Dienende gebraucht. Doch nicht gleich als Menschen bezeichnet. Nein es waren Arbeitstiere. Hatten keinerlei Rechte auf ein menschliches Dasein. Es muss schon brutal zugegangen sein.

Ja und mit dieser Schöpfung, dieses Jesus, wurde ja das Ideal weit verbreitet, dass die Menschen an einen nun einzigen mitfühlenden Unbegreiflichen glaubend, die Hoffnung in sich tragen, aber auch verbreiten sollen, dass es untereinander eine

Nächstenliebe geben sollte. Alle sollten die Idee in sich tragen, den anderen wie seinen eigenen Bruder und Schwester zu achten. Das musste doch der Beginn einer neuen Welt sein.

Alle hatten dem Vater andächtig zugehört.

Doch dann wandte der Sohn ein, was denn von diesen guten Vorsätzen sich so verwirklicht habe. Wenig, ganz wenig ergänzte er sich.

Die Herrscher verstanden es sogar prächtig, diese Jesusbotschaft für ihre Machtausübung gut verwenden zu können. Die Nächstenliebe? Wie stellt sie sich dar. Es ist doch nur ein Mitleidsgehabe, dem anderen ein Almosen zu geben. Vielmehr hat es sich doch so entwickelt, dass jeder einzelnen in seiner Selbsterhaltung sich am besten verwirklichen will. Jeder sei seines Glückes Schmied, wie es so schön im Volksmund heißt. Das sei auch mit dem Prinzip der Freiheit deutlich geworden, Dass jeder einzelne danach streben soll, dass er sich am besten verwirkliche. Also seinen Egoismus voll im Leben zu gebrauchen. Nach den vorherrschenden gesellschaftlichen Wertvorstellungen bedeutet das doch hohen Reichtum zu erlangen und federführend in seiner sozialen Stellung zu wirken. Ganz zu schweigen davon, dass es nie einen Zustand ohne Kriege geben wird. Gegenwärtig hat es sich in dieser Hinsicht dahingehend zugespitzt, dass mit einem Knopfdruck durch einen Herrscher, ruck-zuck die gesamte Menschheit vernichtet werden kann.

Das ist schon eine realistische Einschätzung meinte seine Mutter darauf.

Doch sein Vater, betonend seine Überzeugung, meinte:

Man müsse bei diesen Glaubensgrundsätzen bleiben. Denn es gibt ja nichts anderes, was man so im Gepäck habe, eine immer bessere Welt zu erreichen. Es ist nichts weiter da, keine Logik, kein Naturgesetz, dass automatisch etwas Besseres aufbauen kann. Wisst ihr, es wird in dieser Hinsicht auch nie einen endgültigen, absoluten Zustand geben. Immer wird es einen Widerspruch zwischen dem was richtig, was falsch sei, was Recht und Unrecht ist, geben.

Mit dem Glauben kann man, geprägt durch eine Hoffnung die Ideale einer besseren Welt in sich wachsen lassen.

Das konnte nicht schlecht sein. Dieses, was der Vater so sagte. Doch dann meldete sich seine Schwiegertochter zu Wort. Sie hatte sich bis dahin mit ihren Äußerungen zurückgehalten.

Warum ist es dafür denn notwendig, einen Glauben, damit an ein höheres, nie sichtbares Wesen zu glauben? Wichtig ist doch, da die Menschen doch denkende Wesen sind, mit immer besser erreichender Wissensanreicherung, auch etwas tun, um etwas Richtiges, Rechtes, Gerechtigkeit zu erreichen. Dazu bedarf es doch keines Gottes.

Ach, meinte der Vater, das sei aber fast unmöglich, da es ja im Einzelnen unzählige, viele Ansichten, Meinungen gebe, was nun das Beste sei. Meist sei auch die einzelne Meinung untermauert, die eigenen Interessen verwirklichen zu wollen. Wie häufig sei das schon geschehen. Aus verheißungsvollen Ideen, Theorien wurden dann letztendlich Einzelherrscher, Diktatoren, die alle anderen Ansichten »plattmachten«, gleich »totschlugen«.

Ja aber, meinte sie, könnte man nicht doch die Natur zum Vorbild, Maßstab nehmen, um daran auch wegweisend zu erkennen, was nun das Richtige, das dem Leben Wichtigstes sein. Gut, räumte sie selbst ein. Für uns scheint dieser Ausleseprozess in der Natur schon sehr brutal zu sein. Das was sich nicht gut den Bedingungen anpassen kann, muss ja gnadenlos wieder verschwinden.

Doch wenn wir das als Grundlage nehmen und dann noch mit dem, was wir begreifen können, zusammenfügen, dann hätte man doch schon eine angemessene Situation, auch ohne an einen Gott zu glauben. Mit Wissen, dazu zählt ja auch die Vernunft, immer wieder das aufzubauen, was so allen, allen

Menschen zugutekommen kann. Das was letztendlich entschieden wird, dass müssten die Menschen immer sich wiederholend, ja wenn es sein muss, durch ihr Kämpfen erringen.

Puh, dass sei aber doch immer wieder eine sehr riskante Sache. Auch bedarf es zur Ablösung immer eines Aufruhres, einer Revolution.

Ich gebe nur zum Bedenken, dass bis jetzt jede Revolution, auch mit der Zeit danach wiederum viel Unrecht hervorgebracht hat.

Wie wurde doch gesagt: Jede Revolution verschlinge ihre Kinder.

Dann kam die Kleine zu ihrem Opa und fragte ihn, ob er nicht mit ihr beten wolle. Das sei so gut für sie und sie erlerne auch damit schön zu sprechen.

Gerne erfüllte ihr Opa ihr diesen Wunsch. Er nahm sie hoch und beide falteten ihre Hände. Er fing an: »ich bin klein, mein Herz ist rein …« leise zu sprechen. Die anderen falteten auch ihre Hände und lauschten dem, was der Opa so sprach.

Danach überkam dann doch alle die Müdigkeit. Sie übernachteten alle bei den Großeltern, kräftigend in einem erholsamen Schlaf. Seine Mutter, die Oma hatte dann in den Morgenstunden den Frühstückstisch gedeckt.

Dann gewöhnten sich alle wieder an den Ablauf der kommenden Zeit.

Ihre kleine Tochter wuchs heran. Steuerte in ihrer Entwicklung immer näher ihrem Schulanfang entgegen. Ihr Sohn kam auch, dank der intensiven Unterstützung und Fürsorge seines Vaters, eigentlich Stiefvaters in der Schule recht gut mit. Nur an dem Schulsport konnte er sich nicht beteiligen. Einmal wegen seiner verzögerten Motorik, Bewegungsfähigkeit. Aber auch wegen seiner Kurzatmigkeit. Schon bei leichter körperlicher Anstrengung blieb ihm so die Luft zum Atmen weg. Ein Arzt hatte ihnen dazu auch gesagt, dass

Menschen mit Trisomie 1 meist ein schwach entwickeltes Herz haben.

Dann passierte es auch während des Schulunterrichtes. Der Sohn schnappte immer mehr kurzatmig werdend nach Luft. Fiel dann in Ohnmacht. Ein Lehrer informierte sofort den Notarzt und der Junge wurde dann schnellsten in ein Kinderkrankenhaus gebracht. Dort dann auch gleich mit Sauerstoff auf der Intensivstation behandelt.

Man informierte seine Eltern. Alle fuhren gleich zu ihm hin.

Von dem Stationsarzt erhielten sie ausführlich die Information über die schwache Herzleistung des Kindes. Man könne aber dies recht gut wieder in den Griff bekommen, mit der Einpflanzung eines Herzschrittmachers, in seinen Brustkorb.

Er brauche aber dazu ihr Einverständnis.

Das erhielt er auch von ihnen sehr schnell. Man operierte ihren Sohn und dieser hatte sich nach kurzer Zeit auch recht gut erholt. Konnte sogar wenig später wieder zur Schule gehen.

Alle waren erleichtert.

So, als sie alle im Wohnzimmer zusammen waren, meinte ihr Vater, dass er für sich entdeckt habe, dass es ihm Spaß mache, Gedichte zu verfassen. Seine Frau, als sie das vernahm, prustete dabei überraschend los.

Forderte ihn dann auf, doch mal eins von seinen Dichtungen aufzusagen.

Das mache er sehr gerne, gab er lachend zurück. Na, dann mal los:

Er sprach laut und schnell: Fischers Fritz fischt frische Fische. Wiederholte diesen Reim auch nochmals und meinte dann: Nun seid ihr dran.

Sogar die beiden Kinder wurden darauf aufmerksam. Sogar abgelenkt von ihrem, im Fernseher gezeigten Lieblingsfilm: Das Dschungelbuch. Schon Dutzend Mal hatten sie sich, diesen, sie so begeisternden Zeichentrickfilm angeschaut.

Nun sprangen beide auf. Das Mädel forderte ihren Vater auf, nochmals diesen lustigen Zungenbrecher vorzutragen. Sie war schon ein wortgewandtes Plappermäulchen und hatte damit auch keine Mühe den Satz, ohne Versprecher zu wiederholen. Ihrem Bruder, dem das Reden etwas schwer viel, kam nicht über den Anfang, wie er es verstand hinaus: »Fische, Schiffe« , so versuchte er es immer wieder nachzuahmen.

Ihre Mutter versuchte es auch und meinte, diese deutsche Sprache, mit ihren Knacklauten, könne man nicht so ohne weiteres erlernen. Die seien einem angeboren. In die Wiege gelegt worden, wie sie vermerkte.

Doch wie der Sohn es formulierte, das hatten sie auch urlaubsmäßig geplant. Sie fuhren in den Sommermonaten an das Mittelmeer. Dort zu den vielen Schiffern und Fische.

Die Wärme, die Sonne, das Meer, die Seeluft bekamen ihnen allen gut.

Er war auch ein guter Schwimmer. Sehr gerne schwamm er, meist im Kraulstil auf das weite Meer hinaus. Er war sich auch recht sicher, dass ihn dabei nichts passieren kann. Das Mittelmeer unterlag ja keinen Gezeiten, der Flut und Ebbe.

Doch dann schon weit draußen, als er wieder zurück zum Ufer wollte, bemerkte er, dass er dem Strand nicht näherkam. Immer blieb die Entfernung dorthin die gleiche. Er strengte sich immer mehr an. Doch er verspürte auch seine schwindenden Kräfte. Etwas in seiner Nähe sah er ein kleines Motorboot, mit abgestelltem Motor. Er winkte mit beiden Armen, in seiner zunehmenden Panik, diesen an Schiffsbord befindenden Gestalten zu. Diese bemerkten das auch, Zündeten den Motor. Fuhren aber nicht zu ihm, sondern entfernten sich weiter von ihm. Es muss wohl ein Paar gewesen sein, die in ihrem Zärtlichkeitsrausch nicht gestört werden wollten. Dann wurde alles schwarz um ihn.

Seine Frau und Kinder, nichtsahnend hatten sich eine hohe

Sandburg gebaut und einen schattenspenden Sonnenschirmdazu geöffnet. Die Kinder spielten im Sand und ihre Mutter lag ruhend im Schatten. So nach einiger Zeit schaute sie hinaus auf das Wasser. Die Sonne neigte sich schon dem Horizont entgegen. Doch von ihrem Mann war nichts zu sehen.

Das ängstigte sie doch und sie sprach einen jungen Mann von der Strandwache an. Dieser verstand sie auch gleich und meinte, es sei schon gefährlich, obwohl warnend mit roter Flagge gewarnt wurde, nicht so weit hinauszuschwimmen. Er werde seinen Kollegen Bescheid geben und dann mit einem Motorboot sich auf die Suche nach ihrem Mann zu machen.

Sie kamen dann nach einiger Zeit zu ihr zurück und informierten sie, dass sie auf dem Meer nichts gefunden haben. Vielleicht sei ihr Mann aber auch schon in's Hotel gegangen. Sie notierten sich dann noch die Personalien.

Es wurde Abend. Doch er, ihr Mann und Vater tauchte nicht auf. Ihr wurde es recht schwach um's Herz.

Zufällig kam dann noch eine dunkelhaarige Frau auf sie zu. Sie wolle ihr die Zukunft aus ihrer Hand ablesen, betonte sie. Die linke, ihre Herz Hand brauche sie dazu. In ihrer nun aufsteigenden Nervosität verweigerte sie dies. Sie glaube sowieso nicht an solchen Spuk. Die andere stutze darauf etwas und sprach zornig einen Fluch aus. Aber doch in ihrer Sprache, die sie nicht verstehen konnte. Ein Badegast hatte sich dies auch alles mit angehört. Er meinte, ob sie wissen möchte, was diese Zigeunerin ihr so alles prophezeit habe. Sie besann sich und meinte dann: »Von mir aus. Ich bin sowieso nicht abergläubisch«. Vielmehr sei es für sie wichtiger, wo nun ihr Mann stecke. Der Mann meinte, das sei ein böses Weib. Sie spreche hier immer die Badegäste an und erzähle ihnen für ein Entgelt irgendwelche Horrorgeschichten.

An der Hotelrezeption konnte man ihr auch nicht weiterhelfen. Man vermerkte eine Vermisstenanzeige. Übermittelte diese an die Stadtverwaltung und das Landeskonsulat.

Die Kinder horchten auf dem Zimmer immer wieder darauf, wenn sie Schritte wahrnahmen oder eine Tür sich geräuschvoll bewegte, dass dies nun sicherlich ihr Papa sei, der jetzt nach Hause komme.

Doch er kam nicht, nie, niemals mehr!

So nach einiger Zeit wurde eine größere Zahl von ertrunkenen Migranten geborgen. Vielleicht befand er sich auch unter ihnen. Man äscherte sie schnellsten, wegen der Gefahr von sich schnell verbreiteten, ansteckenden Krankheiten ein.

Sie mit ihren Kindern hatte man in seelsorgerischer Begleitung zurück an ihren Wohnsitz gebracht.

Ja, wie verlief nun dieses, Anahita weiteres Leben?

Konnte sie trotz all ihrer Schicksalsschläge noch die Kraft aufbringen weiter zu leben; noch einmal mit ihren großen dunklen Augen ein Lachen hervorbringen?

Ja kommt nur zum nächsten Mal; damit ich euch Weiteres darüber berichten kann.

Allein, als Suchende so nach 2005

Der Schock, die Trauer saßen bei allen, auch seinen Eltern sehr tief. Die Kinder beteten immer wieder, dass der liebe Gott doch ihren Papa nach Hause bringen solle. Alles wirkte nun für sie leerer, zweifelnd an einem Lebenssinn. Die Kinder besuchten weiter die Schule. Die Großeltern halfen ihr in allem. Nahmen sich der Kinder an.

Sie fand sich dann auch wieder, in ihrer Berufstätigkeit. Raffte all ihre Kraft zusammen und sprach sich ermutigend zu, dass sie in ihrer Einsamkeit nicht verzweifeln, untergehen wolle. Auch ihre Kinder wollten sie haben. Brauchten ihre Wärme, ihre Lebenskraft, -erfahrung. So nahm sie zu einer Gruppe ihrer Landsleute Kontakt auf, die auch regelmäßig den Gottesdienst besuchten. Sie wollte in diesen Begegnungen auch herausfinden, wie es ihnen hier, so in diesem fremden Land ergangen sei.

Ob sie Kontakt mit den Einheimischen haben. Ihnen, freundlich gesinnte Menschen kennengelernt haben. Dieses herauszufinden, von ihren Landsleuten darüber etwas zu erfahren, erwies sich doch als ein recht kompliziertes Vorhaben. Meist traten diese auch, nur separat für sich, in Gruppen auf. Es waren Großfamilien oder auch Verwandte, die unter sich blieben. Die Frauen unter ihnen waren nicht sonderlich an einem Kontakt oder Gespräch, mit ihnen nicht bekannten Personen interessiert. Doch die meisten von ihnen legten schon großen Wert darauf, attraktiv, schön sich darzustellen. Die Männer doch etwas kommunikationsbereiter, falls es ihr gelang, dass diese ihre Meinung von sich gaben, taten kund, dass es ihnen recht gut hier in Deutschland ergangen sei. Sie hätten eine Arbeit und auch genügend Geld, um recht und schlecht am Leben zu bleiben. Den Kontakt zu den Einheimischen, auch anderen Bewohnern, der sei für sie nicht so erstrebenswert. Sie hätten meist ihre Familie; ihren großen Verwandtenkreis. Mehr bräuchten sie auch nicht, um nicht allein leben zu müssen. Ja und mit der Möglichkeit, eine Frau zu finden. Das vollziehe sich meist auch über den Verwandtenkreis. Zur Schließung einer Ehe sei es auch erlaubt, sogar die Cousine heiraten zu können.

Sie möchten auch nicht diese so erfahrene Mentalität der Deutschen annehmen. Die seien sowieso so unterschiedlich untereinander, sodass man gar nicht so recht herausbekommen kann, wie diese fühlen und denken. Die meisten seien sehr wortkarg, sehr ernst und wollten nur »schwer Knete machen«. Ach ja, ihr Bierchen und ihre Zigaretten seien noch sehr wichtig für die meisten.

Ja und schau, zum Beweis des guten Kontaktes: Den hast du doch vor dir! Wir verstehen uns sehr gut mit der katholischen Kirche, dass diese uns sogar, für das Abhalten unserer Messe ihren Gemeindesaal zur Verfügung gestellt hat. Sie seien auch wie diese Christen, sogar mit einer, der an den längsten zurückliegenden Gemeindeversammlungen, hier auf der Erde.

Doch mit den anderen Religionsrichtungen gebe es sicherlich viel größere Probleme. Diese Moslems, diese Jesiden und ähnliche, die passen doch überhaupt nicht in dieses Land.

Doch irgendwie konnte sie sich mit ihren ehemaligen Landsleuten doch nicht so recht anfreunden.

In der Einrichtung, da wo sie berufstätig war, begegnete ihr immer wieder eine junge Frau. Sie hatte ein sehr freundliches Verhalten an sich. Verhielt sich aber auch so, hier an der Arbeitsstelle weiterzukommen. In dieser gegebenen Hierarchie aufzusteigen. Gegenüber den Leitenden verhielt sie sich überbetont sehr fügsam.

Diese musste aber, da sie nie ihre Haare offen trug, eine Moslemin oder auch eine Andersgläubige sein.

Beide fanden zueinander immer mehr Kontakt. Sie hatte hier in Deutschland arabische Sprachen und Islamistik studiert. Nun hatte sie ihre erste Arbeitstätigkeit gefunden.

Sie fragte diese, etwas scherzhaft, dass sie doch mal gerne sehen möchte, welches Haar, oder auch -farbe sie habe.

Doch die andere nahm diese Frage sehr ernst wirkend auf.

Sagte, dass sie überzeugte Moslemin sei. Ohne Kopfbedeckung in der Öffentlichkeit sich zu zeigen, dass sei nach dem Koran, Allahs ewig geltenden Gebote, den Frauen strengstens untersagt.

Mit der Zeit erzählte sie ihr immer weiteres über die islamische Religion. Das es zwei große Glaubensrichtungen, die schiitische und sunnitische gebe. Das habe damit was zu tun, da sich Mohammeds Nachfahren nicht so gut verstanden, und so ihre eigene überzeugte Glaubensrichtung eingeschlagen hätten.

Ja und dann gibt es doch noch die streng Gläubigen. Diese hatten doch den halben Irak und Teile von Syrien erobert. Dort dann alle, die nicht ihrem Glauben anhingen, die Nichtgläubigen verfolgt, versklavt und umgebracht. Sie hatten weiter vor, einen islamischen Gottesstaat, ein Kalifat zu errichten. Schlimm, sehr schlimm hatten sie gewütet. Doch »Gott sei Dank« betonte sie, konnte man sie militärisch besiegen. »Allah sei Dank«, ergänzte die andere schmunzelnd.

Weißt du, der Islam ist eigentlich eine sehr friedliebend, auch einfach zu verstehende Glaubensrichtung. Doch von deren Aussagen her, alles von Allah verkündet im Koran, können sie dir viele Antworten geben, die so für dein Leben notwendig sind. So auch, wie du richtig fühlen, denken, sprechen, handeln sollst.

Doch dies musst du, fest daran glaubend, annehmen:

Allah ist der einzige Gott. Es gibt daneben keinen anderen. Es ist somit anders als bei den Christen, die ja von einer göttlichen Dreifaltigkeit predigen; dem Gottvater, Gottessohn und Heiligen Geist.

Dazu musst du, wie geschrieben steht, immer das Gebot des Betens einhalten. Dies mehrere Male am Tag. Den Fastenmonat mitmachen und den Armen ein Almosen zukommen lassen. Ach ja, wenn möglich, diese Wallfahrt nach Mekka, der Geburtsstätte Mohammeds, mal mitmachen. Doch wenn du dich noch weiter für meinen Glauben interessierst. Dann komm doch mal mit, zum Freitagsgebet, in die Moschee. Wir Frauen sind da unter uns. Du musst aber auch dein Haar bedecken und darfst beim Eintreten deine Schuhe nicht anbehalten. Weißt du, Männer und Frauen treffen sich dort, damit Allah uns seinen Beistand zukommen lässt. Uns erhört.

Da sie von Natur aus sehr neugierig war, gefiel ihr dieser Vorschlag. Auch kam ihr dabei in Erinnerung, dass sie damals als Mädchen ja auch immer wieder mit den Kindern aus moslemischen Familien gespielt hatte. Sie ging sodann mit, zu diesem Freitagsgebet.

Doch merkwürdig, was sie so aus dem Gesagten der Moslemin herausgehört hatte, war, dass die Männer und Frauen sich nicht gemeinsam dort zum Beten treffen dürfen. Sie fragte nochmals nach. Die andere meinte, dass stehe halt so im Koran. Die Männer sollten auch nicht den fraulichen Reizen ausgesetzt sein, schmunzelte diese. Sie selbst hatte so die Bilder dieser dick vermummten Mosleminnen vor sich. Na ja, schmunzelnd so für sich, die Männer müssten dann aber doch schon eine recht extreme Fantasie aufbringen, um etwas Aufregendes im Anblick dieser Betenden zu verspüren. Sogar ihre Füße waren dick mit Strümpfen umhüllt. Ihre Männer wollten es wahrscheinlich so haben. Sicher waren auch die meisten der Frauen in ihrem Bewusstsein dieser vollen Überzeugung.

Nun dachte sie, dass gefällt mir aber doch nicht so. Das entspricht nicht so meiner Lebensanschauung.

Mit meiner Vorstellung, auch dieser Nächstenliebe, dass wir doch alle Schwestern und Brüder sind. Es ist doch fast zum Verzweifeln, stöhnte sie so innerlich. All diese Religionen, aber auch alle, versuchen doch regelmäßig die Frauen für sich einzunehmen, sie unterzubuttern. Sie als nachrangig betrachtende Lebewesen immer « hintenanzustellen». Dabei sind wir es doch, die Leben werden und auch gedeihen lassen. Auch viel Liebe ausstrahlen.

Dann fiel ihr auch noch so ein, dass diese zwar sehr freundliche, aber auch überzeugte Moslemin, immer wieder, zwar nicht aufdringlich hervorhob, dass nur dieses vollkommen, das Wahre sei, was Allah seinem Propheten Mohammed mitgeteilt habe. Dieser dann alles im Koran niedergeschrieben habe. Das, was da geschrieben stehe, sei absolut, die nicht zu verändernde Wahrheit. Bei ihren, diesen Überlegungen fiel ihr so ein, dass ihr nicht mehr lebender Mann, solche, wie er sagte dogmatisch, absolut geltende Richtschnur sehr kritisch einschätzte. So habe auch vor langer Zeit, vor der sogenannten Reformation, die katholische Kirche ihre Religion verbreitet. Mit ihrer päpstlichen Herrschermacht sei sie wie die Fundamentalisten gegen alles, was nicht ihrer Doktrin passte auf grausame Weise vorgegangen. Habe diese Menschen tausendfach umbringen lassen. Keine wissenschaftlichen Erkenntnisse, auch ganz schlimm, die weisen, naturverbundenen Frauen und Männer verfolgt. Diese dem Feuertod preisgegeben.

Oh, überlegte sie so. Das wäre katastrophal, wenn diese moslemisch Gläubigen in ihrem Absolutheitsanspruch an Machteinfluss gewinnen sollten. Die Gefahr dann, alles, was sie als, dem Wort des Korans widersprechend danach beurteilen würden, wäre dann, als nicht ihrem Glauben angepasste Äußerungen auszulöschen, zu beseitigen.

So was darf nie, nie eintreten!

Auch überlegte sie, wenn man die Bewegungsabläufe in der Natur als Vergleich heranzieht. Dort ist ja auch nichts, was endlich, absolut in Erscheinung tritt. Alles ist im Fluss, erscheinend, gegeben und auch sich wieder umwandelnd, verändernd. Wie hatte mein früherer Liebster doch immer das bezeichnet, dass sich in der Natur materiell ein dialektischer Gegensatz vollziehe.

So ließ sie diese Gebetsstunde in der Moschee sein. Doch interessiert war sie weiterhin Kontakt zu den Menschen zu bekommen. Auch überlegte sie, dass sie ja bisher nur wenigen Moslimen begegnet sei und sie sich pauschal nun nicht von der Einstellung leiten lassen sollte, dass damit alle von denen fundamentale Dogmatiker seien.

Dann hörte sie von einem Frauentreff; einer sogenannten autonomen Frauenvereinigung. Mit denen nahm sie Kontakt auf. Sie trafen sich in einem Kaffee. Mittlerweile wurden zu den Treffs auch Männer zugelassen. Das war am Anfang nicht so. Doch die Mitglieder in ihren strategischen Gesprächen waren mittlerweile von dieser Regel abgekommen. Die Gleichberechtigungsmaßnahmen hatten doch etwas breiten Fuß gefasst. In der von ihr besuchten Sitzung waren dann auch mit den Frauen, einige jüngere Männer anwesend.

Es wurde diskutiert und beraten, dass man sich an der nun weit verbreiteten Bewegung gegen die Umweltzerstörung, den Klimawandel beteiligen wollte. Keiner der Anwesenden hatte was dagegen. An dieser Frauengruppe bekam sie immer mehr Gefallen.

Sie berichtete dort auch von ihrem behinderten Sohn, und dass sich ihr verstorbener Mann sehr für deren Inklusion engagiert hatte. Ihr Sohn hatte mittler Weile die Hauptschule abgeschlossen. Doch wegen seiner Herzprobleme konnte er in eine nun mögliche Berufsausbildung nicht einsteigen. Er ging jetzt in eine beschützende Einrichtung. Die Betreuung dort war gut und es gab auch eine Arbeitstätigkeit. Ihr Sohn erhielt ein Entgelt; konnte dort essen und war sozialrechtlich abgesichert. Doch eins gefiel ihr nicht so sehr, dass die Einrichtung mit privaten Unternehmen Produktionsverträge abgeschlossen hatte. Die Betreuer dort, drängten dadurch ihre zu Betreuenden zu sehr hohen Arbeitsleistungen. Darüber berichtete sie auch in der Frauengruppe. Von dort wurde dann zu dem Problem eine Eingabe bei dem Träger der Einrichtung erhoben. Die Antwort dazu steht noch aus. Immerhin, sie hatte nun Menschen gefunden, die etwas bewegen wollten. Vielleicht nichts Ideelles. Aber doch sich einsetzend, für die Erhaltung des Lebens auf diesem Planeten. Der Erhaltung der Natur, auch wenn man deren Produkte zum menschlichen Existieren ja benutzen ausbeuten, auch vernichten musste. Dann, vor allem fordernd, mit der Erreichung vollkommener Gleichberechtigung unterschiedlichen Geschlechter in allen Lebensbereichen. Einige waren sogar dafür, dass die gleichgeschlechtlichen Beziehungen voll legalisiert werden sollten. Damit war sie aber doch nicht so zu begeistern. Immer wieder kam in ihr das Verlangen hoch, doch vielleicht mal wieder einen netten Mann kennen, lieben zu lernen. Sich ihm hingeben zu wollen.

Doch sie blieb allein. Ihre Tochter, noch bei ihr, strebte schulisch das Abitur an. Die Eltern ihres Verstorbenen lebten auch noch. Ihre leibliche Mutter hatte sie eine Zeit vorher zu deren Hochzeit eingeladen. Doch sie fuhr nicht hin. Den Wunsch, eine Mutter zu haben, diese Sehnsucht von damals, die war für sie abgehakt, überlebt. Doch sie hatte ein schlechtes Gewissen, dass sie nie ihrer Oma einen netten Brief geschrieben hatte. Nun war es sicherlich zu spät. Bestimmt war diese schon längst verstorben.

Sterben fiel ihr so ein.

Damals auf der Bank, als es ihr beim Einschlafen so erschien, dass sie nun ihre Heimat gefunden habe. Das war sicherlich ein Irrtum. Ihr weiteres Leben zu wollen, das war es. Ob sie vielleicht nun hier in Deutschland dieses Daheimsein fühlte, verspürte, in sich trug? Sie dachte so an ihr Geburtsland zurück. Wie sie dort die traditionelle Sprache, die Lieder, die Erzählungen erfahren hatte. Auch die Bekleidung, die Wohnstätten, die Gotteshäuser dort. Doch hier in Deutschland. Was gab es hier schon gewachsen Traditionelles. Mit deren überstandenem Unheil fiel es schon den meisten schwer Vergangenes als etwas Nachahmendes zu verwenden. Vielleicht die unterschiedlichen Dialekte in der Sprache. Aber andere heimische Bräuche oder Sitten? Ihr fiel dazu nichts ein. Das meiste hier war, wie etwas neu Entstandenes. Nun immerhin in Freiheit zu leben. Doch mehr mit der Einstellung der Fleißigste, Der Wohlhabende, der klügste, aber auch der Stärkste, der Bestimmende zu sein. Vielleicht, so technisch-wirtschaftlich sich hervorzutun, das sei schon wichtig. Das Verhalten der Menschen, die Geschäfte, die Betätigungen an der Arbeit und auch privat baute doch keine echte Verbindung, ein Mit-, Füreinander auf. In der Sprache tauchten immer mehr Lehnswörter aus dem Englischen auf. Na ja, vielleicht gehört dies alles zum Fortschritt der Zeit. Die elektronische Vernetzung der Erde hatte Einzug gehalten. Wie nannten es manche Politiker, es sei die digitale Globalisierung. Sie selbst konnte es noch nicht in sich verinnerlichen. Vielleicht einmal ihre Kinder! Das diese etwas typisch deutsches an sich, in sich tragen werden.

Da vernahm sie auch schon ihre Tochter Anna Lena, die sich im flotten Schritt herannahte. Hübsch war sie anzusehen. Recht groß gewachsen, mit ihre schönen Gesichtskonturen. Ihren braun-blonden Haaren.

In munterem Ton meinte sie, dass sie jetzt nur noch viermal in der Woche zur Schule gehen werde.

Ihre Mutter erstaunend fragend, warum denn das. Sind euch die Lehrer weggelaufen?

Nein, nein fuhr sie lachend fort. Vier Tage lernen wir für die Schule, um einigermaßen die Klausuren zu bestehen. Einen Tag und das ist der Freitag, lernen wir für das Leben. Viele von meinen Freundinnen und Freunden gehen zur, nun weltweiten Freitagsdemo. Wir wollen das Leben, vor allem uns Menschen erhalten. Dieses in Einklang mit der Natur, auch wenn wir ihre Produkte für unser Existieren aneignen, verwenden müssen. So wie das jetzt geschieht, so kann es nicht weitergehen. Wenn ja, dann wird die Natur ohne uns weiter bestehen bleiben. Wir benötigen sie. Doch sie braucht uns nicht unbedingt.

Ihr, der Mutter kam dabei ihr verstorbener Mann in den Sinn. Sie empfand damit, dass ihre Tochter viel Ähnliches mit ihm habe. Sein Blut pulsierte bestimmt in dem ihrigen, war sie überzeugt.

So geschah nun Weiteres in dem Leben der Anahita fuhr der Opa fort:

Das Winken der nächste Generation

Hi Mama, ich habe für dich auch eine Überraschung dabei!

So, so, was denn? Hast du mal wieder deine große Liebe entdeckt?

Ja, so kann man es beschreiben. Ich habe hier, in meinem Schlepptau jemand zu uns nach Hause eingeladen.

Wen denn, fragte ihre Mutter neugierig zurück.

Ach, es ist kein Junge. Es ist meine Freundin Clara.

Ah ja, dann kommt mal rein, ihr zwei Hübschen. Ich habe auch was Leckeres gekocht. Das Essen wartet schon auf euch Ausgehungerte. Sag noch deinem Bruder Swen Bescheid, dass er zum Essen kommen soll.

Alle hatten nun am Tisch Platz genommen.

Die Mutter wandte sich nochmals freundlich Clara zu. Du wirst sicherlich Hunger haben. Hier, ich serviere dir ein schön knusprig gebratenes Schnitzel. Das wird dir sicherlich gut bekommen.

Ach, ich habe gar keinen so großen Hunger. Habe vorhin erst mir ein Veggie und ein Joghurt gekauft.

Was ein Veggie, fragte Mama. Was ist denn das?

Ach, das sei etwas Fleischloses; ein vegan belegtes Brötchen.

Na, das mache aber doch nicht so richtig satt.

Doch, doch kam die Antwort zurück. Ich esse schon seit einiger Zeit kein Fleisch mehr.

Dann fingen alle gemeinsam an zu essen. Die Mutter achtete nun sehr darauf, dass Clara auch ausreichend Gemüse auf ihrem Teller hatte.

Dem Sohnemann und auch der Tochter schmeckte aber das Gebratene sehr gut. Swen griff sich mit der Gabel sogar noch das übrig gebliebene Schnitzel.

Anna Lena fing dann an zu erzählen, dass sich Clara auch schon länger für eine gerechtes Miteinander, für die Beendigung der Kriege und vor allem für den Umweltschutz engagiere. Sie sei es auch gewesen, welche sie davon überzeugt habe, an den Freitagsdemos mit teilzunehmen.

Ach ja, meinte die Mama. Ich ging bis jetzt immer davon aus, dass dich dein Freund dazu überredet habe.

Ach, mit dem habe ich mich momentan zerstritten. Mal sehen, was daraus werden wird. Ich mag ihn trotz alledem immer noch ein bisschen.

Ooooch, das ist aber schade, gab die Mama so spontan von sich. Er war doch ein so netter Jüngling. Auch schon sehr realistisch denkend, was er weiter für sein Leben vorhatte. Ja, das mag alles schon sein, meinte ihre Tochter. Doch ich kam einfach nicht weiter voran mit ihm, sich doch engagierter für den Klimaschutz einzusetzen. Du hast ihn ja auch als sehr, dem christlichen Glauben Überzeugten kennengelernt. Immer wieder berief er sich auf diesen Bibelvers, Genesis 8,21, dass Gott, nachdem er die Menschen mit der Sintflut hatte vernichten wollen, ihm es doch leidtat. Er beschloss seine Menschenkinder, als seine göttlichen Erschöpften, doch erhalten zu wollen. Eine weitere »Sintflut werde es somit nicht noch mal geben«. So werde auch, im Vertrauen auf Gott, er diese Umweltprobleme mit aller Sicherheit »zum Guten wenden. Das ist so seine felsenfeste Überzeugung, dass sein himmlischer Vater alles lenken und sogar uns das Richtige schenken werde. So habe für ihn das Gebet höchste Priorität und nicht dieser Protest. Diese Überzeugung war mir schlichtweg zu naiv gedacht. Ach, was haben wir stundenlang darüber debattiert. Er war nicht davon abzubringen, trotz seines Gottvertrauen, mit zu berücksichtigen, dass wir Menschen mit weiterer Naturvernichtung selbst »unser Grab schaufeln«, auch wenn wir auf Gott vertrauen.

Ja, da ist schon was Wahres dran, von dem, wie du das siehst, pflichtete die Mutter ihrer Tochter bei.

Diese meinte dann noch, so ein wenig hatte ich schon mein Herz an ihn verloren. Na ja, mal sehen, wie's weiter geh'n wird.

Puh, meinte dazu ihre Mama. Zurzeit rumort es ja ganz schlimm auf unserer Erde. Dieser Machthaber Wladimir Putin hat ja, sicherlich für alle sehr überraschend, die Ukraine mit einem Angriffskrieg überrollt. Städte und anderes bombardieren lassen. Ja und auch zielgerichtet deren Hauptstadt Kiew erobern wollen. Viele Menschenleben beiderseits nahm er dazu in Kauf. Doch es gelang ihm nicht. Mit Unterstützung von Waffenlieferungen anderer Staaten, konnte die ukrainische Armee sich behaupten und sogar besetzte Landgebiete zurückgewinnen. Nun zieht sich dieses Morden schon einige Zeit hin. Sogar Politiker hier bei uns, wie der Exkanzler G. Schröder und auch Kanzlerin A. Merkel wurden von diesem Putin, – seinen Machtrieb zu befriedigen –, überrascht. Für ihr eigenes Land notwendigen wirtschaftlichen Nutzen hatten sie ja einen sehr »wohlwollenden Kontakt« zu ihm gepflegt. Nun standen alle wie vor einem Scherbenhaufen. Der Import mit lebenswichtigen und fossilen Gütern musste neu aufgebaut werden. Das verlangte schon sowas wie ein Kraftakt von den gegenwärtigen politisch Verantwortlichen. Hoffentlich erreicht dieser russische Machthaber nicht sein Ziel. Das ist so meine Hoffnung!

Nun wandte sich Mama wieder interessierend Clara zu: Setzen sich denn deine Eltern auch so wie du, für eine bessere Welt ein?

Nein, nicht direkt, meinte Clara. Doch wir führen daheim sehr häufig thematisch solche Gespräche. Das ich zur Kämpferin geworden bin, hängt mehr mit dem zusammen, was meine Oma immer wieder erzählte.

So, was erzählt sie dann so, gab der Sohn zurück.

Oh, das ist eine lange Geschichte und liegt auch schon weit zurück. Nun wurden aber doch alle neugierig und sie forderten Clara auf, mal mehr darüber von sich preiszugeben:

Das munterte Clara nun doch auf etwas ausführlicher von dem, was so ihre Oma immer wieder berichtet hatte zu erzählen.

Ja, meine Oma wurde, wie sie immer wieder dauernd betont aufgeschreckt, nach dem Ereignis, als die Welt vor Schreck den Atem anhielt. Das war diese sogenannte Kubakrise. Ach, das geschah so Anfang der sechziger Jahre, in der Zeit des »Kalten Krieges«. Quasi, über Nacht, wurden damit die meisten aus ihren sanften Träumen aufgeschreckt, um die Realität des Tages in ihrem Grau zu erblicken.

Der damalige Staatsführer der UDSSR hatte, auf Schiffen verladen, atomare Mittelstrecken nach Kuba losgeschickt. Diese sollten dort stationiert werden. Für die Amerikaner stellte das eine gewaltige Bedrohung dar. Der amerikanische Präsident, aus seinem Nachtschlaf, von einem seiner Sekretäre vorzeitig geweckt, reagierte prompt auf diese Hiobsbotschaft seines Bediensteten. Gegendrohend ordnete er an, falls diese Frachter nicht umkehren sollten, werde man diese mit den Atomraketen vernichten. Daraufhin drohte der sowjetische Staatsführer, als ihm das umgehend mitgeteilt wurde, falls dieses geschehe, den Befehl zu geben, mit den atomaren Langstreckenraketen Städte in den USA, zu deren Vernichtung anzugreifen. Amerika drohte darauf mit einem Gegenschlag ihrer Interkontinentalraketen.

Das Ultimatum beider näherte sich immer weiter deren realen Umsetzung.

Doch irgendwie, »kurz vor Schlag zwölf«, drehten die Schiffe um und somit war auch die Vernichtung der Menschheit erst mal vereitelt worden. Vielleicht waren auch beide Staatschefs zur Einsicht gelangt, dass dies auch ihre eigene Auslöschung mit beinhalte. Immerhin wollte sie ja existieren, um ihre Machtansprüche voll ausleben zu können, so wird es auch dargestellt. Jedenfalls wurde es später so berichtet, dass beide über einen telefonischen Kontakt miteinander doch eine Lösung fanden.

Doch einsichtiger, vernünftiger in ihrer Politik wurden sie nicht. Das Wettrüsten, der Ausbau der Atomwaffen, um damit zig dutzendmal alles Leben auf der Erde vernichten zu können, ging munter weiter. Jeder dieser Herrscher hatte ja in sich die Neigung als Sieger, Triumphator in die Weltgeschichte einzugehen.

Doch meine Oma hatte daraus auch ihre Lehren gezogen. Aus ihrem vorher festem Glaubengrundsatz der Hoffnung wurde nun eine Kämpferin, mit Wissen sich aktiv gegen das Krieg- führen, für den Frieden- und Abrüstung einzusetzen. Diese aufflammende Bewegung erhielt immer mehr Zulauf durch nschen auf der gesamten Erde. »Not ware, to payes«, mit dieser Losung protestierten Abertausende von Menschen.

So konnten sie immerhin sich Gehör verschaffen, dass sich die Großmächte mit ihren Vasallenstaaten zu Verhandlungen,- mit Hilfe der Union Nationaler Organisationen (UNO) – , an einen Tisch setzten.

Man fasste zwar keine bindenden Beschlüsse. Aber immerhin, man sprach von einem stetigen Kontakt als friedliche Koexistenz.

Doch die, wie diese Machthaber es nannten, abschreckende Waffenaufrüstung ging weiter. In der UDSSR wurden atomare Mittelstreckenraketen, die SS20 aufgestellt. Mit denen waren in kürzester Zeitspanne die meisten europäischen Städte, vernichtend könnend, zu erreichen. Als abschreckendes Gegengewicht plante nun die Nato, vor allem sehr fordernd der Kanzler der BRD, Helmut Schmidt, die Aufstellung von Mittelstreckenraketen, den Pershings, gegen die damals sozialistischen Länder. Doch ein Aufschrei dagegen, meist mit der Losung »Frieden schaffen ohne Waffen« ertönte vor allem auf dem westeuropäischen Kontinent. Damit sogar übergreifend in den sozialistischen Ländern, flammten diese Bewegungen, mit einem sehr markanten Spruch: »Macht Pflugscharen aus Schwertern« auf.

Die Abrüstungsbewegungen wurden immer massiver. In Deutschland allein, fand ein gewaltiger Sternmarsch mit einer bestimmt über hunderttausend Teilnehmenden »Menschenkette« statt. Aber auch in vielen anderen Ländern gingen die Menschen zu Abertausenden protestierend auf die Straße. Das zeigte nun doch seine Wirkung. Die Machthaber der Großmächte ließen von ihrem Aufrüstungsvorhaben ab.

Und man erreichte sogar, dass die Staaten, wieder über die UNO, einmal im Jahr sich an einen Konferenztisch versammeln wollten, um damit über den Erhalt der friedlichen Koexistenz, dann auch später hinzugenommen, über die zunehmende Naturzerstörung zu verhandeln. Das schwierige dabei war aber, dass all das dann Verhandelte für die meisten Staaten keine verbindliche Festlegung beinhaltete. Doch vor einigen Jahren, auch als man immer mehr einsehen musste, dass die Umweltverschmutzung und -vernichtung kaum eigedämmt wurde, kam es dann doch zu, für alle verbindliche Festlegungen. Aber erstmals auf dem Gebiet eines Klimaschutzabkommen. Eins soll bis 2050 erreicht werden, dass die Erderwärmung nicht weiter ansteigt. Das der Kohlendioxyd-Ausstoß reduziert wird, auf das Ausmaß von 1990 und die erneuerbaren Energieformen weiter aufgestockt werden. Aber über eine verbindliche Abrüstung oder auch Ächtung von Kriegshandlungen wurde nichts festgelegt. Aber immerhin, es war schon etwas Konkretes. Das war im Jahr 2015 auf der Weltklimakonferenz in Paris, die dann fortlaufend jährlich fortgesetzt werden soll. Doch irgendwie ging man mit der Umsetzung dieser Beschlüsse recht zögerlich um. Ja und dadurch feuerte dies wiederum zu Protestbewegungen dagegen an.

Als Vorbild war es eine Schülerin in Schweden, Greta Thunberg, die sich beharrlich jeden Freitag, anstatt am Schul- Unterricht teilzunehmen, mit einem Pappschild vor deren Eingang setzte. Auf diesem hatte sie aufgemalt »Friday for Future«, freitags für die Zukunft. Sie harrte bei Wind und Wetter aus. Ihr wurde angedroht, dass man sie von der Schule »schmeißen werde«

Doch es nahm einen anderen Verlauf. Immer mehr Schüler und Schülerinnen schlossen sich ihr an. Sogar weltweit. Die Bewegung war nicht mehr aufzuhalten. Sogar viele Staatsführer wurden sogar einsichtig. Zeigten Verständnis für diesen Aufschrei der vielen jungen Menschen. Nun schlossen sich auch immer weitere, aus allen Alters-, Sozialschichten Stammende an.

Sogar vor der UNO erhielt diese Vorkämpferin die Möglichkeit eine aufrüttelnde Rede zu halten, dass es höchste Zeit sei, wolle man die Menschen weiterleben lassen, sich mit der Natur zu verbünden und nicht ihr Gegner, ihr Zerstörer zu sein.

Sogar den Sohn in der Gesprächsrunde munterte dies auf und er warf mit ein, dass er wisse, dass diese große Bewegung sogar den behinderten Menschen die gleichen Rechte, wie sie andere haben, einräumen will, als grundsätzliches Lebensrecht für alle.

Clara ergänzte noch, so erzählt meine Oma immer wieder über diese Ereignisse. Sie sei auch voll dabei, wenn es wieder auf die Straße gehe.

Ja und dein Opa. Wie verhält der sich, kam die Frage.

Der unterstützt das auch alles. Doch mehr noch schwärmt er so weiterhin von dem Ziel zur Erreichung, wie er meint, einer »klassenlosen Gesellschaft«. Eine, ohne nichtüberwindbare gegensätzliche Interessen. Dann könnte es auch allgemein gerechter und auch friedfertiger zugehen.

Ja und du Clara, was ist denn dein Ziel, meinte so die Mama?

Ach, so sprach sie nach kurzer Überlegung. Ich will erstmal, dass wir jungen Menschen keine Angst davor haben müssen, dass es keine Zukunft für uns mehr geben könnte. Leben wollen wir! Verstehen Sie, was ich damit sagen will?

Ja, ja antwortete die Mutter und warf dabei auch einen Blick zu ihren beiden Kindern herüber. Fuhr weiter fort:

Bestimmt auch daran denkend, dass dann eure Kinder noch hier auf der Erde existieren können. Sicherlich ist es euer Wunsch, euch in einen Mann zu verlieben, zu heiraten. Auch dann Kindern ein Leben zu schenken.

Och, meinte Clara, etwas verdutzt, dann zwinkernd so ihrer Freundin zugewandt, das eile noch nicht so sehr. Mit den meisten Jungs, die wir so kennen, ist in dieser Hinsicht noch nicht so viel anzufangen. Ich meine, wir sollten auch nicht nur Mutter und Hausfrau sein. Erst wollen wir einen Beruf erlernen. Das macht uns nicht so abhängig von den Männern. Natürlich wollen wir auch weiterhin unseren Wissensstand anreichern. Dies meint auch mein Papa, dass man sich damit, wenn man vieles begriffen habe, nicht so schnell »bequatschen, von anderen einlullen« lasse.

Auch die meisten von unseren Jungs, erwähnte nun die Tochter, haben »nur dummes Zeug in ihrem Schädel«. Ja und dann auch ihre Sehnsucht immer nur Sex und nochmals Sex zu haben. Die werden ja mehr von ihren männlichen Hormonen gesteuert als von ihrem Kopf, kicherte diese los.

Gut, wir tragen auch in uns sowas wie eine Sehnsucht, von jemandem hingebend zutiefst geliebt zu werden. Aber es muss dann auch ein Vertrauen da sein, »echt« geliebt zu werden, dass man auch zusammenwachsen kann. Mama, das betonst du doch auch immer wieder. Doch du hast dich ja auch nie mehr in einen Mann verlieben können.

Auf der Suche war ich schon, betonte diese. Doch ich hatte so den Wunsch, dass er so gleich sein müsste, wie dein Papa.

Dann meinte ihr Sohn noch. Wisst ihr, dass ich den schwersten Stand unter euch Dreien habe. Mein Wunsch eine Freundin zu finden, habe ich nach einigen Kontaktversuchen fallen lassen. Obwohl es mich sehr, sehr schmerzt. Nun lebe ich mit meinem Schicksal so in den Tag hinein. Mal schauen, wie lange ich das so durchhalten werde. Gut, dass ich zurzeit noch meine elektronischen Apparate habe. Für mich sehr fördernd, dass ich die mich interessierenden Mitteilungen hochladen kann. Sie sind so meine Zuversicht, die einen so akzeptieren, ohne danach zu schauen, wie man aussieht, ob man behindert oder sonst irgendwelche Gebrechen hat. Dazu, um meinem Alleinsein entgegenzuwirken, sogar zu vielen anderen in Kontakt kommen kann. Sicher, man muss vor einer Menge Scharlatane, die dort ihr Unwesen treiben, auf der Hut sein.

Seine Mutter war schon sehr fasziniert darüber, dass dieses die Ansicht ihres Sohnes ist. Er habe sich doch recht gut in seiner Persönlichkeit entwickelt.

Sie ergänzten dann weiter: Ich vernehme so aus dem, was ihr so erzählt, dass ihr alle irgendwie auf der Suche seid. Irgendwas für euch Neues erreichen zu wollen.

So meine ich, dass mit diesem digitalen Zeitalter sicherlich auch die Verhaltensweisen vieler Menschen sich verändern werden. Aber, und darüber werdet ihr bestimmt erstaunt sein: zum Positiven!

Wie meinst du das denn, fragten die Großeltern der Kinder, die nun auch überraschend eingetroffen waren, neugierig geworden nach?

Na ja, diese Möglichkeit der schnellen Verbindungen. Mit diesen erhöht sich doch auch die Chance, dass man durch Gespräche miteinander schnellstmöglich sogar über anstehende Probleme reden und sogar zu einem zufriedenstellenden Ergebnis kommen kann. Das fällt mir jetzt doch immer wieder auf, dass sogar die Einflussreichsten, Staatsführer, Konzernvertreter, auch andere Politiker miteinander zu Gesprächen bereit sind. Sogar »Themen sich vornehmen, die früher meist nur über ein »gegenseitiges Androhen, Bekriegen durchgeführt wurden. Da kommt man doch dem hoffnungsvollen Grundsatz schon näher: Miteinander reden ist besser als gegeneinander kämpfen.

Clara zog dabei etwas ihre Stirn kraus.

Nun ja meinte sie dann. Erstmal bin ich wirklich mehr eine Suchende, eine noch nicht Angekommene. So sind es meine Gefühle, meine Ideen, wie diese, uns Menschen vor dem Untergang durch Kommunikation zu bewahren, etwas weiter verhalten optimistisch. So mit einem dicken Fragezeichen, gegen die drohende Gefahr, durch einen Krieg vernichtet zu werden. Auch dass es unter den Menschen gerechter zugehen müsste. Da gibt es tatsächlich, nur einen kaum wahrnehmbaren klitze-kleinen Lichtstrahl.

Schau dich doch nur mal um, wie die Mächtigsten dieser Erde prahlend mit ihre Waffenaufrüstungen rumhantieren ergänzte ihre Tochter dazu.

Ja und der Sohn meinte noch, dass alle Menschen gleichberechtigt sein könnten, das sei doch gar nicht zu realisieren.

Doch unsere Ideen sind nicht rein unser Phantasiegebilde, ergänzte dann noch Clara. Sie sind ja auch aus den gegenwärtig vorhandenen gesellschaftlichen Problemen entstanden. Wir haben nun den Schritt gewagt, diese nicht nur zu registrieren und dann zu hoffen, dass sie eventuell doch noch behoben werden. Nein wir haben uns aufgerichtet aktiv zu werden, »dafür Partei zu ergreifen«, um auch einiges besser zu machen. Doch ich muss auch dabei an das denken, was mein Großvater immer wieder betont. Wisst ihr, der war mal Anhänger der «68 Studentenbewegung«. Oh Mann, was die so alles vorhatten, in ihren ideellen Vorstellungen.

Ja erzähl mal Weiteres, wurde sie von Swen nun aufgefordert.

Mein Opa betont immer in den Diskussionen, dass es schon ein gewaltiger Fortschritt gewesen sein muss, dass die Menschen, neugierig wie sie nun mal seien, immer auf der Suche sind, mehr begreifen zu wollen.

Das hat sie auch ein Stück davon entfernt, gläubig zu sein, dass es einen Unbegreiflichen geben könnte, der ihnen sogar mitteilen ließ, dass sie nach ihrem Erdenabgang in ein Paradies gelangen. Aber nur unter der Bedingung, wenn sie in ihrem Leben »ihm gegenüber in Demut« sich verhalten.

Nun sind sie durch ihr Wissen ein Stück ihres Weges weitergegangen. Haben meist gemeinsam aufstehend immer wieder ihre Lebenssituationen verbessern, -ändern wollen. Manchmal gelang es ihnen sogar. Vielleicht ist auch durch die Studentenbewegung dazu ein kleines Blümlein erblüht.

Und nun kommt es, worauf er immer hinweist, dass wir darauf achtgeben sollen:

Das auch alles Bessere, neu Geschaffene immer, zu seiner Weiterentwicklung, eine Öffnung haben sollte. Um Dampf abzulassen, wie er immer etwas ironisch es bezeichnet. Denn all dieses, was nun entstanden sei, – auch wenn es gut und richtig sei – ist niemals das endgültig Richtige, das absolut Wahre. Im Ablauf der weiteren Entwicklung, wie hier dem menschlichen Zusammenleben, ist es notwendig darauf zu achten, dass nichts erstarre. Der Möglichkeit einer Veränderung einen Platz freizuhalten. Das habe auch die Geschichte, Vergangenheit der Menschen beweisend gezeigt. Auch wenn sich aus Ideen Ideale entwickeln. Sogar zu weit verbreiteten Doktrinen werden, müsse man vorbeugend darauf achten, dass sie nicht als etwas Endgültiges in sich erstarren. Es komme häufig vor, dass falsche Entscheidungen getroffen wurden, oder auch, dass Personen zu ihren bestmöglichen Selbstverwirklichungen, diese den anderen Menschen aufzwingen wollen. Das ergibt dann eine fundamentalistische

Festlegung oder auch eine erstarrte Doktrin. Vielleicht kann man aus den Bewegungsabläufen der Natur etwas darüber lernen. Deren Prozess ja niemals abgeschlossen ist, sondern sich immer wieder verändert, weiter aufbaut und dann wieder verändernd sich umwandelt. Wenn dies mein Opa so erzählt, dann kommen ihm so die Erinnerungen an seine Mutter hoch, wie er betont. Diese muss wohl sehr viele Gedichte, Sprüche und Lieder gekannt haben. Diese auch passend in bestimmten Lebenssituationen beispielhaft erwähnt haben. Eins, von Friedrich Schiller, zitiert er dann häufig:

»Solang er glaubt, dass dem irdischen Verstand die Wahrheit je wird erscheinen- Ihren Schleier hebt keine sterbliche Hand, wir können nur raten und meinen. Du kerkerst den Geist in ein tönendes Wort, doch der freie wandelt im Sturme fort .....«

Doch der Sohn wendete überraschend ein, dass man trotz aller offenbleibenden Bewegung, allem Hin und Her, doch als Mensch die Fähigkeit habe, etwas Ordnung zu schaffen. So dadurch, dass man, wie es auch sein Wunsch sei, allen Menschen ob nun normal oder behindert die gleichen Lebensrechte einzuräumen. Doch auch damit erhalte man keine immerwährende Gerechtigkeit. Es bleibe halt ein Ideal.

So auch nachgelesen in der weiteren Ausführung des eben erwähnten Gedichtes:

»Wer da nun glaubt an die goldene Zeit, wo das Gute über das Böse wird siegen. Das Böse, das Gute führt ewig Streit. Nie wird das eine dem anderen unterliegen ... ... (n. Lit. 12', S. 1070)

Die Bedeutung dieser Winkenden

Doch nun zurück wieder zu dem Erzähler, der über all die menschlichen Lebensschicksalen berichtete:

Das, was nun der Großvater immer wieder betonte, vortrug, waren schon spannende, sogar auch realitätsbezogene Geschehnisse. Es wird bestimmt fortgesetzt werden, von den nachfolgenden weiteren Generationen dieser Familie oder auch von anderen. Das war so sein Wunschgedanke.

Doch dieser, in seinem Zuhause, als er so aus dem Fenster schaute, ließ alles, was er so Vergangenes erzählt hatte, in seinen Gedanken Revue passieren. Immer wieder fiel ihm ein, wie doch alles begann und was dann an Veränderungen in der Folgezeit sich vollzog:

So wird häufig, in entsprechender Literatur, aufgezeigt, dass die menschlichen Lebewesen durch ihr fortschreitendes Begreifen ihren eigenen Weg, -doch mit der Ausnutzung der Naturprodukte-, errichteten. Doch das nicht als Einzelgänger, im Alleingang! Nein, nur gemeinsam, in der Gruppe, war es ihnen möglich, ihr Dasein auf Erden bestehen zu können. Dieses Gemeinsame war geprägt ohne soziale Rangunterschiede. Der Einzelne sorgte auch für die Sättigung, Erhaltung seiner anderen. Doch vollständig nachweisbar ist das nicht. So kann es auch, ähnlich wie bei vielen Tierarten, so gewesen sein, dass es doch eine Rangordnung durch eines der dominantesten, nun Begreifenden gegeben hat. Ein sogenanntes, wie es heute bezeichnet wird, „Alfa Tier".

Doch dann entwickelte sich eine Situation unter ihnen, dass einzelne, vielleicht die Stärksten, Mutigsten, Geschicktesten, Fähigsten eine abgehobene persönliche Funktion in der Gruppe einnahmen. Es dann auch noch begriffen, den anderen aufzuzeigen, dass sie mit dem, was für die meisten wie ein

„Unbegreifbares, meist auch Furcht Einflößendes" in der Natur wirke, im Kontakt standen. In Ritualen, in Opfergaben, ihren Tänzen zeigten sie auf, welche Botschaften der Unbegreifbare vermitteln wolle. Ob es Unheil oder etwas Heilvolles sei. Der solches erhielt, konnte tatsächlich nur der Erwählte dessen sein. Vielleicht auch damit häufig beweiserbringend, dass tatsächlich Ähnliches seiner Weissagungen auch geschah. Doch damit wuchs auch deren führende Stellung in der Gruppe. Verstanden in der Folgezeit, dass andere ihre erarbeiteten Produkte anteilsmäßig ihrem Gottesboten zu erbringen habe, somit er so diesen Unbegreifbaren gnädig stimmen kann.

So könnte, wie angenommen wird, im Weiteren die Ungleichheit unter den Menschenwesen entstanden sein. Derer, die Produkte herstellten und konträr, welche ohne Arbeit leisten zu müssen, doch auch genügend von den Ersteren zum Leben verlangten.

Doch mit diesem Aufteilen, Abgeben an ihre Götterboten, -später auch bezeichnet als „Priester-, Adels-, Feudalsystem"-, entstanden auch immer krassere widersprüchliche Lebenssituationen. Dass diejenigen, welche die Abgaben zu erbringen hatten, meist nicht mehr genügend für sich hatten, um satt zu werden, am Leben zu bleiben. Ja, hier vollzog sich im Dasein der Menschen die unüberwindbaren, nur durch Widerstand zu lösenden Gegensätze. Bestehend aus einer großen Anzahl von Armen und dieser feudalen Herrenklassen, meist wohlhabend, reich.

Immer wieder zeigten Menschen in ihren Reden, Schriften, Handeln auf diese Ungerechtigkeit, die so unter den Menschen einen „gegensätzlichen tiefen Graben" aufriss. Rein durch ein Gemeinsames nicht zu beseitigen war.

Die Armen, Hungernden, obwohl arbeitsam, hörten das auch. Leisteten auch immer wieder Widerstand zum Erreichen einer gerechteren Situation. Doch ein Gelingen blieb meistens aus. Vielmehr überzeugten andere damit: Auch wenn man auf Erden viel Leid zu ertragen habe. So könne man auf ein Weiterleben nach seinem Erdendasein voller Hoffnung sein. Doch nur, wenn man auf Erden gegenüber dem Göttlichen in Demut, ohne Sünde gelebt habe, werde man von diesem Ewiglichen in sein Paradies einziehen. Diese Verheißungen wurden schon seit Urzeiten unter den Völkern den Menschen prophezeit. Dies verbreitete sich, -glaubend daran von vielen-, wie ein Fanal. Stillte somit die Sehnsüchte nun doch, trotz allem Mühsal, für sich eine Heimat zu finden, für die es sich hier im irdischen Dasein lohne, all das Schlechte, auch Ungerechte erduldend zu ertragen. Das war es nun, -bezeichnet als Religion-, was vielen der Menschen sowas wie eine Hoffnung gab, mit der innerlichen Verankerung eines Glaubens, dass mit dem Tod es doch sowas wie ein Weiterbestehen gebe. Auch wenn man zu dessen Erreichung in seinem Grabe zu Erde, Asche, Staub verwandelt werde. Das gab auch vielen Menschen die Zuversicht, trotz aller Mühsal auszuharren, da es zwar nicht beweisbar, aber doch glaubend etwas Besseres gebe, was auf Erden nie zu erreichen sei. Somit akzeptiere man erstmal sein Dasein und hoffe, was da kommen werde.

Weiterhin im Verlaufe der Menschengeschichte, - bestimmt als ein Fortschritt einzuschätzen-, dass Weissagende, Prediger, Propheten auftraten, die diese Ideale des Glaubens, der Hoffnung mit dem Ideal einer Nächstenliebe erweiterten. Das war dringend geboten, denn die Kriege, das gegenseitige Morden, Zerstören Versklaven, Ausbeuten; nicht das friedfertige Miteinander, hatte sich immer mehr ausgebreitet. So kann man gegenwärtig wirklich festhalten, dass der Krieg sich zu einem Dauerzustand unter den Menschen und der Frieden rein nur als eine kurze "Verschnaufpause" sich zeigt. Mit den Attributen des Glaubens, der Hoffnung und vor allem der Nächstenliebe waren viele überzeugt, etwas für alle Erstrebenswerte erschafft zu haben.

Doch bis jetzt gelang deren Verwirklichung den Menschen nicht.

Doch den Großvater hatten auch diese Vorstellungen der jungen Generation, so seiner Kinder, Enkelkinder beeindruckt. Weiter ergänzend hatten sie, wie er so nachdachte, diese ideellen Dogmen der ersten Christen inhaltlich erweitert. So mit ihren Friedens-, Klimaschutzprotesten aufzeigend, dass diese drei Ideale des Glaubens, der Hoffnung, der Liebe, -um sie auch real werden zu lassen-, mit den Attributen, Merkmalen, „des Wissens, des Kämpfens, bleibend mit er Nächstenliebe, aber gemeinsam mit der nachhaltigen Verwendung der Naturprodukte" deren Fortsetzung in sich tragen. Das sei ja sowas wie das Folgende der zurückliegenden immer wieder geführten Proteste, Aufstände, Revolutionen damit etwas „qualitativ Neues" erblühe.

Wird es aber gelingen, dass es, nicht nur wie bis jetzt rein ideell Verbliebenes, sondern nun doch Bestand in der realen Lebensweise habe? Das muss man doch mit einem Fragezeichen kritisch versehen, wie der Großvater so darüber weiter darüber grübelte.

Was hatte doch eines seiner Kinder, sogar auf der Grundlage wissenschaftlicher Erkenntnisse, dazu berichtet, dass der Mensch durch seinen Verstand zwar schon zur Vernunft begabt sei. Doch auch weiterhin die Neigung in sich habe, selbstverwirklichend seine naturbedingten Triebregungen, so wie „Hunger, Durst, Fortpflanzung, Aggression, Gewalt, Gier,

Neid, Hass" für sich optimal zu befriedigen versucht. Zugeben, es gibt andere, die diese Aussagen recht anzweifeln. Das aber auch jeder der Menschen naturbedingt auch in sich diesen Selbsterhaltungs-. Fortpflanzungstrieb in sich habe, wird voll akzeptiert. Auch dass diese wirkend, befriedigt, nicht „auszuschalten" sind, wird erwiesenermaßen bejaht. Doch mit seinem Begreifen, Bewusstsein, Verstand, sowie gegebener sozialer, kultureller Beeinflussungen, ist es dem Einzelnen möglich, die reine Triebbefriedigung doch verändernd, so auch dem einen wohl nützlich, aber wie es heißt, anders, „entgleisend", wie Aggression, Machtgier und Weiteres, befriedigen zu wollen. Immer ist der Drang zu diesem in ihm da. (vgl. Lit. 9, S. 18ff; auch: www.schreiben10.com... Das Menschenbild bei Sigmund Freud) So wird es immer wieder geschehen, wenn es dem einzelnen möglich gemacht wird, sich selbstverwirklichend zu handeln. Somit optimal für sich zielgerichtet, so Führer, Mächtigster, Herrscher, Reichster, Klügster zu werden, auch zu sein. Vor allem persönlich, mit seinem gesteigerten Begreifen, überlegend ein zielgerichtetes Verhalten entwickelt, was doch für alle anderen als Vernunft, Gutes, Gerechtes zu gelten habe. Deren Umsetzung dann allen anderen, meist, als sein Ideal auferlegt wird, damit dieses doch real werde. So vielfach praktiziert, in gesellschaftlichen Systemen, als Diktatur, Einzelherrschaft oder berücksichtigend, einer Gottesbotschaft. Auch republikanisch-demokratischen Systemen machen davon Gebrauch. Exemplarisch, krasseste Beispiele, wie sicher überall bekannt, waren in der Vergangenheit die Einzelherrschaften der meisten Monarchien. Dann sehr exemplarisch von Adolf Hitler und Josef Stalin. Aber auch gegenwärtig, so in vielen Staaten auf der Erde.

Damit müssen sich die dort existierenden Menschen zurechtfinden, fügen, sogar unterordnen, um bestehen zu bleiben. Deswegen auch, ihrer gedanklichen Sehnsüchte oder Hoffnungen dahingehend, ihren Gefühlen wohltuend, ein Zuhause, eine Heimat ihr Eigen zu nennen. Auch wenn es nicht der Wirklichkeit oder erst nach ihrem Leben, paradiesisch geschehen werde.

Eigentlich dachte er so bei sich, trotz aller in der Bewegung sich Veränderndem: Diese Neigungen der Menschen zeigen sich, schon wie vor Jahrtausenden ihres Daseins, auch gegenwärtig gleichbleibend. Milliarden der Erdenbewohner verehren ja in fester Glaubensüberzeugung ihre religiösen Oberhäupter, Gottes Auserwählte. Doch auch desgleichen, wie ein parallel verlaufender Strang, zeigt sich dieses Streben, Drängen der Menschen, frei, gerecht, auch in einem Miteinander leben zu wollen. Dies kommt immer wieder hervorbrechend als Forderung, Protest, Aufruhr, Revolution zum Ausdruck. Doch auch wenn einiges davon erreicht werden konnte, folgten deren Niederlagen. Sogar mit noch schlimmeren gesellschaftlichen Zuständen als sie vor den Umbrüchen bestanden. So scheint es doch mehr, dass dieses egozentrische Bestreben, ob nun verheißungsvoll oder auch kampfbetont meist sicher nur einzelnen verholfen hat, sich als „Sieger" zu verwirklichen. Typisches Beispiel dazu, ist die Machtergreifung nach der Französischen Revolution durch Napoleon Bonaparte.

Ich schaue mir nochmals dieses Gestern und Heute an, um vielleicht dieses Zukünftige besser einzuordnen: Nachsinnend so über seine Erzählungen. Immer wieder tauchte etwas, für ihn etwas Unheimliches auf. Meist, mit angewinkelten erhobenen Armen, wirkte es so, dass es ihm sowas wie einen Hinweis andeuten wolle. Drückten damit aus: Schaut her zu uns. Vergesst uns nicht! Nehmt uns mit!

Mit all unserem Fühlen, Sehnsüchten, unserem Erlebten. All den Hoffnungen, die doch nicht so leicht zu erfüllen waren. Trotz, sehr weit, zurückliegender vergangener Zeit, trat sie wieder und wieder bei den Nachfolgenden in ihren Gefühlen hervor. Häufig, deren Augen mit Tränen angereichert. Sie riefen auch mit lauter Stimme irgendetwas. Auch wenn viele dies vernahmen, blieb es immer und immer wieder unvollendet.

Er, der Großvater dachte so bei sich, ob dies jemals von irgendeinem der Menschen vollendet wird? Doch dann meinte er doch eine anderslautende Stimme zu vernehmen. Was sagte diese ihm: So, wie du das einschätzt, ist es lückenhaft. Nimm doch als Grundlage, dass die Menschen zwar fähig sind, immer mehr zu begreifen. Aber doch nicht das absolute Wahre. Niemals dieses voll zu erreichen ist, was wirklich, auch gerecht, entgegenlautend unrecht ist.

So ist es eben im Fortgang der gesellschaftlichen Zustände hier auf Erden. Hierzu kann man schon das gescheiterte Bestreben der neugierig Suchenden vergleichend aufführen.

Vergleichend so, als man voll davon überzeugt war, mit den Erkenntnissen der Bewegungsabläufe in der Natur darüber nun vollkommen alles zu wissen, es sogar auch zu beherrschen. Hervorragend dazu waren ja die Untersuchungsmethoden und die Bewegungsgesetze, Axiome. Erkenntnisreich dazu hatten sich ja, hier nur Wenige genannt, die Forscher, Physiker Rene` Descartes, 1596-1650; Isaac Newton, 1643-1727. Der erstere erstellte die Kausalmethodik, Empirie auf. Den zusammenhängenden Ursachen- Wirkungsablauf. Der letztere erkannte sogar die im natürlichen Bewegungsablauf die „immer gültigen Vorgänge". (Vgl. Lit. 7, S.324ff; Lit. 21, S.21ff) Ja, damit war man überzeugt, nun alles, was in der

Natur geschieht in mathematischen Gleichungen bestimmen zu können.

Doch, dann einige Jahre später erfolgte die erste große Überraschung. Bei der Untersuchung, was das Licht nun sein könnte, sah man, dass die in den Atomen herumschwirrenden Elektronen (Photonen) weder einen Anfangs- noch Endpunkt aufwiesen. Puh, zweifelten einige, sogar sehr Wissentliche, wie Albert Einstein, 1879-1955; Niels Bohr, 1885-1962. Diese Elektronen zeigen sich ja ohne Anfang, ohne Ende, wirkend wie Nebelschwaden. Nannten sie „Quanten". Ein Physiker, Max Planck,1858-1947) schuf daraus die „Quantentheorie". (vgl. Lit. 36, S.356ff)

Doch wenn das so ist, dann können wir ja nicht mehr diese Erkenntnisse der „klassischen Physik" gebrauchen, klang es, wie ein Aufschrei!

Doch es war wirklich so. Im atomaren Bewegungsablauf gibt es keinen Anfang, weder noch ein Ende. Dieser ist überall. Taucht er hier bei mir auf, dann ist er gleichzeitig auch, sagen wir global auch allgegenwärtig. Das kann einem schon den Schlaf rauben, hob einer der Theoretiker hervor.
Doch das Suchen, Begreifen ging weiter.

So, mit dem Wissen, der Verwendung dieser „Quanten-Theorie und der Atomkernspaltung".

Doch dann erfolgte wiederum das Unfassbare, aber doch Katastrophale.

Einmal wurden über Japan auf zwei Städte Hiroshima, Nagasaki 1945 Atombomben abgeworfen. Fürchterlich, mit Abertausenden Toten, radioaktiv Verseuchten, Geschädigten. Der vollkommenen Vernichtung dieser Städte.

Grauenvoll sei das!

Doch man ging nun daran diese Kernspaltung doch „friedlich nutzen" zu wollen. „Ami go hom, spalt für den Frieden dein Atom" klang es hier und da schon an. Man errichtete entsprechende Kraftwerke. Versprach sich damit, dass die Menschen so ein angenehmeres Dasein erhalten. Doch dann geschah auch in diesen Atomkraftwerken furchtbares. Es kam zu gewaltigen Explosionen mit vielen Menschenopfern. Riesige Landgebiete wurde radioaktiv damit verseucht. Nun begriff man es endlich-. Auch wenn die Menschen mehr und mehr an Wissen sich angeeignet hatten: Ein vollkommenes Begreifen über das „ewig Wirkende" war für sie nicht zu erreichen. Nie, niemals!

Sicherlich korrigierte sich der Opa nachdenkend; man kann nicht einfach diese Bewegungsabläufe in der Natur als etwas rein Bestimmendes, was in der Menschengesellschaft geschieht, übertragen. Denn diese Menschen haben ja die Fähigkeit, dass was real geschehen soll, losgelöst gedanklich entscheiden zu können. Doch, auch bei diesem Unterschied zu den Naturabläufen, sind sie nicht in der Lage etwas, was absolut nun zu gelten hat, in ihren Handlungen zu erreichen. So auch das, was „Gut ist oder auch Böse" ist, unterliegt, wenn notwendig, wieder einer Veränderung, Neubestimmung.

Die Menschen als Suchende, Produzierende, Kreative haben zwar den Willen eine bessere, gerechtere Welt zu schaffen. Sie kämpfen sogar mit Reformen, Revolutionen, um diese Veränderungen herbeizuführen. Doch auch hier werden sie keinen absolut andauernd geltenden Zustand erreichen. Da auch all das, was sogar im Positiven verändert wurde, sich doch verbrauchen wird, wiederum dann anders, umwälzend gestaltet werden muss.

Dieses Suchen, Handeln, auch Kämpfen wird sicherlich so lange Bestand haben, wie es die Menschen hier auf der Erde geben wird. Doch viele der Menschen bleiben überzeugend dabei, dass mit dem Glauben, der Hoffnung und der Nächstenliebe es doch einen „Pfad aus Utopia geben könnte". Diese Ideale lassen doch eher in ihnen sowas wie das Gefühl, nicht heimatlos zu sein, aufblühen.

Es war für ihn, den Opa, schon persönlich sehr förderlich, auf das, -mit dem Glauben fest Verankertem seiner Ehefrau, zum weiteren Suchen des Wichtigen für das Leben zurückgreifen zu können.

Doch vieles, was um sie herum geschah, war nicht voll zu begreifen. Dieses, wie genannt wurde Unbegreifliche erbarmte sich manchmal ihnen gegenüber. Doch wirkte es auch zerstörend, vernichtend.

Sogar, dass sich die meisten dem unterordneten, angepasst ihr Dasein verbrachten. So konnte sich verfestigen, dass die meisten diese Zustände hinnahmen, akzeptierten. Vor allem, wenn sie weiterhin genügend zum Leben behalten konnten.

Auch wenn es nicht für alle ausreichend vorhanden war.

Nun, da die Menschen immer weiter begriffen, wird in ihnen auch sowas, wie Hoffnung in ihnen erblüht sein; doch auch ein Leben, nicht nur ausgefüllt mit Arbeit und Anpassung; auch mit Freiheit, Gleichheit, Miteinander aufzubauen.

Doch mit solchen Sehnsüchten danach kam es zu keinem Ende der Ungleichheit zwischen den Menschen. Man weiß nicht so genau, was nun der Auslöser dazu gewesen sein könnte: Ist es ein immer wirkender Trieb im Einzelnen, in seiner Selbsterhaltung sich so gut wie möglich zu realisieren? Oder hängt es mit der Fähigkeit zusammen, bewusst überlegt so Stärkster, Mächtigster gegenüber anderen zu sein? Beide Merkmale könnten auch verbunden wirksam sein. Doch so richtig genau ist das nicht fassbar.

Werden wie das ewig Wirkende?

Doch immerhin gelang es sogar, dass der kritisch fühlende Großvater so seine Einstellung dazu einschränkte, dass nun doch nicht alles hier unter „kapitalistischen Verhältnissen", in seinem Sinne, schlecht verlaufe. Es sei nun auch etwas „Gutes" wahrzunehmen. Doch ebnet es auch den Weg immer besser zu begreifen, was nun wirksam diesem „Guten verhilft das Böse zu besiegen"?

Schon seit jeher war es die Hoffnung vieler Menschen, erhört, aufgenommen zu werden, von diesem Unbegreifbarem, doch immer, ewiglich Wirkendem. Von vielen auch bezeichnet als das „Göttliche". Auch Zustände zu schaffen, um Leiden, Qualen, Krankheiten zu verhindern und sogar der Wunsch damit ein ewiges Leben zu erreichen. Das Suchen danach hatte sicherlich was Aufbauendes in sich. Es könnte aber auch, wie meist, zwei Seiten einer Medaille haben. Eben, nur an sich selbst zu denken. Doch andererseits auch zum immerwährenden Miteinander untereinander, aber nicht hier auf Erden zu gelangen.

Doch durch was erhielten die Menschen diesen hoffenden Glauben?

Sie konnten nun, um zu „be-greifen", sowas wie denken. Damit erhielten sie auch ein Verlangen zu ergründen, was nicht ohne weiteres zu begreifen war. Etwas für sie, wie eine raumausfüllende Ganzheit in sich Bewegendes. Das wird es sein! Das ewig Wirkende. Aber doch nicht mit einem Anfang. Es ist nicht an eine Zeit gebunden und doch wie ein Weg, der endlos erscheinend, immer weiter sich hinschlängelt. Doch er zeigt auch immer wieder mal, dass es hier und da sowas wie Abzweigungen gibt. Dies ist überall, aber nicht in einer Perfektion gegenwärtig. Ein Weg, sehr breit, immer fortlaufend. Dieser beinhaltet in sich das Ewige, doch auch immer etwas, was er abgab. Dieses, aus ihm Hervorgebrachte, blieb mit ihm verbunden. Hatte ein Verlangen in sich, wieder zurückzukehren. Von diesem Weg wieder aufgenommen, zugeschüttet zu werden, um mit ihm weiter zu wandern. Doch in seinem Inneren waren ihm nicht alle ergeben. Es waren so etwas wie Wesen dort, welche sich immer wieder dagegen wehrten, in dieser Erdenschicht verbleiben zu müssen. Häufig versuchten diese, auch angelockt von der Helligkeit, hervorzubrechen, zu entfliehen. Der Nichtfassbare betrachtete das immer wieder mit großem Argwohn. Es umschloss diese aufmüpfigen Wesen mit einer, nicht von diesen zu durchdringender Ummantelung. Den darin Eingeschlossenen gefiel dies überhaupt nicht. Sie bäumten sich laufend dagegen auf. Der Ewige ließ sie strengstens überwachen und versuchte sie zu besänftigen. Doch diese umklammernde Schicht war eines Tages doch des strengen Überwachens müssend, etwas müde geworden. Vernachlässigte ihre Pflicht der Aufsicht. Ein winziger, ganz zierlicher Lichtstrahl konnte dadurch tiefer in das Innere dieser umpanzerten Schale vordringen. Sie einen Spalt breit erhellen. Das fiel diesen unruhigen Wesen gleich auf. Einer der Ungeduldigsten forderte andere auf, diese Chance zu nutzen, um zu entfliehen.

*Seine Gefährten waren aber doch etwas ängstlich, zögerte mitzu-
entweichen. Sie dachten an diesen Unbegreifbaren, dieses Ewige,
welches, trotz ihres Verschlossen-Seins, sie immerhin wärmend,
sättigend aber auch nichtbegreifend behüten ließ.*

*So ließen sich einige von dem Mutigen überreden. So flohen sie,
getragen von diesem Lichtstrahl, hinaus. Befanden sich nun auf
diesem breiten Weg, mit all seinen wunderbaren Arten und Formen.*

*Doch sie ahnten, dass dieser Weg sie schnellstens, für alle Ewig-
keit sicherlich, wieder verschlingen werde. So entwickelten sie einen
eigenen Plan. Es war schon wie ein Wunder! Sie verstanden es auch
seltsamerweise, ohne fremde Hilfe etwas zu begreifen. Sofort erkannten sie diese einmalige, nur in ihnen vorhandene Fähigkeit.
Sprangen seitlich weg von diesem ewigen Weg und liefen, auf ihren
Füßen tragend, neben diesem entlang. Mit ihren Fußspuren erzeug-
ten sie so ihren eigenen Pfad. So darstellend das Vorherige, mehr in
phantasievoller, poetischer Art und Weise*

Was war das nun, Vertreibung oder Aufbruch? Ein Sprung
vom Unbegreifbaren hin zum Begreifbaren? Vom Tier-, zum
Menschsein!

*Durch ihr Begreifen lernten sie auch, um weiter zu bestehen,
immer etwas, was für sie gut zu gebrauchen war, dem neben ihnen
verlaufenden, ewigen Weg zu entwenden. Dieser ließ es sich gefallen. Denn manchmal hatte er auch seine Freude an diesen Wesen.
Mit ihrem Denken, Suchen, Planen, sogar schöpferisch handeln zu
können.*

*Den Wesen gefiel ihr nun gewonnenes Dasein auch recht gut.
Sie wirkten sehr neugierig und verstanden sogar immer mehr die*

vorhandenen Produkte dieses breiten Weges sich einzuverleiben, um sie für ihr Bestehenbleiben zu verwerten. Diese selbstbehauptende Veranlagung hatte ihnen dieser ewige breite Weg, schon als er sie erschuf, eingepflanzt.

Doch sie waren sich untereinander nicht immer einig. Immer wieder gab es Streit zwischen ihnen. Sie fingen an, sich untereinander anzufeinden, sogar zu hassen.

Nur einige Wenige, dieser duldsamen Wesen, mahnten immer wieder an, dass diese Zustände nicht das Richtige für alle seien. Im Vergleich, als Beispiel dessen, was rechtens sei, orientierten sie sich an diesem ewig Wirksamen. Viele nannten es auch „Göttliche Ordnung". Diese so in steuernder Gestaltung ihnen immer wieder aufzeige, alles zwar streng nach Plan, aber doch gerecht zu gestalten. So wurde es von den Begreifenden gedeutet. Das sei wie ein ewig Gerechtes und müsse deswegen auch für alle Lebewesen, somit auch für die Menschen gelten. Man bezeichnete es auch als Natur-Philosophie (vgl. Lit. 7, S.25ff)

Doch in einigen anderen Bereichen entwickelten sie im Suchen, Planen, Handeln einen großen zusammenhaltenden Eifer. Das brachte ihr Begreifen können mit sich. Ihr Dasein so zu gestalten, einmal vielleicht auch so zu werden, wie dieses „ewig Wirkende". Somit auch zu erreichen, von all diesen Gebrechen erlöst zu werden, sie wegzubekommen, welche ihnen auf dieser Wanderung ihres eigenen Pfades so aufgeladen wurden. Diese suchten, probierten aus, was wirkend in der Natur, anwendend so auch für sie selbst, hilfreich wirken könnte. Erforschend, in den Situationen, wenn ein Leiden, Schmerzen, Unwohlsein begann, sich weiter verschlimmerte. Hingebungsvoll befassten sich diese, meist sehr Wissenden, den anderen helfen zu wollen. Dahinter zeigte sich ihre Lebensauffassung, mit erworbenen Erkenntnissen ein Ergeb-

nis zu erhalten, was aus dem Erkennen von Abläufen in der Natur für die Menschen von Nutzen sein kann.

Die Erkenntnisse dieser Wissenden halfen auch anderen, diese in der Herstellung von lebensnotwendigen Gütern gut zu verwenden. Damit wurde so der Weg frei, dass die Menschen durch ihren Wissensdrang es erreicht hatten, weiter auf die Suche zu gehen, immer mehr zu begreifen. Noch immer ihren Erinnerungen bewusst, dass sie doch alle, in Gleichheit von diesem ewig Wirkenden erschaffen worden waren. Sie riefen dazu auf, auch für alle anderen, wenn ihre Not es erforderlich mache, da zu sein. Zu versuchen durch ihre Weisheit und ihr Geschick ein gerechteres Leben zu gestalten. Doch das Suchen, Erproben, zu entdecken, um dies irdische Dasein so lange wie möglich gut zu gestalten; dies galt gleich ihrem eigenen Interesse, da sie auch mit den möglichen Erfolgen sich einen eigenen Vorteil versprachen.

Andere gingen sogar so weit, dass sie dem Ewigen seine Schöpfungen abschauen wollten, um dann gleich diesem, geformt nach ihren Vorstellungen, vielleicht doch ein Leben ohne Leid oder Schmerz möglich zu machen. Denn sie hatten begriffen, aus der Zerlegung der vorhandenen Stoffe, andere, neuartige zu erschaffen. Es sollten aus diesem Zusammengefügtem immer besser Nutzbringendes geschaffen werden. Doch diese Vorhaben, auch dies ewig Wirkende in seinen Ursachen zu begreifen, gelang doch nicht.

Doch immerhin, aus einem Pfad waren nun doch zwei Richtungen erwachsen. Einer der Selbstverwirklichung und der andere das Marschieren zur Erreichung im gleichen Miteinander leben zu wollen. Angetrieben, dass sie fähig waren zu denken, gefiel es den Begreifenden, sich weiter auf die Suche zu machen.

Sie fanden heraus, mit bestimmten Mitteln, die ihnen das ewig

Wirkende zur Verwendung darbot, ihr Dasein zu erhalten. Sie lernten, die Formen der Wesen von innen zu betrachten. Dann entwickelten sie Geräte, mit deren Strahlen man das Innere eines Wesens ablichten konnte. Entdeckten damit, was mit bloßem Auge nicht zu erkennen war, die nicht richtig funktionierenden Stellen. Ja, es gelang sogar einigen Weisen, auf der Suche nach diesen allerkleinsten Erscheinungen diese zu entdecken, Sie wurden immer wieder von diese ewigen Bewegungsverlauf ausgesandt. Diese Winzlinge hatten ihre Freude daran, von dem breiten, ewigen Weg beauftragt, zum Übel der sich gelösten Wesen, diese vernichten zu wollen. Häufig gelang es ihnen auch, dass ihre Opfer kurz vor ihrer Auslöschung sich befanden. Doch, wie ein Wunder erscheinend, erfanden die entflohenen Wesen, genannt auch Menschen Gegenmittel, welche den Fortgang ihrer möglichen Auslöschung verhinderte.

Durch dieses Erforschen dieser winzig-kleinen Bewegungsabläufe und deren Verschmelzungen, bezeichnet als Atom, erreichten die Suchenden dann weiterhin Kraftwerke als Energieumwandler zu errichten, die vielen der Menschen das Notwendige zum Leben erhöhten. So den elektrischen Strom, Wärme und weiteres Wohlsein. Das sei gleich einem Paradies auf Erden. Doch es vollzog sich anderes, wie ja oben schon erzählt wurde.

Die Begreifenden gaben aber nicht auf. Resignierten nicht. Nahmen den Kampf auf. Auch im Kontakt mit anderen, eine Solidarität zu zeigen, sich für ein gerechtes Dasein einzusetzen. Sie suchten, probierten weiter, um auch so von all diesem Übel wegzukommen.

Auch von den immer auftretenden meist tödlich endenden Krankheiten. So entdeckte man, dass mit dem Einsetzen von an sich lebensbedrohenden kleinsten Wesen, genannt Bakterien, ein wirksames Gegenmittel vorhanden war. Durch dessen Einnahme bekämpften sich diese winzigen Stoffe gegenseitig. Wollten sich beide auffressen. Dabei unterlag dann dieses leidenserzeugende dem anderen. Es wurde als Antibiotikum bezeichnet. Der einzelne, vorher leidende Mensch konnte dadurch wieder, durch die Stärkung seiner Antikörper gegenüber den Antigenen, gestärkt die Krankheit überwinden. Es wurde auch Heilung genannt. Unzähligen konnte damit geholfen werden.

Doch die Befähigten gaben sich, so neugierig und zielstrebend, wie sie waren, damit noch lange nicht zufrieden. Sie drangen immer tiefer in diese Winzlinge ein. Bauten Geräte, mit denen sie die Abläufe im Inneren dieser Teilchen immer besser erkennen konnten. Sie nannten diese Mikroskope. Schafften es auch, die Erkenntnis zu gewinnen, wie auch diese Winzlinge sich vom Kleinsten aufbauend entwickeln, um eine Zeit lang, vermehrend, da zu sein. Bezeichnet als die Erbstränge. Diese beinhalten alle dieser vielfältigen Erscheinungsmerkmale im einzelnen Wesen. Da, genannt Gene, nicht rein aus einem einzigen Teilchen bestehend, sondern wie eine langerscheinende Perlenkette, wurden sie als Chromosomen bezeichnet. Sie bestehen immer aus zwei sich verbundenen, parallel verlaufenden Strängen. Eingelagert sind sie in den Steuerungszentralen, den Zellen und dort in deren Kern aller Wesen. In diesen vererbten Strängen war alles das vorhanden, was den Wesen Form und Inhalt gab. Ein Werden, ein Bestehen, ein Vergehen. Es gelang dann auch den Aufbau der einzelnen Gene, dass jedes Chromosom in sich trägt zu entschlüsseln.

Man probierte weiter und weiter aus.

Dann erreichte man es, eins dieser für die Entwicklung eines Lebewesens notwendiges Teilchen, mit einem anderen dazu

Notwendigem, -mit Hilfe des Eingriffes durch einen Befähigten-, zu vereinigen, um dann ein neues Wesen entstehen lassen zu können. Ohne natürlich- geschlechtliche Zeugung, mit dem im Reagenzglas erhaltenen Samen und Befruchtung einer reifen Eizelle, wurde ein genetisch identisches Wesen erschafft. Bei diesem Verfahren wurde einem weiblichen Wesen eine unbefruchtete Eizelle entnommen. Dann weiter, deren Zellkern erhaltend, der Erbstrang entfernt. Gleichzeitig entnahm man dem Wesen, welches befruchtet werden sollte, eine geeignete Stammzelle. Aber keine Eizelle, sondern eine Hautzelle. In dieser ist ja grundsätzlich der gesamte genetische Aufbauplan des Wesens enthalten. Dieser Zellkern davon, wurde weiter in den nicht befruchteten Eizellkern eingesetzt. Es wurde in diese Zusammenfügung ein leichter elektrischer Strom als Wärmeanregung geleitetet. Dadurch verschmolz der Hautzellkern mit dem Protoplasma, Lebenssubstanz, des Eizellenkern. Entwickelt nun mit einem neu entstandenen Zellkern, beginnt eine Teilung und wächst, durch weitere Teilung, wie eine befruchtete Eizelle, bis zur Erschaffung eines Lebe-Wesens heran. Das geschah erstmal mit einem tierischen Wesen. Es war ein Schaf und das erzeugende Verfahren hieß „Klonen, das Abzweigen". Man hatte erreicht, dass man mit diesem Verfahren durch Befruchtung einer Eizelle ein Wesen, identisch dem ersteren, ohne natürliche Vereinigung und Werdegang erschaffen hatte. Die Entstehung neuen Lebens! War damit nun auch die alleinige Fähigkeit des unbegreiflichen Schöpfers seines endlosen Weges aus seinen Händen genommen?

Doch die ihren eigenen Weg, abgezweigten Lebewesen, waren begeistert! Sogar beiden. Den Eigen-, sowohl den Allgemeinnützigen. Man war nun der Überzeugung, nun sogar für ewig, ein identisches Wesen gleich seiner Selbst schaffen zu können. Das war doch so etwas, wie das Erreichen einer

Gleichstellung des Nichtfassbaren und dem Menschen. Doch dieses künstlich geschaffene Wesen wies viele Mängel auf und überlebte auch nur ganz kurze Zeit. Das war schockierend und man kam davon ab, Menschen sogar klonen zu wollen. Zu hoch waren die Risiken für den biochemisch Gezeugten. An anderen Lebewesen, den Tieren, die auch häufig von den Menschen kurzzeitig zu deren Existenz verzehrt werden, klonte man weiter.

In Experimenten erreichten dazu die Befähigten, dass durch das Einschleusen entsprechender Gene, ein Wesen mit von den Zeugern gewünschten Eigenschaften, wie der Größe, Augen-, Haarfarbe, athletischen Körperbau und sogar der geistigen Fähigkeiten festgelegt werden konnte. Es kam aber ein großer Protest von anderen dagegen auf, dass man künstlich, wie gesagt wurde, solche Designerwesen erschafft. Diese Auslese verstieß gegen das ethische Empfinden vieler Menschen. Es zeigte Wirkung, sodass diese Art der künstlichen Zeugung erst mal nicht weiter fortgesetzt wurde.

Doch anderen, so einige der Machthabenden, diese ewig regieren Wollenden, sahen ihre Chance in diesen Entdeckungen. Mit den ihren ergebenen Befähigten hatten sie vor, sogar zu erreichen, Wesen entwickeln zu wollen, die in ihren Eigenschaften so funktionieren sollten, dass diese ihnen von der Gestaltung her gefielen und auch Verhaltenseigenschaften der angemessenen Angepasstheit schon in diesen Erbsträngen, ihren Genen mitbrachten. Sie somit, muss man annehmen, dem Herrscher als seine wohlwollenden Untertanen in sein Konzept passten. So etwas zu verwirklichen, begann schon auf der einen Wegstrecke in lang zurückliegender Vergangenheit und hält bis gegenwärtig an. Auch wird es in die Zukunft hinein immer wieder auftauchen. So richtig gelungen ist es momentan noch nicht. Es wird aber weiter versucht, da es auf der Erde viele Länder mit einem Alleinherrschenden gibt, die ihre Neigungen, ewig über andere zu bestimmen, ausleben wollen.

Was in der Vergangenheit in diesen Versuchen, ausgedrückt als Homunculus, -übersetzt, es wird ein Mensch gemacht-, genannt wurde, versucht man gegenwärtig auf der Grundlage des Klonens von Wesen zu erreichen. Zwar hat keiner der Machthaber dieses verbal als erstrebenswert schon konkret geäußert. Doch dadurch, dass in deren Interessen gelenkte Einrichtungen dieser Vorhaben, mit hohen Geldleistungen unterstützt, immer wieder versuchen, ist es wahrscheinlich, dieses Ziel von identischen, auch gut angepassten Wesen doch irgendwann zu realisieren sein wird.

Aber auch hier wieder sind Spuren auf dem Pfad seiner parallelverlaufenden Richtungen zu entdecken. Nicht nur zum Bösen, auch zum Guten.

Mit zusammenhängenden Versuchen, durch das Heraustrennen von Abschnitten in den Erbstrang und das Einsetzen an diesen Stellen, mit anderen Teilchen, will man die Befreiung von vielen schon angeborenen Leiden erreichen. An pflanzlichen Wesen hat man es schon erreicht, dass sie gegenüber ihren Schädlingen widerstandsfähiger, sogar resistent werden. Es wird als Genmanipulation bezeichnet. Die künstliche Insulinherstellung wurde auf diese Art erreicht. Bei den Menschen ist man auch so weit, wie behauptet, durch Veränderungen von Chromosom Abschnitten, bestimmte vererbbare, später nicht heilbare Erkrankungen auszuschalten. Man ersetzt an bestimmten Stellen die Gene, fügt andere, von z.B. Bakterien, Viren ein, die dann diese Erkrankung vermeiden sollen. Durch künstliche Reproduktion sollen damit sogar schon zwei Menschen geboren worden sein. So wird es aus einem Land, China, das diktatorisch von einem Herrscher gesteuert wird, berichtet. Es befindet sich aber noch alles in der Versuchsphase. Auch war der Protest von anderen sehr heftig, sodass diese Informationen erstmal etwas verklungen scheinen.

Es ist aber darauf zu achten, wie es weitergehen wird! Dann geschah auch etwas sehr Entsetzliches. Breitete sich über den gesamten Erdball aus. Über deren Verursachung gab es am Anfang nur ganz spärliche Informationen, mit häufig sehr zweifelhaften Darstellungen. Diejenigen Stimmen wurden aber immer mehr, welche berichteten, dass bei einem dieser Genmanipulationen in einem Labor Viren entwichen waren. Bei Experimenten mit fremden Genabschnitten, vielleicht hier von einem Virus herausgetrennt, um es in ein Fremdchromosom zu plantentieren, könnte dieses Virus möglicherweise aus dem Labor entwichen sein. Ist in die Bakterien von tierischen Wesen eingedrungen. Diese haben sich dann durch den Kontakt mit anderen Menschen, wie deren Verzehr, stark vermehren können. Als Virusseuche, gegen die es kein geeignetes chemisches Mittel gab. Durch deren rasante Verbreitung infizierten sich eine Unzahl von Menschen. Siechten und starben dahin. Gleich einer Pestseuche. Der Anfang dieser Seuche nahm seinen Lauf in einem diktatorisch geführten Land mit einem perfekten Überwachungssystem. Menschen, die darüber hätten, Zeugnis ablegen können, wurden unter Strafandrohung mundtot gemacht, verschwanden oder starben sogar. So wird es häufig in den Massenmedien berichtet.

Es wird wohl nie etwas Wahres durch staatstragende Informationen darüber veröffentlicht werden. Denn welcher Herrscher, ob nun in einem demokratisch oder zentralistischem Staatsystem, gibt schon gerne Preis, dass etwas, für ihn nicht Vorteilhaftes geschehen sein muss. Höchstens, wenn es Menschen gibt, diese Kämpfer, die den Mut aufbringen, die Wahrheit zu veröffentlichen, auch in der Gefahr, deswegen bestraft, sogar getötet zu werden.

Die Hoffnung, so war seine, die Überlegung des Großvaters, dass sich beide Pfade des Eigen-, Allgemeinnutzens zur Versöhnung begegnen werden, kam immer wieder gefühlsbetont auf. Sogar sich gegenseitig zu umarmen und dann aus Nächsten- Liebe heraus mit ihren Fußspuren einen Pfad ohne Gegensätze errichten zu wollen. Auch wenn die Menschen nicht rein vernünftig zu handeln im Stande sind. So sind sie doch zur Vernunft begabte Wesen. Doch nichts dergleichen trat bis jetzt und auch sicherlich nicht weiterhin ein. Denn keiner der begreifenden Lebewesen hat ein Interesse daran, etwas von dem abzugeben oder sogar zu teilen, was für ihn gut, vorteilhaft ist. So liefen sie parallel weiter. Die einen im Eigennutz. Die anderen, hörbar hinüberrufend, ein Gemeinwohl verkündend.

Diesen Unbegreifbaren erstaunte diese beiden gegensätzlichen Welten der Menschen nicht so sehr. Er überschaute ja alles. Kannte daher auch den immer vorhandenen Konflikt dieser Entflohenen. Insgeheim hatte er auch ein wenig Freude an ihnen. An ihrem Begreifen, Suchen, Produzieren, schöpferisch zu sein. Für die Wandernden bestimmt rätselhaft erscheinend breitete er so, als wenn er was verkünden wolle, seine Arme aus. Es wirkte, kam in den Gefühlen der Menschen an. Es war wie eine Hoffnung, das Streben sich für immer mehr, wie er so nachsann Miteinander" in ihrem Dasein einzusetzen. Er fühlte so in sich diese Verbundenheit, dass es doch einmal seine Schöpfungen gewesen sei.

Ja und auch das beruhigte ihn, dass sie ganz sicher, -wann das sein könnte, spielte für ihn keine Rolle-, verwandelt werden. Dann wieder zurückkehren werden, zu diesem breiten sich in eine Rich-

tung bewegenden Weg. Es kann sofort, morgen sein. In tausend -,
abertausend oder sogar Abermillionen Jahren geschehen. Das ewig
Unbegreifbare hat Zeit! Viel Zeit, da es für dieses keine Zeit gibt,
nur diese „immerwährende Wirksamkeit".

Literaturverzeichnis

1a. Lexikon der Psychologie,
Hrsg.: Faktum Lexikon Institut, Jg. 1995

2. R.O. Gropp
Grundlagen des dialektischen Materialismus,
VEB-Dt. Verlag d. Wissenschaften, Jg. 1971

2a. Lust an der Erkenntnis,
Die Psychologie des 20. Jhd., Hrsg.: Franziska Stalmman,
Serie Piper, Jg. 1989

3. Philosophisches Wörterbuch, Bd. 1 und 2,
Hrsg. G.Klaus/ M.Buhr,
VEB-Bibliogr. Institut, Jg. 1975

3. Cornelia Franz
Deutsche Geschichte
Parragon Books Vlg. O. Jg.

3a. Charles Brenner,
Grundzüge d. Psychoanalyse,
Fischer Taschenbuch, Jg. 1988

4. Lehrbücher Geschichte, Bd. 5-10,
Verlag: Volk u. Wissen, V eV-Berlin DDR
1973 folgend

4a. Sigmund Freud
Drei Abhandlungen zur Sexualtheorie
Fischer Taschenbuch, Jg. 1961

4c. Wilhelm Reich
Die sexuelle Revolution
Fischer- Taschenbuch Vlg. 04.1982

6a. Erich Fromm
Die Seele des Menschen,
Ihre Fähigkeiten zum Guten u. zum Bösen
Vlg. Ullstein, Jg. 1981

6b. Herbert Marcuse
Der eindimensionale Mensch
Dtv-Vlg., Jg. 2004

6c. H. Marcuse
Triebstruktur und Gesellschaft
Ein philos. Beitrag zu S. Freud
Suhrkamp Vlg., Jg. 1979

6d. M. Horkheimer, Th. Adorno
Dialektik der Aufklärung
S. Fischer Vlg., Jg. 1969

7. H. Joachim Störig
Weltgeschichte der Philosophie
Kohlhammer Vlg., Jg. 1981

8. Konrad Lorenz
Das sogenannte Böse
Borotha- Schoeler Vlg., Jg. 1963

9. Manfred Schmitt-Christine Altstötter-Gleich
Differentielle Psychologie u. Persönlichkeitspsychologie
Beltz-Verlag, Jg. 2010

10. S. Freud
Abriss der Psychoanalyse-
Das Unbehagen in der Kultur
Fischer- Bücherei Ffm., Jg. 10/1972

11. Alfred Adler
Menschenkenntnis
Fischer Taschenbuch, Jg. 07/1973

12. Friedrich Schiller
Dramen und Gedichte
Verlag: E. Schreiber ..., Jg. 1959

15. Reinhard W. Kaplan
Der Ursprung des Lebens
Deutscher Taschenbuch Vlg., Jg. 1972

36. Duden-Physik- Abitur
Vgl: PAETEC-Berlin, Jg. 2003

42. FrauenBilderLeseBuch
Hrsg. Anna Thüne
Vlg. Elefanten Press, Jg. 1980

Verfasser des gesamten Text: Manfred Chaluppa
Verfasserrechtlich geschützt.
Veröffentlichung/ Änderungen nur mit Einwilligung des Autors

Der Autor

Geboren 1944 im damaligen Ostpreußen, besuchte Manfred Chaluppa die Volksschule und wurde von Beruf Maschinenschlosser. Nach einer Berufsqualifizierung erhielt er die Möglichkeit, an einer Fachhochschule und Universität zu studieren. Die meiste Zeit seiner Berufsjahre war er als Sozialpädagoge mit der Betreuung neuro-psychisch Erkrankter beschäftigt.

Gegenwärtig ist er als Honorardozent bei verschiedenen Bildungsträgern tätig und gibt Unterricht in Deutsch, Mathematik, Gemeinschafts- und Sozialkunde. Meist für diejenigen, welche es in der vorher durchwanderten Schulbildung nicht leicht hatten.

Der Buchtitel war häufig Gesprächsstoff zwischen dem Autor und seiner Mutter. Sie, sehr religiös, glaubte fest an die Ideale von Jesus: »Glaube, Hoffnung, Liebe«! Der Autor damals, Anhänger der 68- Studentenbewegung wollte seine Mutter immer wieder von diesen »gerechten Befreiungskriegen« überzeugen. Für sie unverständlich, da alle Kriege »Unrecht« sind.

Doch nun, nach vielen Jahren, bleibt der Autor bei seiner damaligen Überzeugung. Auch wenn meist daraus wieder »Einzelherrschaften« erwuchsen.

Weitere Bücher des Autors

 Die Wandernden zwischen den Welten

Erscheinungsjahr 2021
ISBN 978-3-7534-0419-6

 Erinnerung als Schmerz und Hoffnung

Erscheinungsjahr 2021
ISBN 978-3-7543-0331-3

 Gleichheit, Nächstenliebe, Gerechtigkeit

Erscheinungsjahr 2021
ISBN 978-3-7543-1358-9

 Familienschicksale im Zeitgeschehen

Erscheinungsjahr 2022
ISBN 978-3-7568-1393-3